Zum Buch

Essen, die Ruhrmetropole, hat 50 Stadtteile. Viele von ihnen haben ihren ganz eigenen Charakter, über 1000 Jahre Geschichte prägten Architektur und Menschen, und ein Ausflug von Vogelheim nach Werden oder von Steele nach Altendorf kann einer Reise in ein anderes Land gleichen. Diese Multiperspektive findet sich fast von selbst wieder, wenn man zehn Autorinnen und Autoren einlädt, einen Kurzkrimi in Essen spielen zu lassen. Machen Sie also in diesem Sinne zehn kriminale Ausflüge in spannende Ecken dieser Stadt (und ein bisschen ins Umland) und holen Sie sich ganz nebenbei Appetit auf andere Bücher der Autorinnen und Autoren. Einige von ihnen bieten ebenfalls ganz unerwartete Perspektiven auf Essen. Gute Reise!

© 2022 Hummelshain Verlag, Essen

ISBN: 978-3-94332-48-4

Umschlagfoto: Die Speerwerferin, Grugapark, Jochen Tack

www.hummelshain.eu

Tatort: Essen.

Zehn Kurzkrimis

Hummelshain Verlag

Inhalt

Gerald Bosch

Zwei Fliegen …

Das Telefon klingelte, wie immer, spät in der Nacht. Schlaftrunken glitt mein Blick auf das Display des Weckers. 3 Uhr 17. *Shit!* Ich griff zum Hörer. „Hallo?"

„Einsatz in Katernberg, Meerbruchstraße 39A, 2. Stock," bellte es mir knapp und schroff ins Ohr. „Das volle Programm. Hannes wartet unten auf dich."

„Dir auch einen wunderschönen *Guten Morgen*. Bin in 'ner halben Stunde da. Brauchste was vom Bäcker?" Ein heftiges Knacken und das nachfolgende Tüt-tüt-tüt in meinem Ohr machten mir laut und deutlich bewusst, dass Sarkasmus vor Sonnenaufgang nicht bei jedermann gut ankommt.

Knapp 25 Minuten später stoppte ich meinen Wagen am Zielort. Katernberg ist ein typisches Arbeiterviertel im Norden von Essen, geprägt von kleinen, dunklen Backsteinhäusern, die sich wie verängstigte Schäfchen eng aneinanderdrängen. Nummer 39A war trotz der stockdunklen Straße (mindestens drei der vorhandenen Laternen leuchteten nicht) leicht zu erkennen – ein zweistöckiger kastenförmiger, hellgekachelter Neubau, der sich irgendwie an der städtischen Bauordnung vorbei in diese frühindustrielle Zechensiedlung hinein gemogelt hatte. Zwei Linden, eine Nordmanntanne sowie drei, vier Haselbüsche sollten den Anschein von Natur erwecken, während ein halbes Dutzend Blumenrabatte, der handtuchgroße Zierteich sowie eine Vogeltränke das landschaftsbautechnisch ambitionierte Gesamtwerk abrunden sollten. Dessen ungeachtet kann die Ruhrmetropole sicherlich mit besseren Wohnlagen aufwarten. In diesem Moment war ich jedenfalls mit meiner Zweizimmerbude in Frohnhausen mehr als zufrieden.

Egal, der Job ruft. In aller Ruhe angelte ich mir ein paar dunkle Latexhandschuhe aus dem Handschuhfach, danach griff ich zu den anderen Arbeitsutensilien, die auf der Rückbank lagen. Behutsam schloss ich die Wagentür und eilte zu der schmalen hochwüchsigen Gestalt, die am Eingang des Hauses lehnte. „Hallo, Wischbär, alles klar fürs große Saubermachen?"

Stopp! Jetzt ist es wohl an der Zeit, dass ich mich mal kurz vorstelle: Günther Wischniewski, genannt »Wischbär« (von den Kollegen) oder »Günnie« (für Mutti und meine Freundin, wenn vorhanden). 43 Jahre alt, einsachtundsiebzig groß, normalgewichtig, unsportlich und Einzelgänger. In Essen geboren, groß geworden und klein gehalten, ist meine Person, abgesehen von drei Wochen Knappschafts-Landschulheim im Sauerland und einem Schulausflug zum Hermannsdenkmal, niemals so wirklich aus dem Pott herausgekommen. Beruflich stecke ich irgendwo zwischen »Ewiger Student« (ein paar mehrjährige Anläufe in den Fächern Medizin, Mediengestaltung und Mediävistik) und Teilzeitjobber (mal als Tellerwäscher, Regalauffüller, Weihnachtsmarktverkäufer und sonstiges), will heißen, dass ich gerne etwas Neues anfange, ohne das Alte zu Ende zu bringen – was, auf den zwischenmenschlichen Beziehungsbereich übertragen, in der Vergangenheit immer wieder zu erheblichem Diskussionsbedarf (in der Größenordnung >*100 Dezibel*), zahllosen Tränen und zerbrochenem Porzellan (nicht nur im buchstäblichen Sinne) geführt hat. Und um wieder auf das Thema Job zurückzukommen: Da mein letzter arbeitstechnischer Schwerpunkt seit gut vier Jahren im Bereich Tatortreinigung liegt, kennst du, lieber Leser, jetzt auch den Grund für meinen momentanen Aufenthalt zu nachtschlafender Zeit im Essener Norden.

Als »Todesputzer« jobbe ich im Prinzip schon seit Kindertagen. Meine Eltern hatten nämlich eine kleine Metzgerei in Stoppenberg, und solange ich denken kann, wurden mein älterer Bruder Kalle und ich von Papa nachmittags in den Schlachtraum geschickt, um Blut, Hirn und Knochensplitter von den weißen Kacheln abzuspritzen, bis diese wieder blitzeblank waren. Moderne Sozialtherapeuten und Fachdidaktiker würden dergleichen nicht gerade als förderlich für die frühkindliche Psyche nennen, aber damals sah man das anders. Wir Jungs fanden unsere Arbeit zwar mitunter ein bisschen ekelig (vor allem, wenn ein Rindermagen oder Schweinedarm seinen Inhalt verloren hatten), im Großen und Ganzen aber megaspannend. Zu den absoluten Highlights zählten die Momente, in denen Kalle und ich unseren Papa heimlich bei der Arbeit beobachteten (durch einen Türschlitz, versteht sich): Beispielsweise wenn er eine quiekende Sau durch blitzartiges Bauchaufschlitzen fachmännisch ins Schnitzelparadies beförderte. Oder einen panisch blickenden Jungbullen per Bolzenschuss mitten zwischen die Hörner zu Boden streckte. Meiner ältesten Schwester Annemarie blieben diese gruseligen Spektakel erspart; stattdessen musste sie Mama im Laden helfen, Mortadella aufzuschneiden oder Wurstplatten mit künstlicher Petersilie zu garnieren. Aber auch in der Produktion durfte ich schon früh helfend Hand anlegen. Beispielsweise wenn Frikadellen gebraten oder Mettigel geformt werden mussten. Immer wenn ich diese klebrige Masse aus gewürfelten Zwiebeln, Brotresten und gehacktem Fleisch mit vollen Händen durchknetete und zwischen den Fingern hervorquellen lassen konnte, erlebte ich gefühlsmäßig fast so etwas wie einen Orgasmus. Wie man sieht, besteht meine emotionale Bindung zu totem Fleisch schon ziemlich lange.

„Mannomann, das ist hier vielleicht ein Gemetzel gewesen,“ meinte Johann »Hannes« Krautmann, der vor der Haustür auf mich gewartet hatte, und drückte seine Zigarette aus. Polizeihauptmeister Krautmann, ein aschblonder, athletischer Stoppenberger Jungspund, war seit neun Monaten bei der Essener Mordkommission und trotz manch unqualifizierter Bemerkungen (die man wohl seinem jugendlichen Alter zuschreiben musste) ein smarter Kollege und guter Kumpel. „Du bist ja bestimmt einiges gewohnt, Wischbär, aber DAS hier ... gut, dass ich noch nix gefrühstückt hatte. Wahrscheinlich wohl Opfer Nummer Vier, das dem »Cutter« unters Messer gekommen ist.“

Der »Cutter von Katernberg« (so der Nickname eines Essener Pressefuzzis mit Feinfühligkeitsdefizit) war ein offensichtlicher Psychopath, der alleinstehenden jungen Frauen nachstellte und sie auf bestialische Weise in ihren Domizilen abmurkste. Seit gut vier Monaten trieb dieser »Ruhr-Ripper«, wie ihn die Medien auch nannten, im Essener Norden sein Unwesen. Eine junge Dönerbudenverkäuferin aus Borbeck, die burschikose Kassiererin eines Krayer Lebensmitteldiscounters sowie eine resolute Politesse polnischer Provenienz waren seine bisherigen Opfer gewesen. Die eigens eingerichtete fünfköpfige Essener SoKo *Ripper* unter Leitung meines hochnäsigen Auftraggebers, Kriminalhauptkommissar Günay Özdemir, hatte bisher keinerlei Fortschritte gemacht – was den Frust bei diesem tagtäglich größer werden ließ. Andererseits kam jeder neue Fall natürlich auch meinem Kontostand zugute, da ich offenbar der einzige freiberufliche Tatortreiniger war, dem die Schlachtstätten des Unholds nicht unter die Haut gingen.

Mit einem abschließenden „Na, dann *Gut Schrubb*, oder wie man so sagt" klopfte mir Hannes aufmunternd auf die Schulter und marschierte Richtung Dienstwagen. Bewaffnet mit zwei Eimern, Besen und anderen Utensilien stapfte ich das Treppenhaus hoch in die zweite Etage. Durch die geöffnete Wohnungstür blickte ich auf einen hellen Flokatiteppich, auf dem mir ein großer dunkelroter Fleck und ein skizzierter Körperumriss verrieten, wo man die Leiche gefunden hatte. Daneben standen KHK Özdemir und eine junge rothaarige Frau, die ich als die neue Kommissarin Leah Schulte wiedererkannte, und unterhielten sich leise. Einige Gesprächsfetzen konnte ich aufschnappen: „offenbar vom Täter überrascht … ähnliches Muster wie bei den anderen … keine Spuren eines Sexualdelikts … Labor abwarten …" Leah, die an eine Kreuzung aus Heidi Klum und Pippi Langstrumpf erinnerte, blickte auf und lächelte mir kurz zu, Özdemir würdigte mich wie gewöhnlich keines Blickes. Was für ein unhöfliches Arsc…! Sven von der Spurensicherung kam aus dem Nachbarraum, klappte seinen Koffer zu und wandte sich an die beiden Beamten. „Wir wären dann so weit fertig. Die Berichte bekommt ihr ASAP, frühestens in drei, vier Stunden. Bis später!" Özdemir quittierte dies mit einem leichten Grunzen und marschierte selbst Richtung Ausgang. „*tamam*, das trifft sich ja gut, die Putze ist auch endlich da. Schulte, was ist? Brauchste 'ne Sondereinladung?", und weg war er. Leah zuckte entschuldigend mit den Schultern. „Sorry, Günther, aber der Boss" – ihr Kopf verwies auf die Stelle, wo der Kotzbrocken gerade noch gestanden hatte – „kriegt momentan viel Druck von oben. Deshalb kommt er dann manchmal ein bisschen unfreundlich rüber." „Von wegen 'ein bisschen', Schätzchen", dachte ich grummelnd bei mir, „das war gerade ein Paradebeispiel

10

Özdemir'scher Feinfühligkeit." Die ganze Person Günay Ö. erinnerte mich bis aufs kleinste Detail an meinen früheren Mitschüler Yussuf, fleischgewordene Nemesis aus Hauptschultagen – seine arrogante Körperhaltung, herabgezogenen Mundwinkel und voll ätzenden Seitenhiebe, ja sogar das alle Körpersinne betäubende Aftershave waren nahezu identisch! Der absolute Overkill war *last but not least* das nervtötende Klick-Klick-Klack seines osmanischen Rosenkranzes. Schon beim bloßen Klang von Özdemirs Namen ballte ich meine Faust in der Hosentasche.

Noch immer emotional angefressen durch die humanen Albträume von Gestern und Heute stürzte ich mich, mit Feudel, Putzmittel und Schwämmen bewaffnet, grummelnd in die Arbeit. Nachdem die gröbsten Flecken verschwunden waren, kämpfte ich mich weiter durch die Überreste des Lebens von Selena Markquart (27), deren Namen mir Hannes vorhin noch im Vorbeigehen verraten hatte. Art und Weise einer Wohnungseinrichtung sagen mehr über ihre Bewohner aus als manches polizeipsychologische Gutachten. Die billige Kuckucksuhr aus Plastik im Hausflur, der dunkelgrüne Ohrensessel, das mit Häkeldeckchen verzierte Beistelltischchen in Mahagoni-Optik (kein Echtholz!), getoppt vom »Röhrenden Hirsch« in Öl, waren klare Indizien für den Wunsch nach einer bürgerlichen (aber sicherlich unerfüllten Traum-) Idylle. Weitere Details, wie hellblaue Porzellanschweinchen, filigrane Kristallvögel und pinkfarbene Fayence-Ballerinen verrieten mögliche tief vergrabene romantische Gefühle, während die Hochglanz-Südseetapete, die schäbigen Küchenmöbel und der Sonderangebots-Futon eines billigen Möbeldiscounters dazu im krassen Widerspruch standen. Ein verwaister

Kratzbaum und zwei silbergerahmte Fotos einer Tigerkatze ließen vermuten, dass Selena einst einen schnurrenden pelzigen Hausgenossen besessen hatte, der entweder verstorben, eingeschläfert oder vor langer Zeit aus lauter Verzweiflung ob des wahnsinnig schlechten Geschmacks seines Frauchens das Weite gesucht hatte. Rostbraune Polohemden, zwei Basecaps und Collegejacken in gleichen Farben, die ich im vollen Wäschekorb fand, waren Indizien für eine Beschäftigung als feste Mitarbeiterin einer internationalen Burgerkette. Allerdings wollte mich das sympathisch lächelnde Gesicht Selenas auf dem Foto im Schlafzimmer so gar nicht an dieselbe, aber wesentlich unfreundlichere Miene jener Verkaufsmitarbeiterin erinnern, die mir vor drei Tagen schnippisch einen Cheeseburger auf die Theke geknallt hatte. Wenn wir früher im Laden gegenüber Kunden so unhöflich gewesen wären, hätte es ordentlich was auf die Löffel gegeben.

„Arrogante Bitch, kein Wunder, dass dich ein verzweifelter Möchtegern-Lover abgemurkst hat," dachte ich grimmig die Zähne zusammenbeißend, derweil ich den Parkettboden schrubbte. In einer besonders tiefen Ritze glitzerte etwas metallisch. Mit einer langen Pinzette stocherte ich hinein … und beförderte, schwupps, zwei kleine blaue, mit je einem Silberplättchen verzierte Kügelchen ans Tageslicht. Diese Objekte kamen mir irgendwie bekannt vor … waren in Kriminalhauptkommissar Özdemirs *Misbaha* (d.h. seiner Gebetskette) nicht die gleichen blauen Perlen? Behutsam packte ich meine Fundstücke in einen sterilen Probenbeutel (ein guter Tatortreiniger ist auf alle Eventualitäten vorbereitet), den ich nach getaner Arbeit im Kriminallabor abgeben würde – natürlich anonym, schließlich sollte »Spuren-Sven« keinen Ärger bekommen.

Vielleicht endlich mal eine Chance, diesem hochnäsigen Ekelpaket Günay eins auszuwischen. Aber es sollte noch besser kommen.

Etliche Stunden später wartete ich mit meinem Kumpel Hannes in einem mit anderen Streifenpolizisten und Sekretärinnen vollgestopften Asia-Imbiss in der Nähe des Polizeipräsidiums darauf, dass die in Zeitlupe arbeitende, von Natur aus sehr großzügig angelegte chinesische Thekenkraft uns endlich unsere – vor Ewigkeiten bestellten – *Dim Sum* und gebratenen Reisnudeln bringen würde … hoffentlich noch vor Ende von Hannes Mittagpause. Zu unserem Leidwesen hatte der Besitzer des Restaurants vor Kurzem festgestellt, dass sich mithilfe von Online-Bestellungen schneller und mehr Reibach machen lässt; die virtuellen Kunden kamen immer als Erste dran, während die klassische Laufkundschaft – d.h. Normalsterbliche wie Hannes und ich – halt warten durfte. Dessen ungeachtet ließ sich mein Kumpel nicht die gute Laune vermiesen. „Habe ich dir eigentlich schon erzählt, dass es beim Fall *Cutter* vielleicht eine Wende gibt? Im Labor ist ein Corpus delicti aufgetaucht, das auf einen Täter möglicherweise mit islamischen Background hinweist. Das wäre ein totaler Durchbruch!" Im Grunde genommen darf Hannes mir derlei vertrauliche Details überhaupt nicht erzählen, aber da ich alle Opfer – zumindest deren Überreste – genau kenne, zähle ich quasi mit zum Team. „Und das Beste ist, dass der blöde Özdemir jetzt kleine Brötchen backen darf. Wegen Befangenheit und so. Der Präsident hat ihm die SoKo-Leitung weggenommen und ausgerechnet an Sophie Herzog gegeben. Die ist zwar noch ehrgeiziger als der Günay, aber das ist den Spaß wert. Du hättest mal sein Gesicht auf der Pressekonferenz sehen sollen, als der Alte die Bombe platzen ließ. Als hätte ihm jemand den Ayran versalzen …" Hannes plapperte seelenruhig weiter, obwohl meine Gesichtszüge bei der Erwähnung von Sophie Herzogs Namen ähnlich entgleist waren wie die meines Widersachers eine Stunde zuvor. An dieser Stelle verdienst Du, lieber Leser, ein paar klärende Worte: Sophie und ich, wir kennen uns schon lange. Sehr lange. Und das nicht nur im positiven Sinne, ist sie doch der Grund gewesen, warum ich heute immer noch Single bin. Mit ihren veilchenblauen Augen, blonden Locken und zuckersüßem Lächeln hat sie die Herzen aller männlichen Schüler der Klasse 2B der Tiegelgrundschule eingefangen, zerquetscht und lieblos in den Grund getreten. Meins auch. Und da sie um meine Schrubbertätigkeit in der väterlichen Metzgerei wusste, hatte sie nichts Besseres zu tun, als jeden – und ich meine WIRKLICH jeden – über diesen unrühmlichen Tatbestand zu informieren. Weil wir dann auch noch auf die gleiche Hauptschule in Steele wechselten, dauerte Klein-Günthers Martyrium noch etliche Jahre an; meine Fan-Gemeinde, insbesondere unter den Mitschülerinnen, wollte ob des Umstands, dass ich meine Freizeit hauptsächlich mit Blut und Scheiße verbrachte, nicht wirklich größer werden. Bestimmt möchten Sie auch nicht wissen, wie kreativ Jugendliche sein können, wenn es um passende, Zeit und Raum überdauernde Spitznamen geht. Und zu den einfallsreichsten Köpfen zählte hierbei übrigens der eingangs erwähnte Yussuf. Meine und Sophies Wege trennten sich zwar vorübergehend, als sie aufs B.M.V. Gymnasium wechselte, der emotionale Flurschaden, den sie mit ihren Indiskretionen angerichtet hatte, blieb jedoch weiterhin bestehen.

Und jetzt würde ich unter ihr arbeiten dürfen. Bei der bloßen Vorstellung, wie sie mich vor der ganzen Truppe bloßstellen könnte, krampfte sich mein Magen zusammen. Hannes war plötzlich verstummt und starrte zum Eingang. „Wenn man vom Teufel spricht …", flüsterte er mir hinter vorgehaltener Hand zu. Und tatsächlich kamen Kollegin Herzog und Kollege Özdmir, erste locker-lässig entspannt, letzterer mit gequältem Lächeln, hereinmarschiert und gingen schnurstracks zum Tresen. „Zweimal die 83, online bestellt auf *SoKo Cutter*." Die katatonische Winkekatze erwachte aus ihrem Koma, packte die Bestellung in Windeseile ein und händigte sie zusammen mit einer Flasche Pflaumenwein („Geht auf Haus!") über die Theke. Sophie hatte mich Gottseidank nicht gesehen und verließ als Erste das Lokal, derweil Özdemir ihr missmutig die Tüte mit dem Essen hinterher schleppte. Angesichts seiner beruflichen Niederlage konnte ich mir einen klammheimlichen Hauch von Schadenfreude nicht verkneifen. Dessen ungeachtet waren Hannes und ich ob der Dreistigkeit, mit der die beiden Kollegen sich vorgedrängelt hatten, im ersten Moment ziemlich sprachlos: Nummer 83 war unsere Bestellung gewesen, auf die wir schon gefühlt den ganzen Tag gewartet hatten. Unser schwacher Protest, dass wir doch …, wurde von der fülligen asiatischen Küchengöttin kurz, knapp und unwirsch mit den Worten „*Dim Sum* aus!" ins bestelltechnische Nirwana befördert. Was soll man da noch sagen? „Komm, Hannes, ich glaube, der Libanese um die Ecke hat noch auf."

Zwei Chawarmas und vier Dosen Stauder später fiel ich zuhause in einen unruhigen Schlaf, aus dem ich erst am nächsten Morgen um zehn Uhr wach wurde. Gut, dass heute Samstag war. Den Hausputz, den ich mir seit zwei Monaten für heute vorgenommen hatte, ließ ich ausfallen. Diese Woche habe ich echt genug geschrubbt. Ein gut gebratenes Steak (frisch geschnitten), zwei Gläser Rotwein, ein unterhaltsamer, den Geist anregender Krimi sowie ein kleiner Abendspaziergang später durch das nächtliche Frohnhausen würden mir sicherlich guttun. Bevor ich gegen 20 Uhr meine Wohnung verließ, checkte ich noch mal in meinen Manteltaschen, ob ich nicht irgendeine Kleinigkeit vergessen hatte.

Das Telefon klingelte, wie immer, spät in der Nacht. Schlaftrunken glitt mein Blick auf das Display des Weckers. 4 Uhr 23. *What the f…!* Ich griff zum Hörer. „Hallo?"

„Guten Morgen, Günther. Entschuldige die frühe Störung am Sonntagmorgen," die brüchige Stimme klang vertraut, aber irgendwie ungewohnt. „Sven Kraftczyk von der Spurensicherung hier. Du hattest ja schon zwei Mal diese Woche einen Einsatz, aber ich dachte, da du mit dem Fall vertraut bist, solltest du zumindest … " die Stimme am anderen Ende schien nach Worten zu suchen.

„Schon gut, Sven, was ist los? Und warum ruft der Özdemir mich nicht an?"

„Äh, Günay, äh, der ist … verhindert … irgendwie," druckste der Spurensicherungsmann herum. Offenbar war er durch die Situation völlig gestresst.

„Mann, spann mich um diese Zeit nicht die Folter! Was ist mit Günay? Und wer, verdammt nochmal, ist das Opfer?"

Aus dem Hörer kam schweres Atmen. „Sophie. Und Günay steht unter dringendem Tatverdacht …"

„Was?" Ich glaubte meinen Ohren nicht zu trauen. „Wie ist das möglich?" „Nun, eine Nachbarin hat die 110 angerufen, weil die Musik nebenan zu laut war. Die Streife hat sie – also Sophie, nicht die Nachbarin – dann tot in ihrer Wohnung am Frohnhauser Markt aufgefunden, mit vier Stichen im Unterbauch. Unsere Kollegin ist verblutet; aber bevor sie ganz weggetreten ist, hat sie mit dem eigenen Blut »GÜN« auf den Fußboden gekrickelt. Und als die Kollegen in Günays Wohnung (der nur drei Blocks weiter in der Berliner Straße wohnt) aufgekreuzt sind, war der völlig weggetreten – zugekifft, bekokst, betrunken, keine Ahnung. In seiner Mülltonne haben sie dann ein Küchenmesser voller Blut gefunden, wahrscheinlich das von Sophie. An dem blauen Gebetskettchen in seiner Hosentasche fehlten übrigens zwei Perlen – genauso eine wurde auch am Tatort in Katernberg gefunden. Und auf dem Teppich neben Sophie lag dann eine weitere. Die hat er wohl verloren, als er mit seinem Opfer gekämpft hat."

„Oh Mann, das ist wirklich 'n starkes Ding. Aber warum sollte Özdemir sowas machen? Eifersucht? Gekränkte Ehre wegen der Degradierung? Ein kompletter Ausraster? … Und was ist nun mit dem Saubermachen, soll ich trotzdem gleich vorbeikommen?"

„Ehrlich gesagt, wir stehen alle total unter Schock. Ich weiß überhaupt nicht, was jetzt passieren soll. Bleib erstmal zuhause, der Alte wird uns sagen, wie's weitergeht. Lea oder Johannes rufen dich später wieder an, okay?"

Nachdem ich aufgelegt hatte, atmete ich erstmal tief durch. Dann kochte ich mir einen Kaffee. Mit einem großen Schuss Cognac. Und viel Schlagsahne. So wie Papa, wenn er einen guten Schlachttag gehabt hat. Irgendwie konnte ich mir plötzlich ein breites Grinsen nicht verkneifen. Die Idee, das blutverschmierte Messer nach dem Besuch bei Sophie in Özdemirs Mülltonne zu entsorgen, war sicherlich eine meiner besten gewesen. Genauso genial wie die Sache mit der zweiten Gebetsperle. Auf diese Weise hatte ich tatsächlich in einem Abwasch gleich zwei unliebsame Probleme aus der Welt geschafft. Zwar hatte die gute Kriminalbeamtin noch mit letzter Kraft versucht, mir ihren unrühmlichen Abgang durch ein blutiges »GÜN« anzulasten … aber wer (außer meiner Wenigkeit) wusste schon, dass wir beide vor drei Jahren mal ein Liebespaar waren? Wie schon erwähnt, meinen zweiten Spitznamen kennt außer Mutti nur die Ex. Ach ja, und Unhöflichkeit gehört nun mal ordentlich bestraft. Wie bei den anderen vier.

B.E. Fischer

Voll auf der Höhe

Hagen Gramann, der Kettwiger Nachtwächter, war stinksauer. Zu Beginn der Führung hatte es nur genieselt, jetzt aber kam der Regen bereits ziemlich stark herunter. Es ging ihm gegen die Ehre, einen Regenschirm aufzuspannen. Wie hätte er ihn auch tragen können, wo er doch in der einen Hand die lange Hellebarde und mit der anderen die gusseiserne Laterne mit der unruhig flackernden Kerze hielt. Er merkte, dass die lodengrüne Pelerine, die er sich umgeworfen hatte, allmählich durchweichte, und dass ihm der lange Holzstab seiner Hellebarde durch die Finger rutschte.

„Wollen wir abbrechen?", hatte er nach der Besichtigung der Marktkirche gefragt. Aber die fünfköpfige Gruppe, die seiner Führung folgte, hatte abgewunken.

„Ist doch sowieso bald zu Ende."

Während sich die Gruppe unter ihren Regenschirmen versteckte, führte Gramann sie ein paar Schritte weiter über die Hauptstraße zum Märchenbrunnen. Der kleine Platz mit dem Märchenbrunnen an der Ecke Hauptstraße/Schulstraße wird von zwei halbwüchsigen Ahornbäumen flankiert, nicht hoch, aber doch so hoch, dass ihre Kronen über das Dach des Fachwerkhauses nebenan hinwegschauen. Gramann hatte die Skulpturengruppe bereits seit vielen Jahren in seine Führungen eingebaut, Figuren aus dem Märchen vom tapferen Schneiderlein. Zur Straße hin der flach gefasste Brunnen, mehr eine Wasserstelle mit bescheidener Wassersäule. Ein bronzener Eber scheint die Wasserstelle zu umkreisen, sein wütender Lauf um den Brunnen ist in der Bewegung eingefroren. Gramann wusste, dass die Besucher zumeist gar nicht erkennen, dass zu dem Figurenensemble auch ein tapferes Schneiderlein gehört. Das hockt auf einer 4,20 m hohen Granitsäule zwischen den Bäumen. Wer mitten auf dem Märchenplatz steht und seinen Blick auf den Brunnen gerichtet hat, sieht das Männlein auf der Säule in seinem Rücken nicht.

Die Dunkelheit hatte die Stadt umarmt, und Gramann kannte die Wirkung, die er bei seinen Gruppen hervorrief, wenn er das Wildschwein mit seiner Handlaterne beleuchtete.

„Ihr seht das Wildschwein, wie es bösartig um den Brunnen herumläuft. Die Augen schmal und hinterlistig. Die Rückenborsten vor Wut hoch aufgestellt. Aber wo ist das angeblich so tapfere Schneiderlein geblieben, Leute? Könnt ihr es entdecken?"

Gramann zog seine Handlaterne weg und drehte sich zu der Säule um. Das schwache Licht aus der Laterne wanderte langsam die Säule hoch. Die Regenschirme folgten der Bewegung und öffneten die Sicht für die Besucher. Im hochwandernden Laternenlicht wurden zwei Schuhe und zwei Hosenbeine sichtbar. Dann schälten sich Körper und Kopf eines Mannes aus der Dämmerung heraus, der am Hals aufgehängt war, das Seil am oberen Ende der Säule befestigt. Unten war es mehrfach um die Säule gebunden und verknotet. Aus der Gruppe ertönte der schrille, langanhaltende Schrei einer Frau. Eine weitere Frauenstimme fiel ein. Gramanns Laternenlicht zitterte. Dann zog er die Laterne von dem schrecklichen Schauspiel weg.

Leonardo Liebig hatte seine schwere Corona noch lange nicht überstanden. Er gehörte mit seiner massigen Gestalt zur Risikogruppe, und das Risiko war prompt eingetreten. Man hatte ihn an ein Beatmungsgerät anschließen müssen. Ihm jede Menge Sauerstoff in die fast versagenden Lungen blasen müssen. Ihm Infusionen verabreicht, deren Inhalt er nicht kannte. Sein linker Fuß war wegen mangelnder Durchblutung fast schon abgestorben und gerade noch zu retten. Er hatte viel geschlafen. Besser gesagt, er war dahingedämmert. Das Schlimmste hatte er hinter sich, aber er war noch immer sehr schwach und kraftlos. Baumstedt, der neue Chefarzt und Leiter des Bonifatius-Krankenhauses in Essen-Kettwig, hatte ihm ein Einzelzimmer zugewiesen, aber jeglichen Kontakt mit der Außenwelt verboten. Immerhin hatte man ihm seit gestern wieder das Handy auf den Nachttisch gelegt und das Telefonieren erlaubt. Liebig hatte eine gute Erinnerung an das Bonifatius. Vor ein paar Monaten hatte er dort den spektakulären Mord an dem Chefarzt Dr. Westen aufgeklärt.[1] Die Presse hatte seine Ermittlungen den Fall der wandernden Leiche genannt. In dem Einzelbett mit Blick auf den Baumbestand in Richtung der Ruhr lag jetzt ein Kriminalkommissar, der sich darüber wunderte, dass er früher tatsächlich mal durch die Flure des Krankenhauses hatte rennen können.

Als das Handy klingelte, ließ er sich viel Zeit, um es vom Nachttisch zu holen und den Anruf anzunehmen. Kosinskis Stimme war wie immer schlecht zu verstehen. Sein Kollege nahm auch beim Telefonieren die Pfeife nicht aus dem Mund.

„Was? Mord? Direkt am Märchenbrunnen? Mann, Mann, Mann." Liebig versuchte betroffen zu sein. Gar nicht fassbar, dass im Herzen Kettwigs neben Markt, Kirche und Rathaus ein unglaublicher Mord passiert war. Gleichzeitig aber eine wunderbare Gelegenheit, sich von Fieberkurven und Tablettenplänen etwas abzulenken. Liebig versuchte impulsiv, sich etwas aufzurichten, wobei er Mengen von Schweißflüssigkeit verlor. Erschöpft ließ er sich in sein Kissen zurückfallen.

---

[1] B.E. Fischer, Der Korpus, 2021, Hummelshain Verlag, Essen

Verdammt, war es möglich, dass er den Fall vom Krankenzimmer aus lösen konnte?

Liebig lauschte eine Weile Kosinskis Berichten, stellte unsinnige Fragen und wusste, dass er seinen Kollegen mit jeder Frage nervte. Ob die KTU schon da war. Ob die Leiche schon abgehängt war. Er merkte, dass Kosinski mit jeder Frage schlechter gelaunt wurde. Kosinski war keiner, der sich nach Arbeit drängte, obwohl Liebig sich eingestehen musste, dass Kosinski sich im letzten Fall mit der wandernden Leiche auch wacker geschlagen hatte und seinen Beitrag zur Lösung des Falles und zur Ergreifung des Täters geleistet hatte. Aber Kosinski schien zu ahnen, dass die Sache für ihn nicht leichter werden würde, wenn er seinem Chef die Informationen zu dem neuen Fall stunden- und häppchenweise vorbeibringen musste. Er, Liebig, wurde gebraucht. Und war leider nicht zu gebrauchen. Ans Bett gefesselt und deshalb auf die Unterstützung seiner Kollegen angewiesen.

„Bist du noch dran?", fragte Kosinski auf der anderen Seite der Telefonverbindung. Aber Liebig antwortete nicht. Er hatte sein coronageschwächtes Hirn in Gang gesetzt. Wie konnte ein Mensch auf die hohe Säule gelangen? Ein Suizid war ausgeschlossen. Dann hätte man unten eine Leiter finden müssen. Oder hatte jemand die Leiter gefunden und aus irgendwelchen Gründen mitgenommen, ohne nach oben zu sehen? Unsinn, dachte er weiter. Warum sollte ein Mensch ausgerechnet die Säule aufgesucht haben, um sich in dieser Höhe freiwillig zu erhängen? Aber warum sollte ein Mensch in dieser Höhe erhängt werden? Das machte für ihn genauso wenig Sinn.

„Sonst noch irgendeine Spur von Bedeutung?", bellte er ins Handy.

Carsten Kosinski murmelte etwas, was außer ihm selber

keiner verstehen konnte.

„Nimm deine Pfeife aus dem Mund, wenn du mit mir sprichst." Dann wurde er gnädiger: „Die Pfeife kannst du meinetwegen beim Zuhören drin behalten. Mann, Mann, Mann, irgendjemand muss doch gesehen haben, wie der Kerl nach oben transportiert wurde. Das geht nicht ohne Leiter oder ohne Kran."

Dann unterbrach er sich. „Wer ist der Tote eigentlich?" Die Frage kam ziemlich spät. Hatte Corona ihm schon einige Gehirnzellen geraubt? Er lauschte ins Handy.

„Hagemeister? Ist das der Bauunternehmer und Landtagsabgeordnete?"

Von der anderen Seite kam so etwas wie Zustimmung.

„Mann, Mann, Mann, den kenne ich. Oder kannte ich. Seine Häuser und Wohnungen erzielen Höchstpreise. War wohl nicht sehr beliebt, kam früher als andere Unternehmer an die besten Bauplätze, baute für die Prominenz. Man kann nicht sagen, dass er den sozialen Wohnungsbau gefördert hat." Sein Mitleid mit dem Toten hielt sich in Grenzen. Liebig gehörte nicht zur Kundschaft des Verstorbenen.

„Der Fall ist ja ziemlich spektakulär. Was treibt einen Mörder dazu, sein Opfer so zur Schau zu stellen? Carsten, überprüf mal bitte, ob es in der Vergangenheit noch andere Fälle mit ähnlicher Inszenierung gegeben hat. Besonders auffällige Suizide durch Erhängen in den letzten 2 Jahren hier in Kettwig. Vielleicht ist hier ja ein Serientäter am Werk."

„Wird erledigt." Kosinski grummelte Zustimmung.

„Was hat denn unser lieber Freund Halfmann zu dem Fall von sich gegeben? Aber mach es bitte kurz und verständlich!"

Halfmann war ein junger Gerichtsmediziner, sehr eifrig und in seinen Ausführungen ebenso genau wie langatmig. Liebig war kein guter Zuhörer, er redete selber gerne, keine gute Voraussetzung für einen Kriminalbeamten, der bei seinen Ermittlungen Täter und Tatzeugen zu Wort kommen lassen musste. Der wortkarge Kosinski war sein genaues Gegenteil, er hielt sich immer kurz und knapp und verlor lieber sein Portemonnaie als ein Wort zu viel. Vielleicht war dieser Gegensatz der Grund, dass Kosinski und Liebig ein ausgesprochen starkes erfolgreiches Team bildeten.

„Du bist nicht der einzige mit Corona. Das ganze Rechtsinstitut hat sich angesteckt und ist in Quarantäne. Halfmann ist verschont geblieben und hält die Stellung. Er ist überarbeitet und kann sich erst heute Nachmittag um den Toten kümmern."

„Du gehst auch hin", ordnete Liebig an. Er hasste Obduktionen und war im Moment sehr dankbar, alles vom Bett aus verfolgen zu können.

„Schick mir Fotos und erstatte mir nachher Bericht. Und übrigens, such' mal die Witwe auf." Liebig stellte das Handy aus und legte es aufs Nachtschränkchen. Er starrte gegen die Decke und schloss die Augen. Kurz danach war er eingeschlafen.

Frau Hagemeister wohnte in Essen-Rüttenscheid auf der belebten Alfredstraße Richtung Bredeney. Von außen wirkte das Haus wuchtig und übertrieben. Es war eines der heruntergekommenen Häuser im Stil der Gründerzeit mit hohen Decken, großen Fenstern und vorgebauten Erkern. Kosinski suchte ein Klingelschild, um zu sehen, auf welcher Etage die Hagemeisters wohnten. Es gab nur eine gusseiserne Klingelplatte ohne Namen. Er drückte auf den Klingelknopf. Eine ältere Frau im blauen Kittel öffnete die Tür.

Die Frau blickte Kosinski erst abschätzend an und kam dann nach der Abschätzung zu einem Ergebnis. „Verschwinden Sie! Wir geben nichts."

Kosinski sah an sich herunter. Er fand, dass an seiner Erscheinung nichts auszusetzen war. Sein alter Trenchcoat war sauber, und rasiert hatte er sich auch. Mochte sein, dass sein Rasierer nicht mehr in alle Furchen des Gesichtes kam, und dass seine Haare vielleicht etwas zu lang waren. Jetzt in der Coronazeit mied Kosinski den Friseur. Liebig war immer sein Türöffner gewesen, hatte mit seinem breiten Kreuz die Türöffnung gefüllt und die Bewohner mit seinem mächtigen Bauch in die Wohnung zurückgeschoben. Aber der Kerl hatte sich ja irgendwo bei irgendjemanden anstecken lassen müssen. Liebig hatte es nie so genau genommen mit dem gebührenden Abstand. Kosinski zog seinen Dienstausweis aus der Tasche und zeigte ihn der Frau. Dann fiel ihm der fehlende Mundschutz ein. Aber dazu hätte er erst die Pfeife aus dem Mund nehmen müssen. Er verzichtete auf den Mundschutz.

Die Frau winkte ihn mürrisch herein und ließ ihn in der Vorhalle stehen. Kosinski stellte sich vor ein deckenhohes Ölgemälde und betrachtete gelangweilt die in Öl abgebildete Stiftsdame, als eine Tür geöffnet wurde. Eine Frau um die vierzig im schwarzen Kostüm schickte die Hausangestellte mit einer Kopfbewegung weg. Die dunklen Haare waren eng am Kopf zu einem Pferdeschwanz gebunden. Ihr Gesicht war mäßig hübsch, fand Kosinski. Vielleicht war er auch nur ungerecht, denn ihr Gesicht war verweint.

Sie schniefte. „Die Polizei war schon da. Ich habe alles gesagt."

„Ich bin nicht die Polizei. Ich bin die Kriminalpolizei", knurrte Kosinski.

Die Frau bat ihn achselzuckend in das angrenzende Zimmer. Es war die Bibliothek. Massive Holzregale waren bis zur Decke mit schweren ledernen Bänden bestückt, deren Inhalt offenbar weniger wichtig war als die eindrucksvolle Optik. Gedrechselte Holzleitern vermittelten den oberflächlichen Eindruck, als wenn der Hausherr in der Vergangenheit seine Bücher von oben bis unten bearbeitet hätte. Frau Hagemeister wies dem Kommissar einen Besucherstuhl vor dem massiven Mahagonischreibtisch zu, während sich die Dame des Hauses hinter dem Schreibtisch in einen zierlichen Gobelinsessel warf.

Kosinski war bereit, die Frau sympathisch zu finden. Für seine Beileidsbekundung nahm er auch seine Pfeife aus dem Mund.

„Erst einmal mein herzliches Beileid für den überraschenden Tod Ihres Mannes", sagte er fast übertrieben teilnahmevoll. Frau Hagemeister schniefte und kramte in der Schublade nach einem Taschentuch.

„Wann haben Sie Ihren Mann zuletzt gesehen?"

„Gestern haben wir noch zu Mittag im Hugenpoet gegessen."

„Wie war seine Stimmung? War er besorgt, nachdenklich, hatte er Andeutungen über irgendeine Bedrohung gemacht?"

„Im Gegenteil. Er hatte was zu feiern und war gut gelaunt."

„Was war der Anlass?"

„Keine Ahnung. Etwas Geschäftliches. Wir sprachen nie über seine Geschäfte. Sie haben mich nicht interessiert. Sogar gelangweilt."

„Haben Sie einen Verdacht, wer Ihrem Mann das angetan haben könnte? Hat Ihr Mann Feinde gehabt, oder hatte jemand einen besonderen Grund, Ihrem Mann nach dem Leben zu trachten?" Immer dieselben Fragen. Kosinski schämte sich fast.

„Nein, natürlich nicht. Mein Mann war beliebt. Er hatte viele Freunde. Stand im Mittelpunkt der Gesellschaft. Sie können nicht glauben, wie viele Menschen mir inzwischen schon kondoliert haben."

Sie weinte jetzt laut in ihr Taschentuch. Die Zeit der großen Feten war vorbei, die Prominenz, die das Haus an der Alfredstraße bis gerade noch so oft und so gerne besucht hatte, würde in Zukunft ausbleiben. Sie bäumte sich in ihrem Sesselchen auf.

„Warum mein Mann, warum ausgerechnet in diesem Kaff? Warum hat man ihn an so einer komischen Märchenfigur aufgehängt? Ich kann das nicht verstehen." Sie spuckte das Wort Kaff richtig heraus.

Kosinski beschloss, diese Frau doch nicht mehr zu mögen. Er war zwar Werdener, hatte sich aber sein halbes Leben in Kettwig im Schatten seines Meisters herumgetrieben. Er vermutete, dass ein Großteil der Bekanntschaft, die bei Hagemeisters aus- und eingegangen war, aus den Villen um den Schmachtenberg stammte.

Kosinski beschloss die härtere Gangart. „Wollen Sie mir erzählen, wo Sie gestern in der Zeit von 18 bis 22 Uhr waren?"

Frau Hagemeister schaute Kosinski fassungslos an.

„Sie verdächtigen mich, meinen Mann umgebracht zu haben? Glauben Sie im Ernst, ich könnte einen kräftigen Mann in 4 m Höhe aufhängen?"

Kosinski betrachtete ihre schmalen Hände und schüttelte innerlich den Kopf.

„Wohl kaum. Aber ich stehe erst am Anfang meiner Ermittlungen. Ich muss auch erwägen, dass die Tat nicht von einem Einzeltäter begangen wurde. Ich will ja auch nicht sagen, dass

Sie es alleine gemacht haben. Haben Sie neben Ihrem Mann vielleicht auch noch eine andere Bezugsperson?"

„Fragen Sie mich jetzt gerade wirklich, ob ich einen Geliebten habe, mit dem zusammen ich meinen Mann umgebracht habe? Verdammt noch mal, ich habe keinen anderen Kerl."

„Vielleicht darf ich ja mal einen Blick auf Ihr Handy werfen."

Frau Hagemeister schob ihren Sessel nach hinten. Kosinski hatte Angst, dass sie gleich auf den Schreibtisch springen würde.

„Reden wir mal Klartext. Max und ich haben uns kaum gesehen. Er hatte mich viel alleine gelassen. Natürlich habe ich mitbekommen, dass Max nicht sehr zimperlich mit den Menschen umgegangen ist. Er hatte ein starkes Durchsetzungsvermögen. Ich musste zuhause die Kollateralschäden ausbaden. Manchmal haben erboste Menschen Tomaten gegen das Haus geworfen. Oder die Haustür verschmiert. Wir hatten schon überlegt, irgendwo hinzuziehen, wo die Menschen nicht so direkt ans Haus können. So mit Zaun und Vorgarten. Zum Beispiel nach Kettwig."

Kosinski grinste. Für etwas Ruhe würde sie sogar in das Kaff ziehen.

„Und wo waren Sie am Samstag um die besagte Zeit?"

„Zu Hause! Alleine! Mein Mann kann das leider nicht bezeugen. Er wurde ja um diese Zeit umgebracht." War da etwa Sarkasmus in der Stimme?

„Und wo war Ihr Bekannter?", wollte Kosinski vorsichtig wissen.

„Ich habe weder einen Bekannten noch einen Geliebten. Warum geht die Polizei immer davon aus, dass die Frauen erfolgreicher Männer einen Geliebten haben müssen? Ich habe meinem Mann immer zur Seite gestanden, auch wenn er mich oft gar nicht beachtet hat." Die Frau wurde jetzt richtig wütend.

„Schon in Ordnung", beschwichtigte Kosinski sie. „Und Ihr Handy?"

„Hier ist mein Handy!" Sie warf das Mobilfunkgerät auf den Schreibtisch.

Kosinski verzichtete auf einen Blick hinein. Seine Menschenkenntnisse sagten ihm, dass sie die Wahrheit sprach und trotz der Meinungsverschiedenheiten ehrlich um ihren Mann trauerte. Er stand auf und blieb vor dem Schreibtisch stehen.

„Bevor ich gehe, nochmal die Frage: Können Sie sich vorstellen, wer Ihren Mann so gehasst haben könnte, dass er ihn getötet hat?"

„Es gibt so einige Menschen, die nach dem Abriss ihres Hauses eine neue Wohnung suchen mussten. Aber mein Mann hat sie, soviel ich weiß, angemessen entschädigt."

„Kann ich einen Einblick in die Akten haben?"

„Versuchen Sie es doch in seinem Büro, das befindet sich auch auf der Alfredstraße." Sie gab ihm die Adresse. Er würde sich einen Durchsuchungsbeschluss vom Gericht besorgen müssen.

Leo Liebig wartete ungeduldig auf Kosinskis Anruf. Schon mehrfach hatte er selber versucht ihn zu erreichen. Natürlich war das Handy ausgestellt. Er fluchte. Nur er, Liebig, hatte das Recht sein Handy auszustellen. Beim Abendessen um 17 Uhr meldete sich Kosinski endlich.

„Hast du mit der Witwe gesprochen?"

Kosinski winkte ab: „Nicht besonders ergiebig." Er berichtete kurz von seinem Besuch auf der Alfredstraße und merkte schnell, dass Liebig ihm kaum zuhörte. Die Pfeife war ausgegangen. Liebig hörte ihn seine Pfeife stopfen.

„Und dann war ich noch bei der Rechtsmedizin. Also, das ging diesmal erfreulich schnell. Habe dem Halfmann erklärt, dass ich keine Zeit habe, weil ich alleine für zwei arbeiten muss. Er hat gesagt, er muss alleine für fünf arbeiten."

„Mach hinne, Carsten! Ich bin nicht mehr so taufrisch", wisperte Liebig.

„Und jetzt kommt der Hammer", fuhr Kosinski fort und zog an seiner Pfeife. „Der Halfmann hat festgestellt, dass unser Opfer zweimal umgebracht wurde. Naja, Hagemeister war schon nach dem ersten Mal tot. Erster Todeszeitpunkt gegen 19 Uhr. Ich schick dir gleich mal den Bericht des Rechtsmediziners."

„Mann, Mann, Mann, jetzt lass mal deine vagen Andeutungen nicht so im Raum stehen."

„Also, Richard Hagemeister ist gestern gegen 19 Uhr erwürgt worden. Sein Kehlkopf wurde eingedrückt. Hämatome von Daumenabdrücken am Hals vorne, und hinten Fingerabdrücke im Nacken. Halfmann hatte noch einige lateinische oder griechische Namen eingeworfen. Keine Ahnung. Kannst du später im Bericht nachlesen. Auf jeden Fall muss der Mörder kräftig sein."

„Also keine Frau", warf Liebig ein.

„Das kann man so nicht sagen. Wir wollen ja keine Vorurteile haben." Kosinski dachte an eine Exkollegin, die ihm einmal beim Training aus Spaß oder Versehen den Arm gebrochen hatte.

„Der Täter oder - gendergerecht - der Täter/die Täterin haben das Opfer also erdrosselt und nicht stranguliert. Aber wenn Richard Hagemeister schon tot war, warum hat man ihn nicht einfach verschwinden lassen? Warum die Mühe, einen Toten aufzuhängen? Aber das hatten wir ja schon mal im Fall Westen ganz ähnlich so. Hast du mal die Suizide durch Erhängen in dem letzten Jahr recherchiert?"

Kosinski knurrte beleidigt. „Ja, natürlich, und ich bin der Geist aus der Flasche, der deinen Mörder schon hinter Gitter gebracht hat und die Panzerknackerbande obendrein. Mensch Leo, ich bin ein Einmannbetrieb. Knappmann haben sie zu seinem Verkehrsunfall mit Todesfolge abgezogen. Und du liegst im Bett und stellst Ansprüche. Dein Krankenschein enthält nicht die Lizenz zum Nerven."

„Jetzt reg' dich mal nicht so künstlich auf. Mann, Mann, Mann. Schließlich helfe ich hier vom Krankenbett aus mit, so gut ich kann."

Kosinski verspürte im Moment keine Dankbarkeit.

„Du könntest wenigstens mal mit deinem Laptop arbeiten. Es gibt einige Sachen, die man vom Bett aus erledigen kann. Du bist sozusagen im Homeoffice."

„Laptop ist hier nicht erlaubt. Ich muss mich schonen. Ich würde jetzt so gerne wieder draußen sein, ein Bierchen schlürfen. Aber ich fühle mich wirklich zu schlapp. Ich verpenne fast den ganzen Tag."

„Dann hat sich ja nicht viel geändert. Du arbeitest doch auch draußen hauptsächlich in der Nacht. Ich lasse dich jetzt in Ruhe schlafen und rufe dich heute Nacht wieder an, wenn du munter bist." Noch ehe Liebig antworten konnte, hatte Kosinski das Gespräch beendet. Liebig aß noch das letzte Stückchen Brot mit Salami. Es ging wieder aufwärts mit ihm. Sein Appetit war wieder da.

Den Abend verbrachte Kosinski damit, die Anordnung

seines Chefs zu erledigen. Im Polizeiauskunftssystem suchte er zunächst nach den Aktenzeichen der Sterbefälle in Essen, filterte das letzte und das laufende Jahr heraus. Die EDV spuckte eine Menge Aktenzeichen aus. Jeder Suizidfall, auch der bloße Versuch, erhält im „Polas" ein Aktenzeichen. Im Verlauf von einem Jahr gab es in ganz Essen 62 Suizide und noch mehr Suizidversuche. Davon starb fast die Hälfte der Opfer durch Erhängen, deutlich mehr Männer als Frauen. Kosinski beschloss, erst einmal die Angehörigen der Suizidopfer in Kettwig aufzusuchen.

Die aufgerufenen Vorgänge waren bereits digitalisiert. Kosinski las: Suizid durch Erhängen am 24.12. 2020, ein 85jähriger Mann namens K.H. Der Mann hatte in einem Altenheim in Kettwig gelebt. Seine Frau war kurz vorher an Corona verstorben. In der Nacht hatte der alte Mann sich ein Seil um den Hals gelegt, am Treppengeländer der obersten Etage befestigt, war über das Gelände gestiegen und hatte sich dann in die Tiefe fallen lassen. Der Fall schien eindeutig. Keine Fremdeinwirkung. Der Mann hatte keine Angehörigen mehr und auch kein Geld zu vererben. Der zweite Fall war ebenfalls eindeutig. Ein anderer Mann hatte sich erhängt, weil sein Körper voller Metastasen war. Die Schmerzen waren unerträglich geworden. Eine Frau hatte sich umgebracht, weil ihr Mann sie betrogen hatte.

Alle Opfer wurden in der Essener Gerichtsmedizin obduziert. Unter alle Berichte hatte Dr. Halfmann, der damals noch ganz frisch am Set war, seine Unterschrift gesetzt. Ein Garant dafür, dass absolut nichts übersehen wurde. Ihm vertraute Kosinski absolut. Er druckte noch die Berichte aus, um sie mit ans Bett zu nehmen und noch einmal durchzuarbeiten. Ob er nichts übersehen hatte. Morgen wollte er sie für Liebig hinterlegen. Besuchen durfte er ihn leider nicht.

Kosinski erkundigte sich bei der KTU, einem Herrn Müller, ob man etwas Brauchbares auf Hagemeisters Computer gefunden hätte. Drohungen, illegale Geschäfte, Steuerhinterziehung. Der Beamte sah Kosinski nur mitleidig an.

„Das war rein geschäftlich. Große Aufträge, bei vorläufiger Auswertung aber nichts Illegales. Abriss der alten Häuser, teilweise noch mit guter Bausubstanz, Errichtung von energieeffizienten Stadtvillen oder Bürohäusern auf den geräumten Grundstücken. Alles mit Baugenehmigung, manchmal wurde die Baugenehmigung auch nachgeholt. Versäumnisse und Verzögerungen schob Hagemeister auf Ausfälle durch Corona ", erklärte der Mann im mittleren Alter. Er war erfahren genug, um Wichtiges von Unwichtigem unterscheiden zu können. Das passte mit den Andeutungen zusammen, die Frau Hagemeister gemacht hatte.

„Und auf dem Handy?"

„Da war schon einiges mehr. Manche Gespräche hatte Hagemeister gelöscht. Wir konnten sie aber wiederherstellen."

„Mann, Mann, Mann. Sieht so aus, als wenn es eine Menge Verdächtige gibt. Hagemeister ist einfach rigoros gegen den einen oder anderen vorgegangen, hat ihm das Dach über dem Kopf eingerissen. Es deutet sich ganz gewaltig an, dass viele einen triftigen Grund hatten, den Hagemeister umzubringen." Liebig stöhnte in sein Kissen.

„Ich werde den Gedanken nicht los, dass wir es mit einem Ritualmord zu tun haben. Warum wird die Leiche in der Öffentlichkeit drapiert? Der tote Hagemeister wird praktisch an den Pranger gestellt. Was ist da passiert? Ist der Mörder ein

Robin Hood, der gegen Hagemeister und andere Bauspekulanten einen Kreuzzug führt? Stehen wir am Anfang einer Kette mit vergleichbaren Taten?"

„Oder hat derselbe Täter schon früher einmal zugeschlagen?" Kosinski grübelte laut.

„Arbeite mal die Liste mit den Suizidfällen zu Ende. Und dann beschäftige dich mal mit der Frage, warum Hagemeister ausgerechnet hier in Kettwig aufgehängt worden ist. Welchen Bezug hat sein Tod zu unserer Stadt?"

„Die Witwe sagt, man habe überlegt nach Kettwig zu ziehen, weil sie in Rüttenscheid im ständigen Shitstorm standen."

„Naja, dennoch verstehe ich den Sinn nicht. Warum muss man den toten Bauunternehmer ausgerechnet hier vor Ort aufhängen?"

„Sonst noch was?"

„Ja, ich brauch die Ergebnisse der Spurensicherung. Vor allem, wie hat der Täter den Toten unbemerkt und möglicherweise ohne Hilfsmittel mit dem Seil um den Hals auf 4 Meter Höhe heben können? So, Schluss jetzt. Ich bin müde und hau mich hin."

„Du liegst doch schon. Aber schlaf gut!" Liebig hatte wirklich stark abgebaut. Kosinski sah auf die Uhr. Erst 22 Uhr. Um diese Zeit lief sein Chef an gesunden Tagen eigentlich erst zur Höchstform auf.

Im katholischen Kettwiger Altenheim wurde Kosinski freundlich von der Leiterin empfangen. Er bekam kaum Luft und atmete schwer. Das lag aber nicht an seiner ständigen Qualmerei, sondern an der Maske, die er brav übergestreift hatte. Die Oberin mittleren Alters hatte ein sympathisches Gesicht, soweit man es erkennen konnte, freundliche Augen und kleine Lachfalten in den Augenwinkeln. Auch sie hielt sich an die Vorschriften.

„Herr Hütten hatte Depressionen. Er hatte immer zu uns gesagt, dass er vor seiner Frau sterben will. Beide hatten Corona. Aber sein zäher Körper hat sich mit Macht gewehrt. Er hatte überlebt. Seine Frau ist gestorben", erklärte sie in ihrem kleinen Büro.

„Also ist auch er ein Coronaopfer geworden, wenn man das so sagen darf." Kosinski hoffte auf eine Tasse Kaffee. Diesmal weniger, weil er Durst hatte, sondern weil er die verdammte Maske loswerden wollte.

„Ich hätte Ihnen ja gerne etwas zu trinken angeboten, aber Sie kennen ja die Vorschriften."

Kosinski grummelte. Beim Friseur gab es auch schon keinen Kaffee mehr. Darum ging er auch nicht mehr hin.

„Hat Herr Hütten einen Abschiedsbrief hinterlassen?"

„Warum sollte er? Er hatte keine Angehörigen mehr, zumindest keine nahen Angehörigen. Jeder hier im Heim kannte seine Trauer. Aber ich kann Ihnen gerne den Sack mit seiner letzten Habe mitgeben. Sie werden enttäuscht sein." Die Oberin war aufgestanden.

„Noch eine letzte Frage, war ein Herr Hagemeister mal zu Besuch bei ihm?" Blöde Frage, dachte er selber. Was sollte ein Bauunternehmer von einem armen alten Mann wollen, der nichts zu verkaufen hatte.

„Bestimmt nicht. Besuche waren in der Coronazeit streng verboten, sogar von Angehörigen. Jetzt ist es etwas lockerer geworden. Aber alle Besucher werden registriert. Herr Hütten hatte nie Besuch. Das weiß ich sicher. Auch nicht vor Corona." Die Oberin schüttelte traurig ihren Kopf.

Was für ein trostloses Leben, dachte Kosinski betrübt.

Dann hätte ich mich auch umgebracht.

Die Oberin zeigte Kosinski noch die Stelle, wo sich der arme Kerl mit der Schnur um den Hals in den Tod gestürzt hatte. Das Treppenhaus ging über drei Etagen. Er wäre auch ohne Strick tot gewesen, wenn er unten angekommen wäre. Also doppelte Absicherung.

„Die arme Nachtschwester hatte einen schlimmen Schock, als sie ihn gefunden hatte. Sie machte sich Vorwürfe", sagte die Oberin.

„Sie kann ja nicht überall gleichzeitig sein", meinte Kosinski. Er verzichtete auf ein Gespräch mit der Nachtschwester. Der Fall war eindeutig. Suizid.

Nach dem Frühstück rief Knappmann an. „Tach, Liebig. Kosinski will, dass ich dir die Ergebnisse der Spurensicherung durchgebe. Also, mit den Fingerabdrücken sieht es schlecht aus. Keine verwertbaren Abdrücke mehr, weil es zur Tatzeit geregnet hat. Es gibt jede Menge von Abdrücken im unteren Säulenbereich, aber alle so durch den Regen verwaschen, dass die Auswertung nichts bringt. Deutlich weniger Abdrücke im oberen Bereich. Aber das ist ja auch zu erwarten gewesen. Wir sind auf die Abdrücke des Täters an Hals und Nacken des Opfers angewiesen. Die genetischen Spuren wie Hautpartikel, Haare und die Textilfasern an der Leiche sind systematisch erfasst, aber noch nicht ausgewertet worden. Ich zweifele daran, dass eine Zuordnung gelingt. Im unteren Bereich der Säule finden sich unterschiedliche Harnabsetzungen menschlicher und tierischer Herkunft. Ich denke, wir müssen das nicht unbedingt im Auge behalten."

„Urin im Auge? Nein, danke. Habt ihr das Seil untersucht?"

„Yep. Sieben Meter langes Arbeitsseil, Polypropylen, 8 mm

Durchmesser, an beiden Seiten mit einem scharfen Werkzeug abgeschnitten. Vielleicht von einer größeren Rolle abgerollt. Kommt vor allem bei Bauarbeiten zum Einsatz."

„Lass mich mal raten: In jedem Baumarkt zu erhalten."

„Richtig, auch im örtlichen Baumarkt am Teelbruch."

„Besonderheiten?"

„Eines der beiden Enden des Seils war mit einem Stückchen Angelschnur verknotet. Die Angelschnur ist direkt am Knoten abgeschnitten worden. Könnte sein, dass das Seil für irgendeinen speziellen Arbeitseinsatz gebraucht worden ist."

„Könnte sein", sagte Liebig.

„Ich soll übrigens noch sagen, dass Kosinski weiter die Liste mit den Suizidfällen abklopft. Eine heiße Spur ist nicht dabei. Keines der Opfer kommt aus dem Großunternehmertum. Niemand ist annähernd so spektakulär zu Tode gekommen wie unser Hagemeister. Kosinski meint, dass wir unsere Zeit besser verwenden können."

„Sag dem Kosinski, dass er den Filter auf die letzten drei Jahre erweitern soll." Liebig schloss seine Anordnung mit einer Hustensalve ab.

Kosinski hockte frustriert auf der Aussichtsterrasse der Stiege, einer kleinen Gaststätte in Kettwig, vor seinem Kaffee. Die Terrasse war im Augenblick der einzige gastronomische Ort, wo er seine Pfeife in Betrieb nehmen konnte. Liebigs Gehirn musste von Corona traumatisiert worden sein. Der Kerl lag mit seinem fetten Hintern im Krankenbett und organisierte sinnlose Treibjagden auf einen Täter, der es nach Liebigs Bauchgefühl auf Industrielle und Großunternehmer abgesehen hatte. Für die Presse war Hagemeisters Tod ein toller Aufhänger. In ihren Berichten befeuerte sie Liebigs Theorie vom Rächer der sozial Benachteiligten. Sie konnte darauf verweisen, dass Hagemeister mit seinem Wohnungsbau für die Reichen tatsächlich eine Brandspur hinterlassen hatte. Aber die in den Artikeln aufgeworfene Frage, wer denn das nächste Opfer des Hagemeister-Mörders sein wird, ging Kosinski eindeutig zu weit. Kriminalrat Schlamm hatte in der schnell anberaumten Pressekonferenz der Presse noch Zucker gegeben, als er andeutete, dass auch in diese Richtung sehr erfolgreich ermittelt würde. Zynisch war, dass Schlamm auch noch mitgeteilt hatte, dass ein Stab seiner besten Mitarbeiter rund um die Uhr ermitteln würde und bereits erfolgreiche Ansätze vorweisen könnte. Der gesamte Stab der Ermittler saß gerade auf der Terrasse der Stiege und stierte in einen kalt werdenden Kaffee.

Gerade hatte Knappmann ihm per Handy mitgeteilt, dass er – Kosinski – seine Ermittlung wegen der Suizidfälle auf einen Zeitraum von 3 Jahren erweitern müsste. Das fehlte gerade noch. Und das hatte er Knappmann sehr lautstark am Telefon auch erklärt. Er würde mindestens noch 14 Tage benötigen, um alle Angehörigen der Suizidopfer zu interviewen. Und er würde zu keinem Ergebnis kommen, jeder Suizid hatte seine eigene traurige Geschichte, die ihn mitnahm und bedrückte. Bei jedem Hausbesuch riss er alte Wunden auf, beschwor er alte Trauer neu herauf. Halfmann irrte sich nicht. In allen Fällen, die er bisher überprüft hatte, bestand kein Anlass zu der Vermutung, dass es sich nicht um Selbstmord, sondern um Mord handelte. Und niemand hatte Kontakt zu Hagemeister.

Der griechische Kellner hatte zugehört, als er im Telefonat mit Knappmann immer heftiger wurde.

„Stress?", fragte er und blieb vor Kosinski stehen.

„Und wie", sagte Kosinski.

„Kannst du vergessen, wenn es dich nicht interessiert. Aber in Mintard gab es mal so einen Fall mit viel Presse und mit viel

Theater."

Kosinski überlegte. Mintard war praktisch ein Vorort von Kettwig, hatte denselben Pfarrer wie Kettwig, war aber nach Mülheim eingemeindet worden. Kein Wunder, dass die Sterbefälle in Mintard vom Kettwiger Filter nicht erfasst worden waren. Kosinski machte eine Geste, damit sich der Kellner zu ihm setzte.

Der Grieche blieb stehen.

„Es gab mal eine Frau in Mintard. Sie war mit ihrem Mann öfter hier. Ich glaube, sie hatte auch Kinder. War ne Nette."

„War?", Kosinski horchte auf.

„Auf einmal kam sie nicht mehr. Hat sich erhängt. Nebenan in Mintard. Wie gesagt, die Sache hat viel Aufregung verursacht."

Zwei Stunden später lag die Sterbeakte bei Kosinski auf dem Tisch. Nur ein paar Blätter dokumentierten das Lebensende eines Menschen, der den Tod einem Weiterleben vorgezogen hatte.

Die Frau hieß Barbara Schmidt, wohnte gegenüber dem Fußballplatz in Mintard. Ehemann Axel Schmidt, müsste jetzt 53 Jahre alt sein. Die rechtsmedizinische Untersuchung hatte noch der Vorgänger von Dr. Halfmann durchgeführt. Er hatte sich streng an die vorgeschriebenen Untersuchungsvorgänge gehalten und das Untersuchungsprotokoll ordnungsgemäß abgefasst. Frau im guten Allgemeinzustand, 45 Jahre. Tod durch Erhängen auf dem Dachboden. Eindeutig Suizid. Kein Zweifel an den Feststellungen des Gutachters. Kein noch so winziger Hinweis auf Fremdverschulden.

Die Straße war klein und überschaubar. Alte gemütliche Häuschen, etwas ungepflegt, mit hübschem Vorgarten.

Irgendwo dahinter die Ruhrauen, und zur anderen Seite die aufsteigenden Hänge der Ruhrhöhen. Hier konnten die Kinder in Ruhe groß werden. Zwischen die kleinen Häuser aber zwängte sich ein schneeweißes kastenförmiges Energiesparhaus, dominant und platzbeherrschend, das zur besseren Rendite des Erbauers in zahlreiche Eigentumswohnungen eingeteilt war. Kosinski wusste, dass es nur eine Frage der Zeit war, bis alle Häuser in solche kastenförmigen Renditeobjekte mutiert waren. Er warf noch mal einen Blick in seine Akte. Kein Zweifel, das war zumindest bis vor ca. 3 Jahren die Anschrift der Eheleute Schmidt gewesen.

Aus dem Nebenhaus kam eine ältere gepflegte Frau. Sie ließ die Haustür angelehnt und ging zum Briefkasten.

Kosinski marschierte auf die Frau zu und zog seinen Ausweis aus seinem Trenchcoat. „Schönen guten Tag. Darf ich Sie mal kurz stören?!"

Die Frau legte ihre Post auf den Briefkasten. Sie untersuchte den Ausweis von oben nach unten und drehte an Kosinskis Handgelenk, weil sie auch die Rückseite des Ausweises beäugen wollte. Kosinski ließ das geduldig zu.

„Hat nicht die Familie Schmidt mal hier gewohnt?"

Die Frau sah Kosinski misstrauisch an, als würde er sie einer hochnotpeinlichen Befragung unterziehen. Sie zögerte mit der Antwort. „In diesem Haus haben die Schmidts nie gewohnt."

„Aber das ist doch ihre Anschrift."

„Das *war* mal ihre Anschrift. So ein hübsches kleines Häuschen, so ein ähnliches wie unseres. Harmonische Nachbarschaft. Die Familie war so glücklich hier. Die Kinder konnten auf der Straße spielen. Wir hatten Straßenfeste gefeiert, besuchten uns gegenseitig. Dann auf einmal kam so ein Bauunternehmer und ließ das Haus abreißen."

„Den Leuten gehörte das Haus also nicht?"

„Sie haben dort zur Miete gewohnt. Sie waren nicht so reich. Axel, der Ehemann, ist bei der Feuerwehr. Da verdient man nicht so viel. Und die Miete war nicht so hoch."

Jetzt schimmerten die Augen der Frau feucht. Kosinski überbrückte die Situation, indem er sich seine Pfeife stopfte.

Ihre Worte tröpfelten langsam aus ihr heraus, und jedes schlug bei Kosinski schmerzhaft ein.

„Die Schmidts hatten fünf Kinder, damals waren sie im Alter von drei bis fünfzehn. Eine siebenköpfige Familie. Wie das so ist, gab es immer viel Streit, viel Geplärre und viel Frohsinn. Laut und fröhlich waren sie. Dann eines Tages kam Bärbel weinend zu mir. Der Vermieter hatte sein Haus an Hagemeister verkauft, und Hagemeister hatte sie kurzfristig herausgeworfen. Sie wollten sich keinen Rechtsanwalt nehmen."

„Und an einem der letzten Tage hat sich Frau Schmidt dann das Leben genommen", ergänzte Kosinski.

„Richtig. Und einen verzweifelten Mann mit fünf Kindern allein gelassen."

Kosinski drehte sich um und starrte auf das große weiße Haus. Die Nachbarin in seinem Rücken redete weiter: „Es fällt schwer, Mitleid mit einem Mann wie Hagemeister zu haben, der eine ganze Familie auf dem Gewissen hat."

„Was ist aus der Familie geworden?"

„Axel hat mit den Kindern keine neue Wohnung in Kettwig und Umgebung gefunden. Nach dem Tod der Frau hat halb Kettwig Geld gesammelt und versucht zu helfen, aber plötzlich waren sie alle weg. Unbekannt verzogen. Ich glaube, das Jugendamt war kurz da wegen der Kinder. Meinetwegen brauchen Sie den Mörder nicht zu finden. Der hat nur verhindert, dass dieser Kerl weitere Familien ins Unglück stürzt."

Kosinski fragte weder nach ihrem Namen noch nach ihrem Alibi. Warum sollten sich die Frau oder die anderen Nachbarn 3 Jahre nach dem Suizid der Frau Schmidt an dem Bauunternehmer rächen? Er musste diesen Axel Schmidt finden.

Diese Aufgabe wurde pflichtgemäß von Knappmann übernommen.

„Es gibt keinen Axel Schmidt mehr", verkündete er Kosinski am Handy. „Ich habe mit der Feuerwehr in Essen telefoniert. Er hat seinen Job bei der Feuerwehr in Essen verloren und ist auch nirgendwo mehr gemeldet. Wenn du so willst: Er ist untergetaucht."

„Wieso hat er seine Arbeit verloren?"

„Er hatte wohl angefangen zu trinken. Sie hatten ihn mehrfach verwarnt, letztendlich mussten sie ihn feuern, weil sein Job zu gefährlich war. Die Verantwortung war zu groß.

„Und was ist mit den Kindern?"

„Das Jugendamt hat sich nach dem Tod der Mutter um sie gekümmert. Der Mann war dazu nicht in der Lage. Mehr kann ich leider nicht sagen."

Kosinski beendete das Gespräch. Er lief verwirrt und planlos durch den Ort, sah die liebevoll dekorierten Auslagen in den Geschäften, die in den kleinen Fachwerkhäusern links und rechts der Hauptstraße untergebracht waren – und sah sie nicht. Irgendwann fand er sich vor dem Eingangsportal des Bonifatius-Hospitals wieder. Er schämte sich, weil es ihm so vorkam, als würde er zu seinem Chef rennen, um seinen seelischen Müll bei ihm abzuladen. Er setzte seine Pfeife in Brand und inhalierte seinen Latakia-Tabak. Die immer wiederkehrende Zeremonie beruhigte ihn. Dann rief er Liebig noch vor dem Krankenhaus an und berichtete ihm von seinen Ermittlungen.

Liebig hörte wider Erwarten geduldig zu, ohne irgendeinen seiner Sprüche zu klopfen. Er stellte einige Fragen. Fragen, die Kosinski nicht beantworten konnte, weil der Ermittlungsstand noch nicht so weit war.

„Ich kann verstehen, dass du von der Rolle bist, Carsten", sagte er. „Wenn du psychisch nicht mehr dazu in der Lage bist, lass Knappmann weitermachen. Jeder könnte das verstehen. Andererseits stehst du ja gerade kurz vor einem Ermittlungserfolg."

„Ermittlungserfolg? Wie meinst du das?"

„Mensch, Carsten, wir haben unseren Mörder. Hast du mal drei und drei zusammengezählt?" Liebig sprach mit einer geduldigen Stimme, als wolle er einem Kleinkind die Grundrechenarten beibringen.

„Eins und eins heißt das", knurrte Kosinski. „Dieser Schmidt kann doch unmöglich der Mörder sein."

„Überleg mal. Wir haben einen starken Opfer-Täter-Bezug. Wir haben ein überragendes Motiv. Und wir wissen, dass Schmidt bei der Feuerwehr gearbeitet hat. Er ist es gewohnt, in größeren Höhen zu arbeiten."

„Leo, der Mann ist Alkoholiker. Er arbeitet nicht mehr bei der Feuerwehr. Er kann mit Sicherheit auf keine Leiter mehr steigen. Wo sollte er die auch herhaben? Und warum sollte er ausgerechnet drei Jahre nach dem Tod seiner Ehefrau plötzlich ein so starkes Rachegefühl entwickelt haben, dass er Hagemeister umbringt?"

„Er ist es, sagt mein Bauchgefühl."

„Darauf kann man sich auch nicht mehr so verlassen. Du hast 25 Kg abgenommen."

Kosinski überlegte sich, ob er das Jugendamt telefonisch

befragen sollte. Dann entschied er sich für ein persönliches Gespräch. Die Sozialarbeiterin im Jugendamt war groß, ausgesprochen schlank und wirkte total überfordert. Sie behandelte Kosinski, als wenn er für ihre Überbelastung persönlich verantwortlich war. Kosinski mochte keine dürren hektischen Frauen, die keine Zeit für ihn hatten.

„Ja, ich betreue die Kinder. Sie sind bis auf den Ältesten bei Pflegeeltern untergebracht. Den Ältesten betreuen wir im Rahmen seiner Berufsausbildung." Die Frau zitierte gleichmütig aus ihrer Akte. Das war ihr Job.

„Leben die Kinder zusammen?", wollte Kosinski wissen.

„Ist das Ihr Ernst? Fünf Kinder? Üblicherweise nehmen wir eine Trennung vor. Es ist nicht gut, wenn die Kinder auf sich fixiert in einem einzigen Familienverband bleiben."

„Haben die Kinder Kontakt zu ihrem Vater?"

„Der Vater ist nicht sesshaft, arbeitslos und Alkoholiker. Nach dem Tod der Mutter kamen die Geschwister Schmidt zunächst in eine Kurzzeitpflege. Weil der Vater sich nicht mehr gefangen hatte, sind die Kinder endgültig zu Pflegeeltern gekommen. Herr Schmidt nimmt die angebotenen Besuchskontakte nicht wahr."

„Wie kann ich ihn finden?"

„Er ist obdachlos. Ich schreib Ihnen mal die Adresse des ältesten Sohnes Stefan auf. Stefan unterhält unseres Wissens noch einen gelegentlichen Kontakt zum Vater."

Stefan wohnte in einem Wohnheim in Schuir. Ein altes Kloster, das die Stadt gelegentlich für Flüchtlingsunterkünfte benutzte. Das Zimmer mit den hohen Decken und dicken Wänden wirkte wie eine Mönchszelle. Kosinski registrierte, dass das Zimmer peinlich sauber und aufgeräumt gehalten war. Stefan musste um die 18 oder 19 Jahre alt sein, sah aber mit seinem Bartwuchs deutlich älter aus.

„Gehen wir in den Hof", schlug er vor. Kosinski merkte, dass Stefan ihn möglichst schnell aus seinem Zimmer bugsieren wollte. Unter den niedrigen Fenstern standen mehrere Bänke in dem gepflasterten Hof. Sie setzten sich auf eine Bank neben dem Eingang. Nicht weit entfernt von ihnen palaverte eine Flüchtlingsgruppe in einer Sprache, die Kosinski nicht kannte.

„Ich komme wegen deines Vaters", sagte Kosinski. Ich möchte gern wissen, wo ich ihn erreichen kann. Kannst du mir seine Adresse geben?"

„Warum sollte ich das tun?" Stefan war misstrauisch.

„Weil ich mit ihm über eine Mordsache sprechen möchte. Du hast bestimmt von der Sache gehört."

Stefan blieb eine Zeitlang ruhig sitzen, den Kopf zu Boden gesenkt. Dann schaute er auf und blickte Kosinski an. „Klar, die Sache mit dem Hagemeister."

„Ich möchte wissen, was dein Vater dazu zu sagen hat."

„Mein Vater hat gar nichts dazu zu sagen."

„Das möchte ich von ihm selbst hören."

Stefan sprang auf. „Könnt ihr meinen Vater nicht in Ruhe lassen? Der hat ganz bestimmt nichts mit der Sache zu tun. Axel ist in ein Loch gefallen. Er hat sich in seinem Loch eingerichtet. Ich will nicht, dass ihr ihn quält. Hagemeister hat bekommen, was er verdiente."

„Ich mach dir einen Vorschlag. Du kannst mich begleiten und auf deinen Vater aufpassen. Du bist dir sicher, dass er unschuldig ist, dann kann ihm auch nichts passieren."

„Axel hat keine normale Adresse. Ich mach eine Ausbildung als Streetworker. Habe meinen Ausbilder oft begleitet. Vor ungefähr einem Jahr bin ich dann auf meinen Vater gestoßen. Es hat lange gedauert, bis ich verarbeitet habe, dass er auf der Straße lebt, buchstäblich. Und noch länger, bis ich kapiert habe, dass Axel kein anderes Leben mehr will."

„Geh'n wir sofort los?"

Axel Schmidt lag im Eingang eines Geschäfts am Pferdemarkt. Der Laden hatte geschlossen. Die Schaufenster waren mit braunem Packpapier verklebt. Ein Schild wies darauf hin, dass die Firma an eine andere Anschrift verzogen war. Schmidt lag zusammengekrümmt unter einer löchrigen Wolldecke. Ein alter Trolley mit seinen Sachen stand an seiner Kopfseite. Als Kosinskis Schatten auf ihn fiel, schreckte er auf. Dann sah er seinen Sohn, und sein zerfurchtes Gesicht entspannte sich etwas.

„Alles in Ordnung, Papa", sagte Stefan. „Das ist ein Mann von der Polizei. Du hast ja gehört, dass Hagemeister gestorben ist. Herr Kosinski untersucht seinen Tod."

Kosinski verzichtete darauf, dem Obdachlosen seinen Ausweis unter die Nase zu halten. Er schätzte den Mann auf 70, er sah aber jünger aus. Er hatte sich jetzt aus der Decke geschält und vollständig aufgerichtet. Er torkelte etwas, hatte sich aber schnell wieder gefangen. Sein langer grauer Trenchcoat glich Kosinskis Mantel. Sie hätten Brüder sein können. Nur die Haare von Schmidt waren etwas schütterer, grauer und kürzer.

Schmidt musterte Kosinski von oben bis unten.

„Aha, inkognito", sagte er dann.

Kosinski fühlte sich unbehaglich. „Ich möchte nicht – zwischen Tür und Angel mit Ihnen sprechen. Ich lade alle zu einem Kaffee ein."

Ein paar Schritte weiter hatte ein italienisches Bistro ein paar Tische mit Stühlen nach draußen gestellt. Sie setzten sich dorthin, und Axel stellte seinen alten Trolley ängstlich neben seinem Stuhl ab. Kosinski war froh, dass Axel seine muffige Kleidung an der frischen Luft auslüftete. Er steckte seine Pfeife an und inhalierte den frischen gesunden Tabaksduft. Die Bedienung schlurfte herbei. Das Misstrauen war ihr ins Gesicht geschrieben.

„Wer bezahlt?“

„Ich! Drei Tassen Kaffee“, bestellte Kosinski.

Axel Schmidt schielte in das Bistro hinein. „Und ein großes Stück Tiramisu für den Herrn mir gegenüber.“ Schmidt grinste zufrieden.

Schmidt aß seinen Kuchen mit großem Anstand. Kosinski merkte, dass er vor seinem Sohn den Eindruck machen wollte, als hätten ihm drei Jahre auf der Straße nicht geschadet. Er war höflich, aufmerksam und gab sich geradezu weltmännisch.

„Sprechen wir über Hagemeister“, sagte Kosinski. „Sie kennen ihn?“

Schmidt unterbrach sich beim Kauen. „Ja, kenne ich. Er ist, wenn ich das so sagen darf, an allem Unheil unserer Familie schuld.“ Schmidt bemühte sich um eine gepflegte Sprache. Kosinski merkte, dass sich Schmidt einen Zacken abbrach, um von seinem Straßenleben abzulenken.

„Er ist ermordet worden. Was wissen Sie davon?“

Stefan versuchte sich einzumischen: „Papa, du musst jetzt nichts ...“

Kosinski unterbrach ihn mit einer Handbewegung. „Was wissen Sie davon?“, wiederholte er.

„Das, was mir Stefan erzählt hat. Wissen Sie, ich lese keine Zeitungen. Da muss jemand genauso einen Hass auf den

Ganoven gehabt haben wie ich."

„Sie haben ihn also gehasst."

„Aber nicht umgebracht."

„Wo waren Sie am Samstag in der Zeit von 18 bis 22 Uhr?"

„Du meine Güte. Wo war ich? Meistens liege ich hier am Pferdemarkt im Hausflur. Geh abends noch mal durch den Hauptbahnhof. Wissen Sie, am Samstag kommen die Fans von den Fußballspielen zurück. Werfen mit dem Leergut nur so um sich. Die Konkurrenz von den anderen Kollegen ist sehr groß. Da muss man auf Zack sein."

Schmidt verdrückte noch einen Bissen Tiramisu. „Gleich werden Sie mich fragen, ob das jemand bezeugen kann."

„Und?"

„Sehen Sie, Herr Kommissar. Das ist das Traurige. Hunderte von Leuten haben mich gesehen, aber keiner hat mich wahrgenommen. Die meisten sehen ja weg."

„War Stefan vielleicht am späten Samstag bei Ihnen?"

„Nicht am Samstag."

„Wann haben Sie Hagemeister zuletzt gesehen?"

„Vor Jahren. Vor drei Jahren hätte ich keine Hand für mich ins Feuer gelegt, wenn ich Hagemeister begegnet wäre. Aber jetzt? Warum jetzt? Ich habe mit ihm abgeschlossen."

„Wann waren Sie zuletzt in Kettwig?"

„Hagemeister ist in Kettwig ermordet worden, nicht wahr? Meinen Sie wirklich, ich würde einen Bus nach Kettwig nehmen, um den Herrn Hagemeister aus dem Leben zu befördern? Der wohnte doch gar nicht in Kettwig, glaube ich."

Kosinski hatte den Eindruck, dass Axel Schmidt ein Plädoyer losgelassen hatte, das kein Anwalt besser hätte formulieren können. Dennoch goss er jetzt Öl ins Feuer.

„Ich kann mir vorstellen, wie es Ihnen geht. Sie sind unten

angekommen, ganz unten. Sie merken gar nicht, wie die Zeit verstreicht. Der Alkohol tötet die Erinnerung und die Öde in Ihrem Leben. Aber in den Augenblicken, wo Sie nüchtern sind, bohrt sich ein böser Gedanke in ihr Hirn. Hagemeister hat Ihr Leben versaut, Ihnen Frau und Kinder genommen. Sie haben sich nicht gegen ihn gewehrt. Jetzt sind Sie zu schwach. Der Alkohol lässt Sie nicht mehr aus seinen Fingern."

Stefan mischte sich ein. „Bitte haben Sie doch mehr Respekt vor meinem Vater."

„Lassen Sie mich ausreden. Dann kommt eines Tages die Wende. Ihr Sohn findet Sie in einem Hauseingang. In Begleitung seines Ausbilders. Die leeren Schnapsflaschen neben sich können Sie nicht vor ihm verstecken. Sie haben einen tollen Sohn. Stefan kümmert sich um Sie, spricht mit Ihnen, steckt Ihnen wahrscheinlich Geld zu, versorgt Sie mit Lebensmitteln. Und Sie sprechen natürlich über die Vergangenheit. In Ihnen beiden kommt der alte Hass hoch. Sie haben eine Wut, eine unbändige Wut. Und nach einem solchen Gespräch mit Stefan wissen Sie, dass Sie Hagemeister töten müssen."

Axel sah den Kommissar bestürzt an. Kosinski merkte, wie er grübelte. Axel schaute auf seinen Sohn, als wenn er von ihm Hilfe erwarten könnte, dann auf den Tisch mit dem klebrigen Kuchenteller.

Stefan mischte sich mit großer Heftigkeit ein. „Schwachsinn, natürlich haben wir über Hagemeister gesprochen. Aber mein Vater hat doch keinen Mordplan entwickelt. Dazu war er gar nicht mehr in der Lage."

Kosinski setzte nach. „Ich kann mir immer noch nicht ganz erklären, *was* passiert ist und *wie* es passiert ist. Aber ich weiß, *warum* es passiert ist. Sie haben zuerst das Haus verloren, dann die Frau, dann die Kinder. Eine siebenköpfige Familie war auf einmal ausgelöscht. *Sieben auf einen Streich*, verstehen Sie? Das tapfere Schneiderlein am Märchenbrunnen hat gesehen, wie Sie Hagemeister aufgehängt haben. Es ist unser Zeuge."

Axel Schmidt hatte seinen Worten erschreckt zugehört, hatte sich tief über den Tisch gebeugt, die Hände vor die Augen geschlagen. Kosinski merkte, dass er weinte. Stefan war aufgestanden und hatte sich neben seinen Vater gestellt, die Hand auf seine Schulter gelegt. Seine Augen waren gerötet.

„Sie sind ein schlimmer Mann, Kosinski. In Schuir habe ich geglaubt, ich könnte Ihnen vertrauen."

Kosinski stand ebenfalls auf. „Ich muss Sie wohl verhaften und in Untersuchungshaft bringen, Axel, Sie haben ja keinen festen Wohnsitz."

In diesem Augenblick sprang Stefan auf ihn zu und umklammerte Kosinski mit beiden Armen. Kosinski merkte, welche unbändige Kraft Stefan in seinen Armen hatte und versuchte gar nicht erst sich zu befreien.

„Lauf weg, Papa", rief er. „Nun lauf doch schon."

Sein Griff lockerte sich auf einmal. Axel war sitzengeblieben und hob seinen Kopf. „Ich werde nicht mehr weglaufen", sagte er leise. „Nehmen Sie mich in Untersuchungshaft, Kosinski. Ich werde ein umfassendes Geständnis ablegen."

Als Kosinski bei Liebig anrief, hatte er keinerlei Triumph in seiner Stimme. Es gibt Fälle, in denen man mit dem Täter sympathisiert. Liebig hatte sich seinen telefonischen Bericht mit erstaunlicher Ruhe angehört.

„Gute Arbeit, Kosinski", sagte er. „*Sieben auf einen Streich*, das ist eine bemerkenswerte Erklärung. Du hast recht. Da sind aber noch viele Fragen offen. Wir werden morgen den üblichen Ortstermin abhalten. Da werden wir noch die restlichen

Fragen zu lösen versuchen."

Kosinski fiel fast die Pfeife aus dem Mund. „Hast du gerade angedeutet, dass du bei dem Ortstermin dabei sein wirst?"

„Oh ja, bin wieder dienstfähig. Ein bisschen Post-Corona vielleicht, aber wieder dienstfähig. Wenn du willst, werde ich dir morgen das Negativattest höchstpersönlich übergeben."

Kosinski hatte seine Überraschung bemerkenswert schnell überwunden. „Soll ich noch irgendwas erledigen?"

„Na, ja, lass den Platz absperren. Besorg jemand von der Feuerwehr und vom Heimat- und Verkehrsverein. Die Feuerwehr soll so ein Klettergeschirr mit solchen Sicherungsgeräten besorgen. Schmidt soll vorgeführt werden. Und lade auch seinen Sohn Stefan hinzu. Informiere die Staatsanwaltschaft. Und vor allem: Lass die Presse außen vor."

Der Platz mit dem Märchenbrunnen war mit Flatterband abgesperrt. Zwei Polizeifahrzeuge standen in der Schulstraße. Ein kleines Einsatzfahrzeug der Feuerwehr war in der Hauptstraße geparkt. Der Straßenverkehr schleppte sich mühsam an dem Platz vorbei. Aus den Fahrzeugen, die gelegentlich von Polizeibeamten energisch weitergewinkt werden mussten, sahen neugierige Gesichter heraus. Axel Schmidt saß noch in einem der beiden Polizeifahrzeuge. Sein Sohn stand an einem Seitenfenster daneben. Kosinski hatte sich neben der Säule mit dem tapferen Schneiderlein postiert, ein etwas ratloser Peter Marx vom Kettwiger Heimat- und Verkehrsvereins befand sich an seiner Seite. Eine kleine Menschenmenge hatte sich auf den gegenüberliegenden Straßenseiten versammelt.

Liebig kam wie immer zu spät. Das war er seinem Ruf schuldig. Kosinski hatte erwartet, dass er nachlässig gekleidet war, vielleicht sogar noch einen Schlafanzug unter einem

Morgenmantel trug. Tatsächlich hatte er sich in einen schicken Zweireiher geworfen, mit rotem Binder, ein großes Stofftaschentuch in der Hand, mit dem er gelegentlich Stirn und Nacken abtupfte. Während er Kosinski mit dem „Fist Bumb" begrüßte, gesellte sich Staatsanwalt Gordon von der StA Essen zu ihm.

„Ich hoffe, Sie wissen, was Sie tun", raunte er Liebig zu. „Diese Demonstration könnte fürchterlich in die Hose gehen."

Wie selbstverständlich gruppierten sich die Leute um den dicken Kommissar. Liebig fühlte sich verpflichtet, eine kurze Ansprache zu halten.

„Ich danke allen, die zu diesem Ortstermin gekommen sind, dem Heimat- und Verkehrsverein, der Feuerwehr und vor allem der Staatsanwaltschaft, die es mir überlassen hat, bei diesem Ortstermin die Rekonstruktion des Falles federführend durchzuführen. Unsere Absicht heute ist es nämlich, den tragischen Vorfall vom letzten Samstag nachzustellen und die Täterfrage zu klären. Alle, die nicht hierhingehören, bitte ich, weiterzugehen und den Schauplatz zu verlassen."

Keiner von den Zuschauern hinter den Flatterbändern bewegte sich. Sie gehörten alle hierhin. Die beiden Polizeibeamten fühlten sich nicht aufgefordert, die Zuschauer zu verscheuchen.

Liebig wartete einige Augenblicke, in denen sich nichts tat. Dann wandte er sich an Peter Marx vom Heimat- und Verkehrsverein: „Nur zwei, drei Fragen an Sie, Herr Marx, dann kann ich Sie bereits entlassen. Gab es kurz vor dem letzten Samstag hier an dieser Stelle ein Stadtfest? Sie müssen wissen, dass ich wegen meines Krankenhausaufenthaltes nicht mehr viel vom Geschehen in Kettwig mitbekommen habe."

Marx war irritiert. „Natürlich, der Verein hat eine Woche zuvor das StraFe gefeiert." Das StraFe war ein traditionelles Straßenfest, bei dem lokale Anbieter ihre Produkte – Kunstwaren, Speisen und Erzeugnisse – anboten und örtliche Musiker für die Unterhaltung sorgten.

„Ich nehme an, es wurden hierbei Buden und Schaubühnen aufgestellt?"

Marx nickte.

„Beleuchtung und Dekor?"

„Ebenfalls"

„Die örtliche Feuerwehr hat hierbei geholfen? Ah ja, das dachte ich mir schon. Vielen Dank. Bringen Sie mir jetzt bitte den Herrn Schmidt."

Axel Schmidt wurde aus dem Polizeiauto geholt und vor den Kommissar gestellt.

„So, Herr Schmidt, jetzt haben wir Zeit zu plaudern. Sie haben gegenüber meinem Kollegen Kosinski ausgesagt, dass Sie das Opfer getötet und am Halse aufgehängt haben. Bleiben Sie bei dieser Aussage?"

Schmidt sah den Kommissar unruhig an. Er wusste nicht, worauf Liebigs Fragespiel hinauslief. „Jawohl, Herr Kommissar. Ich bleibe bei meiner Aussage und bedaure den Tod des Ermordeten sehr."

„Erzählen Sie mal, was passiert ist."

„Ich habe den Verstorbenen hier getroffen, natürlich bevor er tot war. Wir haben uns gestritten. Er hat das Andenken meiner Frau verunglimpft, dann habe ich ihn erwürgt."

„Klingt das nicht ein bisschen so, als hätten Sie den Text auswendig gelernt?"

„Wenn Sie mir nicht glauben, dann sage ich gar nichts mehr. Ich bestehe auf sofortige Freilassung meinerseits."

„Ist es denn richtig, dass sie das Opfer hier an der Säule aufgehängt haben?"

„Richtig, Herr Kommissar."

„Dazu braucht man ein Seil. Wo haben Sie das Seil her?"

„Ich war damals ziemlich besoffen, Herr Kommissar, was meine Tat wohl in einem milderen Licht erscheinen lässt. Mein Herr Verteidiger wird also demnächst auf eine Rauschtat plädieren."

„Mann, Mann, Mann, wo haben Sie das Seil her?"

„Weiß ich nicht mehr so genau, könnte von einer Baustelle von nebenan stammen."

„Welche Baustelle?"

„Ich war besoffen, Herr Kommissar, und damit im Zustand verminderter Schuldfähigkeit."

„Hören Sie endlich auf, so gestelzt zu reden. Ich glaube Ihnen kein Wort, Herr Schmidt."

„Dann bitte ich jetzt um meine Freilassung."

Liebig tat verzweifelt. „Wollen Sie mir demonstrieren, wie Sie die Leiche oben an das tapfere Schneiderlein gehängt haben?"

„Mit Verlaub, Herr Kommissar, mir fehlt die Leiche."

Liebig sah sich um und suchte nach einem Opfer. „Carsten, du hast in etwa Figur und Gewicht von dem Toten. Schmidt, ich möchte mal sehen, ob Sie den Kosinski überhaupt hochheben können."

Kosinski protestierte.

Schmidt riss sich zusammen und stellte sich vor Kosinski. „Entschuldigung darf ich?" Er versuchte Kosinski über seine Schulter zu hieven. Er setzte wieder ab. „Herr Kommissar, das geht nicht. Herr Hagemeister hat nicht so gezappelt."

„Und warum nicht?", wollte Liebig wissen.

„Weil er tot war."

„Kosinski, spiel mal bewusstlos und zappele nicht mehr", befahl Liebig. Alle anderen sahen mehr oder weniger belustigt zu. Kosinski war es schon gewohnt, das Opfer zu spielen, aber das ging selbst ihm jetzt zu weit. Verzweifelt versuchte Schmidt, ihn wenigsten etwas vom Boden zu heben. Es gelang ihm nicht. Sein alkoholgeprüfter Körper war zu schwach geworden. Kosinski war erleichtert.

„Ich gebe auf", sagte Schmidt sichtbar enttäuscht. „War wohl so, dass mir bei meiner Tat damals Bärenkräfte gewachsen sind."

Liebig winkte ab. „Nun gut, Schmidt. Dann zeigen Sie mir jetzt mal, wie Sie das Seil, an dem Sie den Toten aufgehängt haben, oben um das tapfere Schneiderlein gelegt haben."

Auf Liebigs Wink brachte ein Polizeibeamter ein langes Industrieseil. „Machen Sie mal. Sie können das Seil ruhig anfassen. Ich habe es nachkaufen lassen. Es ist nicht das Seil, an dem Hagemeister aufgehängt wurde."

Schmidt nahm das Seil unentschlossen in die Hände, zog es durch seine Finger und schaute unsicher auf die bronzene Figur weit über seinem Kopf. Dann warf er das Ende des Seils unbeholfen nach oben in der Hoffnung, dass es sich dort um das tapfere Schneiderlein legte. Das Seil tat ihm den Gefallen nicht und erreichte nicht einmal die Höhe, auf der sich die Bronzefigur befand, zwei-, dreimal schwebte es wieder herunter. Beim vierten Versuch verfing es sich in den Ästen des Baumes neben der Säule. Schmidt riss es herunter.

„Sie müssen sich beeilen, Schmidt", spottete Liebig. „Jeden Augenblick können Leute kommen, die Sie und die Leiche entdecken."

Schmidt winkte ab. Er wirkte traurig und verzweifelt. „Ich

weiß nicht mehr, was damals passiert ist."

„Ich weiß es schon", erkläre Liebig. „Meinem Kollegen Kosinski ist es aufgefallen, dass sich an dem einen Ende des Seiles, das um den Hals des Opfers gelegt war, ein kleines Stückchen Angelschnur befand, das mit dem Seil fest verknotet war. Wo befindet sich der Rest der Angelschnur?"

Liebig holte aus einer Plastiktüte das fürchterliche Seil hervor, das dem verstorbenen Hagemeister um den Hals gelegt worden war, und hielt das Seilende mit dem Stückchen Angelschnur hoch.

„Ich habe da mal etwas vorbereitet. Meine Freunde von der Feuerwehr haben mir mitgeholfen. Ich habe die Herren gebeten, eine etwa 5 m lange Angelschnur aus Nylon oben so um den Bronzekörper unseres Schneiders herumzulegen, dass die Schnur mit beiden Enden gleich lang an der Säule herunterhängt. Ich stelle fest, dass keiner von Ihnen diese Schnur bisher bemerkt hat. Und wenn er sie bemerkt hätte, wäre keinem von Ihnen in den Sinn gekommen, was die Schnur für eine Bedeutung hat."

Gordon, der Staatsanwalt, trat ein paar Schritte nach vorn und bestätigte Liebigs Angaben. Die Angelschnur hing unauffällig auf beiden Seiten der Säule herunter. Liebig stellte sich neben Gordon und erklärte: „Es war wichtig, dass der Täter beide Enden der Schnur fest in die Hand nahm, damit sie ihm nicht wegrutsche. Er verknotete die Schnur mit dem bereitgestellten Seil und zog das Seil an der Schnur um die Statue herum."

Liebig beschrieb jeden seiner Arbeitsschritte.

„Ich kürze ab. Jetzt hatte der Täter die beiden Tauenden in den Händen, überkreuzte sie und machte aus einem Ende eine Schlinge, durch die er das andere Ende zog. Die Angelschnur schnitt er ab.“

Liebig demonstrierte jeden Schritt.

„Ich danke Herrn Oberkommissar Kosinski, dass er sich für den nachfolgenden Versuch zur Verfügung stellt.“

„Ich denke nicht daran“, protestierte Kosinski. „Und warum immer ich?“

„Weil du das immer machst.“

Liebig fuhr unbeirrt fort: „Wir mildern den Versuch ab, indem wir seinen Hals nicht durch die Schlaufe ziehen, sondern die Schlaufe mit einem Klettergeschirr verbinden.“

Zwei Feuerwehrleute traten vor und legten Kosinski das Klettergeschirr an. Kosinski ließ dies gottergeben mit sich geschehen. Mithilfe eines Karabinerhakens verbanden sie das Klettergeschirr mit der Schlaufe des Seils.

„Man braucht einen kräftigen Mann, damit der Gehenkte hochgezogen werden kann“, erklärte Liebig.

Ein Feuerwehrmann zog das Seil an, und Kosinski schwebte ruckartig in seinem Geschirr die halbe Säule hoch, bis Liebig abwinkte. Kosinski hing hilflos in halber Höhe. Der Feuerwehrmann wickelte das untere Ende des Seils um die Säule. Hatte der meckernde Kosinski gerade noch Heiterkeit hervorgerufen, so schwiegen die Umstehenden auf einmal entsetzt. Jeder vollzog nach, was knapp eine Woche zuvor am Märchenbrunnen passiert war. Jeder kämpfte mit den Bildern, die Liebigs Demonstration gerade hervorgerufen hatte.

Liebig schwieg eine Weile. Nur der geschäftige Lärm der Fahrzeuge ganz hinten in der Hauptstraße war zu hören.

Dann fuhr er fort: „Wir wissen, dass Axel Schmidt ein glasklares Motiv hatte, um die Hassperson Hagemeister zu töten. Hagemeister hat ihm Wohnung und Familie weggenommen. Das tapfere Schneiderlein stellt einen klaren Bezug zwischen

Hagemeister und dem Obdachlosen Schmidt her. *Sieben auf einen Streich*, das ist der bekannteste Satz aus dem Märchen der Brüder Grimm. Sieben Mitglieder der Familie Schmidt sind auf einmal entwurzelt und auseinandergerissen worden. Axel Schmidt, der am tiefsten gefallen ist, räumt ein, dass er Hagemeister getötet hat. Aber er kann nicht erklären, wie er den komplizierten Mord begangen hat. Tatwerkzeuge sind eine Angelschnur und ein Seil. Aber Schmidt weiß nichts damit anzufangen. Warum sollte er auch nach Kettwig gekommen sein, um Hagemeister zu ermorden? Er treibt sich in den Hauseingängen der Essener Innenstadt herum. Er konnte nicht einmal wissen, dass sich der Rüttenscheider Hagemeister gerade in Kettwig aufhielt."

Sobald Liebig in seiner Rede einhielt, war es unheimlich still. Keiner wagte, ein Wort zu sagen. Niemand wollte weggehen, bevor Liebig zu Ende geredet hatte. Jeder erwartete, dass jetzt die Lösung kam.

„Schlüssel für meine Überlegungen war die Angelschnur. Wie kann jemand die Angelschnur unbemerkt um die Bronzefigur des tapferen Schneiderleins legen? Wenn jemand an diesem Abend eine Leiter benutzt hätte und sie hochgestiegen wäre oder wenn jemand einen ausfahrbaren Kran bedient hätte, dann wäre das aufgefallen. Es hätte Zeugen gegeben. Wie also kann jemand unbemerkt eine Leiter oder sonst etwas benutzen, ohne dass dies aufgefallen wäre? Wir haben eben die Antwort gehört. Wir können davon ausgehen, dass der Täter ganz bequem in aller Öffentlichkeit die Angelschnur um unseren bronzenen Schneider gelegt hat, ohne dass jemand auch nur irgendeinen Verdacht geschöpft hat. Als die Angelschnur befestigt wurde, lebte Hagemeister noch. Wann ist aber die Geschichte mit der Schnur passiert? Wir wissen, dass es eine

Woche zuvor das Straßenfest gegeben hat. Uns ist gesagt worden, dass hier um den Märchenbrunnen herum Buden aufgestellt worden sind. Lichterketten sind zwischen den Bäumen aufgehängt worden."

Liebig unterbrach sich. „Frage an die Feuerwehr. Habt ihr dabei geholfen, die Lichterketten hier an den Bäumen anzubringen?"

Die beiden Feuerwehrleute nickten.

„Hat euch Axel Schmidt dabei geholfen. Er hat ja früher bei euch mitgemacht. Nein? Das dachte ich mir."

Plötzlich gab es einen Tumult neben dem Polizeiauto auf der Schulstraße. Stefan Schmidt wehrte sich gegen den Polizeigriff eines uniformierten Beamten.

„Nur die Ruhe", sagte Liebig zu den Umstehenden. „Ich habe die Kollegen von der uniformierten Polizei gebeten, Stefan Schmidt sofort zu ergreifen, wenn er plötzlich weglaufen sollte. Machen wir also weiter. Letzte Frage an die Feuerwehr: Hat Stefan Schmidt euch bei der Vorbereitung zum Straßenfest geholfen? Hat er zum Beispiel Lichterketten aufgehängt und angeschlossen?"

Der ältere Feuerwehrmann nickte. „Stefan ist oft mit seinem Vater bei uns gewesen. Axel war ja Feuerwehrmann bei uns in Kettwig. Stefan wollte auch immer Feuerwehrmann werden, hat bei vielen freiwilligen Einsätzen mitgemacht. Er war auch noch weiter dabei, als sein Vater bei uns geschmissen worden war. Ich weiß noch, mit welchem Eifer er hier am Märchenbrunnen die Lichterketten in die Bäume gehängt hat. Er liebte es, auf der Hebebühne zu arbeiten."

Axel Schmidt schrie auf. „Ihr vertut euch, ich bin der Täter."

Stefan umarmte ihn. „Ist schon gut, Papa. Du musst nicht

für das einstehen, was ich getan habe."

Liebig nickte. „Wir können das Schauspiel jetzt abbrechen, wenn ich von Ihnen ein Geständnis bekomme."

Stefan nickte. „Das sollen Sie bekommen. Kommissar Kosinski hat schon recht gehabt, als er meinem Vater vorwarf, dass es in unseren Gesprächen immer wieder um unseren Hass gegen Hagemeister ging. Ich bin Hagemeister dann zufällig mal begegnet, als er von einer Baustelle in Bredeney kam. Ich bin auf ihn zugegangen und habe ihn gefragt, ob er mit seiner Schuld leben kann. Er hat mich gefragt, wer ich überhaupt bin. Und dann hat er gesagt: Wer sich selbst tötet, hat sein Leben nicht in den Griff bekommen. Es war da kein Bedauern, kein Mitleid. Der Mann hat keinen einzigen Augenblick darüber nachgedacht, was er getan hat. Hagemeister gibt sich als Sponsor für einen Fußballverein hier in Kettwig aus, es gibt Werbebanden auf seinen Namen. Er hat am Samstag nach dem Spiel mit den anderen in einer Kneipe hier gefeiert. Ich habe an seinem Wagen auf ihn gewartet. Bist du Arschloch schon wieder da, hat er gesagt. Da habe ich ihn erdrosselt. Die Angelschnur an der Säule wartete da schon auf ihn. *Sieben auf einen Streich.* Das war mehr ein Zeichen für mich und meinen Vater."

Aus dem Himmel kam eine Stimme. „Könntet ihr mich mal endlich abseilen", rief Kosinski. „Mir sterben gewisse Teile ab."

„Mann, Mann, Mann, dich haben wir ganz vergessen. Aber ich glaube, du bist jetzt voll auf der Höhe."

Klaus Heimann

Mutmaßungen über Gäste

Ich steige an der U-Bahn-Haltestelle Martinstraße aus meiner Straßenbahn und gehe die Treppe hinauf. Milchiges Morgenlicht empfängt mich. Auf der gegenüberliegenden Straßenseite befindet sich mein Arbeitsplatz. Der glattflächige Hotelkasten nimmt mich, seit ich dem Schulalter entwachsen bin, in seine Gedärme auf – die Gänge und Flure –, und spuckt mich am Ende meiner Arbeitszeit wieder auf die Straße aus. Die Mieten in Rüttenscheid, wo der Klotz liegt, kann ich mir als Geschiedene lange nicht mehr leisten. Vor Jahren schon bin ich nach Stoppenberg ausgewichen. Dorthin gibt es eine direkte Straßenbahnanbindung.

Anfang der Neunziger habe ich hier als Zimmermädchen angefangen. Die hagere Doro und die dralle Wally, die mit ihren dreiundfünfzig Jahren die Älteste in unserem Wischmob-Geschwader ist, waren schon da. Ziemlich schnell wuchs unser Kleeblatt zu einer eingeschworenen Gemeinschaft zusammen. Wir verstehen uns prächtig, sind dicke Freundinnen. Zwischen uns dreien gibt es mittlerweile keine Geheimnisse mehr, über die wir nicht gesprochen hätten. Alltagssorgen, gesundheitliche Probleme, Beziehungskrisen – alles liegt offen. Auch wenn es gelegentlich Gekebbel gibt. Das ist am nächsten Tag vergessen. Schicksale verbinden.

„Morgen Hille!", werde ich im Hotel begrüßt.

„Morgen Doro. Gleich? Parkplatz?"

Meine Freundin nickt nur. Überflüssig, dieses Ritual zu erwähnen. Natürlich treffen wir uns mit Wally zur Pause auf dem Parkplatz hinter dem Hotel. Zigaretten und Klönen sind die Highlights unserer Arbeitstage. Mit niemandem habe ich so viele Glimmstängel zusammen vernichtet. Auch nicht mit meinem Ex, den ich immerhin einundzwanzig Jahre lang ausgehalten habe. Auf dem Parkplatz sind wir ungestört unter uns und können unserem Lieblingssport nachgehen: Über die Gäste frotzeln. Die nehmen üblicherweise keine Notiz von uns. Vielleicht grüßt mal einer. Wir sind die huschenden Schatten, die für Ordnung sorgen, mehr nicht.

Dafür beobachten wir die Gäste umso genauer. Wenn sie uns interessant erscheinen, schnüffeln wir ihnen auch schon mal nach. Das ist natürlich strengstens untersagt. Trotzdem können wir in einzelnen Fällen nicht widerstehen. Jede von uns hat wahrscheinlich schon mal gegen diese Regel verstoßen. Wir hängen es einfach nicht an die große Glocke.

Nach diesen kleinen Auszeiten auf dem Parkplatz, von denen es je nach Auslastung des Hotels vier bis neun pro Schicht gibt, geht es wieder an die Arbeit. Jeden Tag durchkämmt unser Service-Kleeblatt die Räume und sorgt für Ordnung. Ungezählt, die Haufen von Bettwäsche und Handtüchern, die wir gewechselt haben. Das Lokuspapier, das durch unsere Hände gegangen ist, ließe sich leicht einmal um den Äquator herumwickeln.

Ich glaube, es gibt kaum etwas, von dem ich keine Hinterlassenschaften in Gästezimmern gefunden habe. Können Sie mir verraten, wie Motoröl auf ein Bettlaken kommt? Und was die Gäste alles zurücklassen, wenn sie abreisen! Rasierer, Unterwäsche, Mäntel, ja ganze Koffer sind schon aufgetaucht. Aber einen Leichenfund in einem Gästezimmer, den gab es bisher nur einmal.

Ungefähr einen Monat muss das jetzt her sein. Doro hatte den Toten entdeckt. Ich habe ihren Schrei, der durchs ganze Haus gellte, immer noch im Ohr. Als ich zu ihr eilte, um den Grund dafür zu erfahren, stand Wally bereits bei Doro im Türausschnitt, die Augen wie sie entsetzt aufgerissen. Ich stürzte an beiden vorbei ins Zimmer. Was ich zu sehen bekam, erweichte meine Knie. Clooneys Leiche lag in einer Blutlache auf dem Teppichboden vor seinem Bett, die toten Augen aufgerissen und an die Decke geheftet. Der würde sein Zimmer heute nicht mehr verlassen. Höchstens in einem Leichensack.

„Das war der Butt!", stellte Wally mit Bestimmtheit fest. Ich schwöre, sie sprach damit nur aus, was wir in diesem Augenblick alle drei dachten!

Clooney? Der Butt?

Etwa vor zwei Monaten. Erste Zigarettenpause am Morgen. Doro, Wally und ich standen auf dem Parkplatz zusammen. Die Glimmstängel dampften. Die Pause hatten wir früher als gewöhnlich angetreten, denn es herrschte eher Ebbe im Hotel. Umso genauer beobachteten wir jeden der wenigen Gäste.

Ich geriet ins Schwärmen. „Habt Ihr den Neuzugang von 212 schon gesehen?"

„Nöö", blies Wally mit einer Rauchwolke aus.

Doros Augen leuchteten. „Ich aber. Sieht aus wie George Clooney. Genau die gleichen graumelierten Haare, genauso sanfte braune Augen. Korrekt gekleidet mit Geschmack. Ein Kerl zum Anbeißen!"

„So was habe ich verpasst? Da muss ich mich wohl mal öfter auf der Zweiten herumtreiben. Den will ich sehen!"

Ich hatte lange nicht zu Ende geschwärmt. „Stellt euch vor, ihr erhaltet von so einem Bild von Mann eine Einladung. Mit allem Furz und Feuerstein. Kerzenschein, Schalentiere, Champagner. Ich würde dahinschmelzen. Der Bursche könnte alles von mir haben!"

„Die Hille ist verkna-hallt, die Hille ist verkna-halt …", tönte es synchron aus den Mündern meiner Freundinnen.

Ein wenig vergrätzt war ich darüber. „Quatsch. Man wird

doch mal träumen dürfen.“

Wally zwinkerte mir zu. „Dafür, dass du ihn erst kurz gesehen hast, gehen deine Gedanken aber ganz schön weit. Kerzenschein und so.“

„Wenn schon“, blaffte ich zurück, schnippte meinen Zigarettenstummel auf den Boden und trat ihn durch Drehen meines Schuhabsatzes aus.

Natürlich blieb Clooney, wie wir ihn ab jetzt nannten, Gesprächsthema Nummer eins auf dem Parkplatz hinter dem Hotel. Zwei Tage später spekulierten wir über seinen Beziehungsstatus. Auch Wally hatte ihn mittlerweile in Augenschein genommen und für äußerst attraktiv befunden.

„Ob der verheiratet ist?“, fragte sich Doro.

„Der wäre schön blöd. So wie der aussieht“, meinte Wally.

Ich hatte eine Beobachtung gemacht. „Clooney verlässt sein Zimmer äußerst selten. Eigentlich nur zu den Mahlzeiten. Er telefoniert häufig. Eigentlich immer, wenn ich an seiner Tür vorbeigehe.“

„Und das tust du bestimmt mehrere Dutzend Mal am Tag. Horchst du etwa an seiner Tür?“, fragte Doro ungeniert. Dass Clooney ein wenig meine Tagträume beherrschte, war meinen Freundinnen natürlich nicht entgangen.

„Nein, wo denkst du hin!“

„Der telefoniert bestimmt mit seinen Ischen“, schob mir Wally, etwas zu gehässig im Tonfall, unter.

„Das glaube ich weniger. Seine Stimme hört sich dabei eher sachlich an, nicht turtelig.“

Wally legte nach: „Und du hast noch keine Gesprächsfetzen aufgeschnappt? Erzähl uns nichts.“

„Meistens spricht er Englisch oder noch eine andere Sprache, die ich nicht einordnen kann. Ich glaube eher, Clooney wickelt seine Geschäfte vom Hotelzimmer aus ab. Ich habe mich an der Rezeption erkundigt. Er hat sich die Zugangsdaten zu unserem WLAN geben lassen. Einen PC hat er auch in seinem Zimmer. Der ist rein geschäftlich hier."

„Aber warum quartiert er sich in einem Hotel ein, wenn er offensichtlich nichts in der Stadt, wo es liegt, zu tun hat? Das ergibt doch keinen Sinn", rätselte Doro.

Darauf hatten Wally und ich auch keine Antwort.

„Jedenfalls riecht er gut, wenn er zum Frühstück aufbricht", stellte ich noch fest. Dann gingen wir wieder an die Arbeit.

Eine Zigarettenpause später konnte ich den Mädels von einer Begegnung mit dem Frauenschwarm berichten: „Er hat mich angesprochen!"

„Hey, Hille hat einen Schlag bei George Clooney! Erzähl!", platzte es aus Doro heraus.

„Er hat mich nach einem italienischen Restaurant gefragt", gab ich kleinlaut die Lappalie, um die sich unser Gespräch gedreht hatte, preis.

„Und … ?"

„Nix und. Als ich ihm Antonio empfohlen habe, hat er mir zwei Euro in die Hand gedrückt und ist abgezogen."

„Ein sehr hoffnungsvoller Anfang für ein Abenteuer", lästerte Doro. Ihr lockeres Schandmaul ging mir dieser Tage etwas auf die Nerven.

Weitere Sticheleien in Angelegenheiten Clooney riskierte ich lieber nicht und lenkte die allgemeine Aufmerksamkeit auf einen anderen Gast. „Gestern ist auf 314 das genaue Gegenteil von ihm eingezogen."

„Meinst Du den Dicken mit dem Mopsgesicht, etwa sechzig, beinahe Vollglatze?", wusste Doro sofort, wen ich meinte.

Auch Wally war der neuc Gast bereits aufgefallen. „Habt ihr

euch mal die Lippen von dem Dicken angesehen? Wie mit irgend so'nem Zeugs aufgespritzt."

„Quatsch aufgespritzt", entgegnete Doro. „Sieht eher aus, als würde da etwas abschwellen. Hat vor Kurzem eins auf die Fresse gekriegt, der Gute."

„Sieht eigentlich weniger aus wie ein Mops, eher wie ein Fisch", entwickelte ich meine Sicht auf 314. „Hat ein Maul wie ein Butt. Ein wenig schielt er auch." So kam der Dicke zu seinem Spitznamen. Von nun an nannten wir ihn nur noch den Butt.

„Der war vor Jahren bestimmt Boxer oder Rausschmeißer, so wie der aussieht. Dann hat er mit dem Training aufgehört und ist fett geworden. Ein Kreuz hat der, da könnte sich ein Stier hinter verstecken", ätzte Doro weiter.

„Und eine Wampe wie die Großtrommel vom Spielmannszug", konnte Wally nicht widerstehen, ins selbe Horn zu stoßen.

„Kinder, ich sage euch: Dem möchte ich nicht im Dunkeln begegnen. Wenn der Bursche sauber ist, fresse ich einen unserer Besen", schloss ich die Lästerrunde ab.

Von nun an behielt ich meine Gedanken über Clooney lieber für mich. Ich musste den Mädels ja nicht alles auf die Nase binden.

Mittlerweile grüßte mein Schwarm jedes Mal freundlich, wenn wir uns auf dem Flur begegneten. Einmal sprach er mich nachmittags an und erkundigte sich, wo er einen Bademantel erhielte, er wolle in die hoteleigene Sauna gehen. Mir fiel wieder seine sympathische, weiche Stimme auf. Ja, zugegeben, mir wurde in diesem Moment wärmer ums Herz. Ich versprach ihm, mich darum zu kümmern und er steckte mir einen Fünfer

Trinkgeld zu.

Eine Viertelstunde später kehrte ich mit einem Bademantel und einem Saunatuch zurück und klopfte bei Clooney an. Er nahm beides durch den Türspalt entgegen. Ich verschanzte mich am Ende des Flurs und täuschte vor, dort beschäftigt zu sein. Irgendwann trat Clooney im Bademantel aus seinem Zimmer, das Saunatuch um den Nacken gelegt. Die Gelegenheit war günstig. Unter einer Stunde würde er nicht wegbleiben. Viel Zeit, um sich einmal gründlicher umzusehen, als das beim morgendlichen Durchgang durch die Räume möglich war. Von Vorteil auch, dass Doro und Wally bereits nach Hause aufgebrochen waren und ich deshalb keine Mitwisser befürchten musste.

Als die Luft rein war, huschte ich in Clooneys Zimmer. Darin ging es äußerst aufgeräumt zu. Seine Kleidung, die er vorhin noch angehabt hatte, lag ordentlich auf dem am Morgen frisch gemachten Bett. Er schien tagsüber nur den Sessel zu benutzen.

Ich öffnete den Kleiderschrank. Mehrere Anzüge in gedeckten Farben, Oberhemden, so exakt gefaltet, dass die Kanten des Stapels ein Rechteck beschrieben, passende Krawatten, Unterwäsche, Socken, ein paar T-Shirts, zwei Pyjamas, eine Jeans, ein Jogginganzug, kurze Sporthose, Badehose. Wegen letzteren Utensilien wunderte ich mich kurz, dass ich nie gesehen hatte, dass Clooney zum Sport aufbrach. Dann wischte ich den Gedanken fort. Hatte er gar nicht nötig.

Auf seinem Nachttisch lag ein Buch, ein aktueller Bestseller, wie ich wusste, auf dem Schreibtisch sein zugeklappter Laptop. Leider fand ich weder Papiere, Wertsachen, noch irgendwelche persönlichen Unterlagen, die meine Neugier auf sein Leben befriedigt hätten. Wahrscheinlich alles im Zimmersafe verstaut. Selbst im Badezimmer stieß ich nur auf eine Grundausstattung, die eher einem Langweiler gehört haben könnte. Ich lernte lediglich über ihn, dass er sich elektrisch rasierte und Zahnseide benutzte.

Ziemlich enttäuscht über dieses magere Ergebnis meiner Inspektion verließ ich Clooneys Zimmer und machte mich auf den Heimweg. Trotzdem: Was für ein Mann! Ein richtiger Traumprinz. Gepflegt, gutaussehend, ordentlich, offensichtlich nicht unvermögend, gute Manieren. Herz, was willst du mehr? Ich gebe offen zu: Ich hatte mich endgültig in Clooney verguckt.

Meine Fantasie biss sich dieser Tage an meinem Traumprinzen fest. „Der wirkt so elegant. Der passt gar nicht hierher. Sieht aus wie ein Gentleman", ließ ich meine Freundinnen bei nächster Gelegenheit wissen.

Doro warf mir ein feistes Lächeln zu. „Auch wenn du in ihn verknallt bist, solltest du Profi bleiben! Der ist eh drei Nummern zu groß für dich. Uns stehen Kraftfahrer oder Schornsteinfeger zu. Aber keine Männer, die das große Rad drehen." Ich bedauerte, meine Schwärmerei entgegen meines Vorsatzes wieder auf der Zunge herumgetragen zu haben. „Quatsch. Das weiß ich selbst. Aber gib zu: Wann haben wir zuletzt einen Gast von solchem Format gehabt?"

„Haste schon sein Gepäck inspiziert?", wollte Wally wissen.

„Mich interessiert schon, wer das ist", blieb ich vage.

Unsere Zigaretten waren ausgeglommen und wir starteten die nächste Putz-Session.

Zwei Tage später stand erneut der Butt auf unserer Spekulationsliste. Wally blies den Rauch aus und informierte uns über ihre Begegnung vom Vortag.

„Ich habe gerade im Nachbarzimmer aufgeräumt, da stand er plötzlich hinter mir. Im Unterhemd. Um den Hals trägt er übrigens eine dicke goldene Panzerkette. Wie eine Unterweltsgestalt kommt der mir vor. Er hätte seine Brieftasche verlegt und könne sich schlecht bücken, hat er behauptet. Ob ich ihm behilflich sein könnte.

Natürlich ging ich mit ihm rüber. Die Tür blieb offen. Mit dem Kerl in einem verschlossenen Zimmer: Horror! Fünf Minuten habe ich gesucht, dann habe ich die Brieftasche gefunden. Eingeklemmt im Ritz zwischen Matratze und Bettgestell. Die ganze Zeit über habe ich seinen Blick im Nacken gespürt. Begafft hat er mich, regelrecht gesabbert hat er. Und wisst ihr, was passierte, als ich ihm seine Brieftasche zurückgegeben habe?"

Doro hing an ihren Lippen. „Hat er dich begrapscht?"

„Nee, das nich. Kaum hörbar ‚danke' hat er gemurmelt. Kein Trinkgeld, nix. Saftarsch! Für den rühre ich keinen Finger mehr. Einen Satz Wanzen schmuggle ich dem ins Bett!"

Wally war richtig aufgebracht.

Auch ich war an einem Morgen im Zimmer des Butts gewesen. „Habt ihr bei dem schon mal im Badezimmer saubergemacht? Siebzehn verschiedene Rasierwässer schleppt der mit sich rum. Habe ich extra nachgezählt!"

„Hat der Bursche mit seinem Fischmaul dringend nötig", fand Wally kichernd eine Erklärung. „War übrigens nix mit Abschwellen. Die wulstigen Lippen sind Natur."

„Ob der auf Brautschau ist?", fragte ich eher an mich selbst gewandt, als an die Runde.

„Der könnte sich den goldenen Schlüssel zu einem Schloss um den Hals hängen, den ließe ich nicht an mich ran!", behauptete Doro selbstbewusst.

Bei unserer letzten Zusammenkunft des Tages berichtete Wally, dass sie dem Butt wieder begegnet war. „Der hatte einen ganzen Stoß Zeitschriften unter dem Arm und hat sich damit in sein Zimmer verkrochen. Playboy und solche Sauereien. Mit dem stimmt was nicht, Leute."

„Also, jetzt mal Butter bei die Fische", forderte ich die Mädels auf. „Was glaubt ihr, welchen Job der Butt hier in Essen macht?"

„Der macht einen Puff auf", antwortete Wally spontan.

„Der spioniert irgendetwas aus. Ne Bank oder so", meinte Doro. „Und was meinst du, Hille?"

„Der plant einen Mord."

Unser Kleeblatt verstummte für einen Augenblick. Selbst ich war erschrocken über das, was ich aus der Hüfte geschossen hatte. Aber lange konnten wir unsere Lästermäuler nicht bezwingen. Doro war die erste, die laut aufwieherte. Wally und ich fielen gleich darauf in ihr Lachen ein. Ein Mörder in unserem Hotel: undenkbar! Wenn wir es damals schon besser gewusst hätten, wäre uns das Lachen im Hals steckengeblieben.

Das nächste Opfer unserer spitzen Zungen wurde eine kleine rundliche Dame, etwa Mitte der Vierziger. Auffällig an ihrem Gesicht waren ihre merkwürdig plattgedrückte Nase und ihr rosiger Teint, den sie durch ungeschickte Griffe in den Farbtopf noch unterstrich. Ihre fülligen Backen gaben ihrem Aussehen etwas Aufgepumptes.

„Miss Piggy hat bei uns Quartier genommen", sprach Doro aus, was jeder von uns zweifellos über kurz oder lang ebenfalls rausgeflutscht wäre. Ich wette: Hätte unser Kleeblatt verschlossene Umschläge mit einem passenden Spitznamen abgegeben, hätte drei Mal Miss Piggy auf den Zetteln gestanden.

„Die spricht nur gebrochenes Englisch mit starkem Akzent. Ich verstehe die kaum", wusste Wally zu berichten.

Ich wollte nicht kommentarlos danebenstehen. „Wenn man so eine Schweinefresse hat, wie kann man sich da nur so ungeschickt anmalen?"

Doro sog tief den Rauch ihrer Zigarette ein. „Was die nun wieder in Essen macht?"

„An der Rezeption haben sie gesagt, sie hätte Karten fürs Aalto und die Philharmonie vorbestellt. Scheint an Kultur interessiert zu sein", trug Wally die erste sachliche Information zur Einordnung unseres Gastes bei.

Nach diesem kurzen Austausch war unser aller Interesse an Piggy natürlich geschürt. Was soll ich sagen? Es lohnte sich wirklich, sie zu beobachten. Trotz ihrer unmöglichen Figur versuchte sie, auf hohen Hacken wie ein Mannequin daher zu stolzieren. Das verlieh ihr etwas Tragisches, denn in Sachen Kleidung vergriff sie sich häufig. So wurde sie regelmäßig zum Opfer in unseren Zigarettenpausen.

„Heute ist sie in einem grasgrünen ärmellosen Kleid zum Frühstück erschienen, aus dem ihre Fettröllchen nur so rausquollen", schüttelte Wally den Kopf.

Doros Augen leuchteten auf, so freute sie sich, uns eine Beobachtung vorauszuhaben. „Zufällig habe ich sie gestern Nachmittag draußen gesehen. Ich war nach der Schicht ein wenig auf der Rü bummeln. In einem Dessous-Geschäft habe ich sie entdeckt. Ich konnte nicht widerstehen und bin auch rein. Piggy probierte Bikinis an. Ich habe nur gedacht: So will sie sich doch hoffentlich nicht im Schwimmbad zeigen. Die Jungs werden alle schwul!"

Gelächter. Dann wurde ich ernst. „Sie wird einsam sein. Einsam und verzweifelt. Jemand, der versucht, etwas aus den wenigen Gaben, die er von Natur aus mitbekommen hat, zu machen, und sich dabei nur noch mehr verunstaltet."

„Verzweifelt und harmlos", pflichtete mir Doro bei.

Unser Anflug von Mitleid verfing bei Wally nicht. „Froschaugen hat sie, Miss Piggy. Ein Schweinchen mit Froschaugen."

Ja, Piggy hatte es nicht leicht bei uns. Dabei hätten wir ihr doch weibliches Mitgefühl zollen sollen. Schwarz sind unsere Seelen!

Später konnten mir die Betrachtungen zu ihrer Person nicht boshaft genug sein, denn sie hatte offensichtlich Gefallen an meinem Traumprinzen gefunden.

In einer Mittagspause meinte Doro, während sie süchtelnd einen Glimmstängel anzündete, ganz harmlos: „Heute saß sie beim Frühstück am Tisch vom Butt."

„Na, die beiden passen wenigstens zusammen. Fett zu Fett", stichelte Wally.

„Regelrecht umgarnt hat er Piggy, ihr Kaffee eingegossen, Brötchen für sie an den Tisch gebracht. Einmal hat er ihr sogar über die Wange gestrichen. Ganz zärtlich, wie man es ihm nie zutrauen würde."

Nun gut, man erlebt im engen menschlichen Geflecht, wie es nun mal in einem Hotel herrscht, so einiges. Aber diese Beobachtung warf mich doch etwas aus der Bahn. „Meinst du, der will was von ihr?", fragte ich Doro.

Meine Freundin brachte die Bombe zum Platzen. „So sah es für mich aus. Aber sie nicht von ihm. Pummelchen hat auffällig oft zu Clooney herüber gespinkst!"

„Miss Piggy und Clooney. Dass ich nicht lache!"

Das war mir so rausgerutscht. Allzu leichtsinnig hatte ich erneut meine Schwäche für Clooney offenbart und Doro einen Grund geliefert, ihr Schandmaul noch weiter aufzureißen.

„Guck mal da. Hille ist eifersüchtig!"

Von Doro hatte ich langsam echt genug.

„Warum darf Piggy nicht auch mal vom Honigtopf träumen?", versuchte Wally die Stimmung zu retten.

Vergeblich. Griesgrämig verabschiedete ich mich in die Nachmittags-Schicht.

Trotzdem sie gemerkt haben musste, dass sie mich verärgert hatte, hielt sich Doro mit ihren Anspielungen auch am Folgetag nicht zurück. Sie sah mich auffällig von der Seite an. „Clooney hat die Nacht jedenfalls alleine verbracht. Er ist früh raus. Ich bin mit seinem Zimmer bereits fertig. Der wartet bestimmt auf eine ganz Tolle. Ein Model oder eine adrette Geschäftsfrau."

Diesmal blieb ich cool. „Wir werden es erleben. Was treibt eigentlich der Butt?"

„Der hat ‚Bitte nicht stören' rausgehängt. Ob der und Piggy etwa …", dachte Wally laut nach.

„Wäre doch schön für die beiden. Man muss och jönne könne. Oder wolltest du etwa …?", drückte ich ihr unter die Bluse.

„Hille! Igitt! Eher werde ich lesbisch!", empörte sich Wally.

Doro pflichtete ihr bei. „Ich habe ihn mir noch mal ganz genau angeguckt. Von dem geht was Brutales aus. Der hat so harte Züge um die aufgeblasenen Lippen. Sein Blick ist richtig stechend. Ein wenig fürchte ich mich vor ihm."

Am nächsten Vormittag gellte Doros Schrei durchs Haus. Sekunden später stand ich vor meinem toten Traumprinzen. Ich taumelte zurück. Doro und Wally fingen mich, der Ohnmacht nahe, auf.

Der herbeigerufene Hotelmanager informierte die Polizei. Meine Freundinnen versuchten, mich draußen auf dem

Parkplatz zu beruhigen.

Doro zog nervös an ihrer Zigarette und inhalierte tief. „Das war bestimmt der Butt."

„Das glauben wir wohl alle", antwortete ich mit tränenerstickter Stimme.

„Er ist genau heute Morgen abgereist, der Dicke. Ganz früh. Geflohen ist er. Die Polizei sollte ihn festnehmen."

„Die werden das alles aufklären. Behalten wir unseren Verdacht erst mal für uns", empfahl Wally.

„Warum? Wenn er es doch war?"

Natürlich wurde jede von uns später von der Polizei zu einer Anhörung gebeten. Doro zuerst, denn sie hatte schließlich den toten Clooney gefunden. Ziemlich gebügelt kam sie eine Ewigkeit später zu uns auf den Parkplatz zurück.

„Der Butt war es wahrscheinlich nicht. Er ist Chef des Fremdenverkehrsvereins in einem fränkischen Urlaubsort. Hat an einer Tourismuskonferenz teilgenommen. Deshalb hat er das Haus zu so unregelmäßigen Zeiten verlassen. Immer dann, wenn er eine Veranstaltung besucht hat. Die Konferenz war gestern zu Ende."

„Also nix Brutalinski", seufzte Wally.

Doro schaute mitleidig zu mir herüber. „Ich war mir so sicher, dass er es war. Hoffentlich kriegen sie den wahren Täter bald!"

„Warum musste Clooney sterben?", sprach ich aus, was mich seit der Entdeckung seiner Leiche bewegte. Mein Traumprinz in seinem eigenen Blut! Ein Bild, das mir lange nicht aus dem Kopf gehen würde.

„Das hat mir die Polente nicht gesagt."

Wally kam als Nächste dran. Sie kehrte schneller als Doro zurück, ziemlich gefasst.

„Habe denen nichts Neues mitteilen können. Wer Clooney

war und warum er ins Gras beißen musste, haben sie mir auch nicht verraten", unterrichtete sie mich knapp, ehe ich von dem Polizisten, der sie begleitet hatte, zu meiner Anhörung gebeten wurde.

Der Kriminalbeamte, der im Büro des Managers auf mich wartete, war überraschend jung. Er begrüßte mich freundlich und bat mich, in der Besucherecke Platz zu nehmen. Schnell hatte er mich in ein Gespräch über Clooneys Gewohnheiten und Auffälligkeiten in seinem Umgang mit den anderen Hotelgästen verwickelt. „Haben Sie beobachten können, mit wem er die Tage über gesprochen hat?"

„Nein."

„Wie sah sein Tagesablauf aus? Ging er oft weg? Hielt er sich ungewöhnlich häufig in seinem Zimmer auf?"

„Eigentlich hielt er sich vorwiegend in seinem Zimmer auf. Vielleicht ein-, zweimal ist es vorgekommen, dass er am Nachmittag ausgegangen ist. Sonst wahrscheinlich nur abends, zum Essen. Er hat mich mal nach einem Restaurant gefragt. Mehr kann ich Ihnen nicht sagen, denn wir haben normalerweise früh am Nachmittag Feierabend."

„Ist Ihnen beim Aufräumen etwas aufgefallen?"

Ich musste an meine Inspizierung des Zimmers denken. Das behielt ich wohl besser für mich. Die nächste Frage wäre dann bestimmt, ob wir Zimmermädchen dazu befugt sind. Also verneinte ich die Frage.

„Hat jemand von den anderen Gästen ihm auffällige Aufmerksamkeit geschenkt?"

Sollte ich Piggy verpetzen? Eine verzweifelte, harmlose, pummelige Frau? Ach was, warum nicht. Wusste ich, was die Kripo weiterbrachte?

Ich beschrieb Piggy dem Polizeibeamten und erzählte ihm von

ihrem offensichtlichen Interesse an Clooney. Mich über-
raschte, dass er sofort aufhorchte. Er griff zum Handy, ging
vor die Tür und rief jemanden an. Mit entschlossener Miene
kehrte er zurück. „Sie haben uns sehr geholfen. Danke. Sie
dürfen jetzt gehen."
Verdutzt kehrte ich zu Doro und Wally zurück. „Die Piggy?
So eine beklagenswerte Frau? Was will er von der?", fragte
Doro stellvertretend für uns alle. Keiner wusste eine Antwort.

In der folgenden Woche machten diverse Gerüchte unter dem
Personal die Runde. Am meisten Gefallen fand man allseits an
dem Verdacht, Clooney wäre einer tragischen Beziehungsge-
schichte zum Opfer gefallen. Jeder wollte etwas gesehen haben
und hatte in Wirklichkeit nichts gesehen. Ich hörte lieber weg,
hatte genug mit meiner eigenen Trauer zu schaffen. Dumme
Gans – schalt ich mich -, es ist doch gar nichts vorgefallen
zwischen dir und Clooney.
Einige Gäste reisten vorzeitig ab, erschreckt durch den Mord
in ihrer Unterkunft. Unser Trio hatte dadurch recht wenig zu
tun und wir rauchten umso häufiger auf unserem Parkplatz.
Doro und Wally beteiligten sich fleißig an den blühenden Aus-
malungen des Geschehens, die die Runde machten. Am Ende
lagen alle daneben. Die Presse informierte die Öffentlichkeit
über das wahre Geschehen.
Was soll ich sagen? Clooney entpuppte sich als ein internatio-
nal gesuchter Verbrecher, ein Gangster im Gentleman-Outfit,
der bei uns gewohnt hatte, um sich vor seinen Verfolgern zu
verstecken. Sein Partner in den Staaten hatte brisante Dokumente für ihn aufbewahrt. Daher seine Telefonate auf Englisch. Gemeinsam hatten sie mit diesen Dokumenten ein ho-
hes Mafia-Tier erpressen wollen. Wegen eigener

Verbindungen zur Cosa Nostra hatte Clooney auch Italienisch beherrscht, die zweite Sprache, deren Klang mir fremd gewesen war.

Weil er den Preis immer weiter in die Höhe getrieben hatte, war der Mafiosi ärgerlich geworden. Er hatte zwei Killer angeheuert, um die Sache aus der Welt zu schaffen. Der eine hatte Clooney umgeblasen, der andere zeitgleich seinen Partner in den Staaten. Die Dokumente waren mit dem Vollstrecker verschwunden. Der gerettete Galgenvogel wird auf ganzer Linie zufrieden gewesen sein.

Und wer war nun Clooneys Henker?

Wir setzten uns bildlich auf den Hintern, Doro, Wally und ich, als wir das Konterfei von Piggy in der Zeitung abgebildet fanden. Gab es eine bessere Tarnung für einen Profikiller als die einer pummeligen, verzweifelten, nach Liebe suchenden Frau? Sie hatte ihre Rolle glänzend gespielt. Ein wenig bewunderten wir das gerissene Luder. Auf dem Parkplatz schworen wir uns mit dampfenden Kippen im Mundwinkel, nie mehr über Gäste zu lästern oder ihnen nachzuspionieren. Ausschließlich seriös wollten wir über sie sprechen. Keine Mutmaßungen, keine Zimmerspionage mehr. Am besten, wir sparten die Gäste ganz in unseren Pausengesprächen aus.

Die Routine im Hotel nahm schnell wieder ihren normalen Gang. Wir folgten ihr klaglos, wie all die Jahre. Gäste kamen und Gäste gingen. Nachdem ein Tatortreiniger alle Spuren des Mordes in Clooneys Zimmer beseitigt hatte und neuer Teppichboden gelegt worden war, richteten Doro und ich es für eine neue Belegung her. Es fiel mir wirklich schwer, hineinzugehen. Um Clooney war es einfach schade.

Wir bezogen gerade das Bett neu. Ich erwischte mich insgeheim bei der Frage, ob ich ihn trotz seines Hintergrundes genommen hätte. Ganz ehrlich? Zu meiner Schande muss ich gestehen, dass ich es nicht ganz ausschloss. Aber was nutzte es einem Zimmermädchen schon, Traumprinzen hinterher zu weinen? Aus uns wäre sowieso nichts geworden.

Einen Monat lang sind wir unserem Vorsatz, die Gäste nicht mehr durch den Kakao zu ziehen, treu geblieben.
Wie schon zur Begrüßung am Morgen vereinbart, stehen wir zur ersten Zigarettenpause auf dem Parkplatz zusammen.
Arglos stellt Doro fest: "Bei mir auf der Etage ist einer eingezogen, der sieht aus wie der Rühmann in jungen Jahren."
Natürlich wissen wir alle, dass der Schauspieler Heinz Rühmann in Essen geboren wurde und seine Eltern ihr Glück unter anderem mit dem Hotel Handelshof versucht hatten.
„Kinder, habt ihr mal den Film ‚Es geschah am helllichten Tag' gesehen?", fragt Wally.
„Mit Rühmann als Kripomann? Und mit Gert Fröbe? Wo er den Kindermörder gespielt hat?", fällt mir ein.
„Ja, genau den. So ein Typ wohnt eine Etage unter dem Rühmann. Dasselbe runde Gesicht und dieselben eng stehenden Augen. Irre Augen."
„Iiih!", ruft Doro. „Das war doch der Kerl, der die Kinder mit einer Handpuppe angelockt hat!"
Ich schüttele mich. „Hört auf. Da läuft es einem ja kalt den Rücken herunter."
Wally verbrennt sich fast die Finger, als sie ihren zweiten Glimmstängel an der Kippe des ersten anzündet. „Wie der Kerl aus seinen Augen guckt, wäre ihm so was glatt zuzutrauen."
Doro wird ganz eifrig. „Morgen schaue ich nach, ob unser Gast auch so eine Handpuppe im Gepäck hat …"

Steffen Hunder

Das Mäuschenspiel

Hömma, Berni, wat trällerst Du denn da eigentlich auf deiner Tröte?" Franz Kowalski steht gelangweilt an der Bude mit einer Pulle Bier in der Hand. „Sach ma, Franz, Du bist wohl n' echter Kulturbanause. Dat is vom ollen Satchmo, wat ich da spiele. Und wat die Tröte angeht, sach ich dir bloß, dat is n'echte Jazz-Trompete. Mit der hab ich schon inne GRUGA-Halle zusammen mit der WDR-Bigband vor zigtausend Leuten gespielt." „Nun halt mal den Ball flach, Berni", mosert Franz. „Du willst mir doch nicht verklickern, dat du mal n' richtig doller Jazz Musiker gewesen bist." „Ob du glaubst oder nicht, dat war so", mischt sich Arni Neumann ein. Ich sach dir wat. Unser Berni hatte dat Zeug für wat ganz Großes. Wart mal n' Moment, ich zeig dir wat."

Arni geht in das Hinterzimmer der Bude und holt eine Mappe mit Zeitungsausschnitten. „Guck mal hier", er zeigt Franz ein Bild von Berni aus der Westdeutschen Allgemeinen mit seiner Trompete unter der Überschrift: „Berni Bruske- Essen sein Satchmo"-. „Da staunste, wat!", sagt Arni voller Stolz. „Unser Berni war n' echte Granate auf der Trompete. Der hätte reich und berühmt werden können." „Und wat is dann passiert?", will Franz wissen. „Ich hab mir bei n' Klopperei nach n'm Spiel von Rot-Weiß eine Hand und drei Finger gebrochen", erwidert Berni. „Damit war meine Karriere als Jazz Musiker futsch." „Saudumm gelaufen", bemerkt Franz trocken. „Und womit verdienste jetzt deine Kohle?", will Franz wissen. „Ich bin ins Transport Geschäft eingestiegen", erwidert Berni grinsend. „Musik mach ich nur noch für Spaß." Er nimmt sein Instrument und spielt ein Trompeten- Solo von Louis Armstrong. „Wat transportierst du denn?", fragt Franz neugierig. „Alles wat aus Metall ist, ich hab grad 'n dolles Ding in

Planung. Wenn dat klappt, geht uns dat Moos nie mehr aus."
„Hört sich echt gut an", sagt Franz. „Ich bin im Moment ganz
klamm." „Spann uns nicht so auf die Folter", drängt Kalle
Schmitz. Berni genießt sichtlich die gespannte Aufmerksamkeit seiner Kumpels. „Also dat ist so. Wir kennen doch jeden
Winkel in unserem Revier. Wie oft haben wir alten Schrott
abgeholt, wenn irgendwo ein neuer Gewerbepark auf einer alten Industriebrache gebaut werden soll. Überall stehen in den
Firmen Tresore herum, in denen die Tageseinnahmen aufbewahrt werden. Erst am Ende der Woche kommen die Jungs
mit den Geldtransportern und bringen die Asche zu den Ban-
ken."

„Willste uns zu Panzerknackern machen?", fragt Franz verdutzt. „Nicht nur dat", erwidert Berni verschmitzt, „sondern
zu Panzerschrank-Verwahrern." „Wat soll dat denn heißen?",
krekelt Kalle, „willste dat wir uns die Tresore auf die LKW' s
packen und irgendwo lagern." „Du hast es erfasst, Kalle", ju-
belt Berni. „Aber wo in aller Welt willst du die Panzerschränke
lassen?", wirft Franz bissig ein. „In der Emscher", trötet
Berni. „Die wird unsere Panzerschrank-Sparkasse." „Du bist
nicht ganz dicht!", schimpft Franz und zeigt Berni einen Vogel
„Ich find dat eine irre Idee", freut sich Kalle. „Wer ist so be-
scheuert und benutzt die Emscher als Lagerplatz für Panzerschränke?"

„Und das Schärfste ist, wir haben immer ein Guthaben auf
unserer Panzerschrank-Sparkasse, wenn wir nach und nach
die Tresore herausholen und aufschweißen." „Warum knackt
ihr eigentlich die Tresore nicht direkt vor Ort?", mischt sich
Willi Krause in das Gespräch ein. „Dann könntet ihr den
Schotter sofort mitnehmen." „Ist im Prinzip richtig, Willi",

erwidert Berni, „hat aber leider einen bösen Haken. Das Aufschweißen der Schränke dauert ziemlich lange. Wenn wir das vor Ort machen, könnten wir von den Wachleuten überrascht werden. Deshalb ist es viel sicherer, die Tresore abzutransportieren und dann in aller Ruhe in unserer Werkstatt aufzuschweißen." „Leuchtet mir total ein", nickt Willi zustimmend. „Ich bin mit von der Partie. Wann holen wir uns den ersten Zaster?" „In zwei Wochen kann es losgehen", erwidert Berni, „dann haben wir genug Infos über verschiedene Industrieparks." „Wird Zeit, dass wir unsere klammen Kassen aufbessern", freut sich Kalle. „Wir können sogar noch einen draufsetzen", prustet Berni. „Wir machen aus jeder Tresor-Knack-Aktion ein Wettereignis für uns. Wer am besten tippt, wie viel Penunsen im Tresor sind, der hat gewonnen. Der Wetteinsatz pro Schrank beträgt pro Nase 200 Mäuse. Macht bei fünf Mann 1000 Eier. Wer gewinnt bekommt den ganzen Kies, muss aber die Hälfte seines Gewinns an die Bank abdrücken. Die Verlierer müssen das Doppelte ihres Einsatzes bezahlen." Innerhalb kürzester Zeit nehmen sie auf diese Weise 60 Panzerschränke in ihre Obhut und deponieren sie in ihrer Fluss-Bank. Ihr Kapital wächst von Woche zu Woche, denn auch ihre Wettleidenschaft ist ungebrochen. Nach nur drei Monaten können sie bereits den ersten neuwertigen Lastwagen kaufen.

Das Geschäft floriert. Die Jungs singen das Lied von der Vermehrung der Mäuse. Es könnte so schön sein. So schön. Doch dann beginnt das verdammte andere Mäuschen-Spiel.

Nach einem der Raubzüge bestellte sich die ganze Truppe wie schon oft einen Tisch beim Griechen an der Uni, um ihren Coup gebührend zu feiern. Sie haben den Laden fast für sich, nur ein paar Leute sind noch da, ganz hinten in der anderen Ecke des Cafes. Die Jungs lassen sich das gute Essen schmecken. Sie kippen sich ordentlich einen hinter die Binde. Die Stimmung steigt. Willi haut ordentlich auf den Putz. Lauthals prahlt mit den tollen Raubzügen. Arni sitzt ganz dicht neben Willi und fährt ihm in die Parade. „Reiß das Maul nicht so auf, Willi. Nicht dat hier einer noch Mäusken spielt und uns verpfeift". „Wat erzähle für n`n Quatsch", bölkt Willi, "glaubse, mir rückt einer so dicht auf die Pelle, um mir auf ´s Maul zu schauen und mitzukriegen, wat ich euch erzähle". „Willi hat recht", mischt sich Franz ein, „mach hier mal nich` die Pferde scheu. Schließlich ist dat hier unser Revier. Los Gabi, bring noch n` Lage Bier." Und noch ne Lage und noch ne Lage.

Zwei Tage später ist die Lage fatal. Bullenparade! - Einer nach dem anderen wird abgeführt. „Schöne Scheiße, dat glaubse nich", jammert Bernie, als die Polizei ihre Bude in Essen stürmt und alle verhaftet. „Essen sein Satschmo mit Gang im Knast", titelt am nächsten Tag die WAZ. Was ist passiert? Wer hat geplappert? Wer ist der Maulwurf? Kalle, du Sau! Willi, du Ferkel! Was ist passiert? Es kommt zur Verhandlung vor Gericht. Zeugen werden befragt. Es gibt keine Zeugen, die etwas gehört, die etwas beobachtet haben. Also, worauf stützt sich die Anklage?

In der Gerichtsverhandlung stellt sich heraus, dass die gehörlose Verena Meier Mäuschen gespielt hat. Unfreiwillig natürlich. Sie war mit ihrer Freundin Ute auch beim Griechen an der Uni gewesen. Eigentlich wollten sie nur noch einen Kaffee trinken, nachdem sie ihre fertige Examensarbeit endlich gedruckt in ihren Händen hielt, um sie dann per Einschreiben an das Germanistische Seminar zu schicken. Deshalb setzten sie sich in eine ruhige Ecke. Dann fiel Verena die Männertruppe auf, die lautstark etwas zu feiern schien. Den Wortführer konnte sie gut sehen. Da tat sie, was sie oft tut, aus Jux und Dollerei, sie spielte Mäuschen. Sie fing an, Willi von seinen Lippen abzulesen, was er den anderen erzählte. Ihre Augen wurden immer größer. Ihr blieb die Luft weg. Ihr wurde klar, hier feiern ein paar Ganoven ihren geglückten Raubzug. Ihr Gehirn kollabierte. Das ist der Wahnsinn. Das glaubt mir kein Mensch. Ängstlich rückte sie ganz dicht an ihre Freundin Ute heran und flüstert: „Was soll ich tun?"

Ute sagt: „Du musst bei der Polizei aussagen. Auch du als Gehörlose bist eine Zeugin. Im Moment sogar die Einzige. Du siehst, was andere nicht sehen. Du musst es tun!"

Am nächsten Morgen geht Verena zur Polizei. Dann wird sie vor Gericht geladen. Sie ist die einzige Belastungszeugin. Ein kurzer Prozess. Der Richter spricht im Namen des Volkes. Die Taubheit hat gesiegt. Nur Willi will es nicht begreifen. „Hömma Mäusken, dat war nich nett von dir, dat du uns so dicht auf die Pelle gerückt bist, um bei uns Mäusken zu spielen!" schreit er in den Gerichtssaal.

Elko Laubeck

Fünf Minuten für die Ewigkeit

1.

Gerd Kocherscheidt, Renate Braun, Roland Brandt und Peter Mühlen, ein eingespieltes Ermittlerquartett, waren zu einem Haus gerufen worden, in dem ein aufmerksamer Nachbar Schüsse zu hören geglaubt, und die Polizei alarmiert hatte. Die Leitstelle hatte zeitglich ein Mobiles Einsatzkommando, eine Streife der Kettwiger Wache und den Rettungsdienst alarmiert. Die Kriminalkommissare fuhren je zu zweit mit Blaulicht und Martinshorn vom Hof des Präsidiums und bogen stadtauswärts in die Alfredstraße, eine Hauptverkehrsader Richtung Süden, ein, die um diese Vormittagsstunde aber mäßig befahren war, sodass die Beamten in Zweierkolonne zügig, ab Grugahalle über die Norbertstraße die A 52 Richtung Düsseldorf erreichten. Kurz vor der Autobahnabfahrt am Flughafen Essen-Mülheim hörten sie über Funk, dass die Polizeistreife und der Rettungswagen gerade am vermeintlichen Tatort in Ickten eingetroffen waren.

„Wartet ab!" sagte Kriminalhauptkommissarin Braun ins Funkmikrofon. „Wir sind in fünf Minuten bei euch."

„Sollen wir nicht lieber die Ankunft des mobilen Sondereinsatzkommandos abwarten?" meinte Mühlen, während er der Polizeistreife und der Krankenwagenbesatzung am Ort des Geschehens Zeichen gab, nun das Kommando zu übernehmen. Das Tor in der Mauer, die das Grundstück einfriedete, war geöffnet. Vor dem Hauseingang stand ein gelbes Postfahrrad, behangen mit zwei großen Taschen am Gepäckträger und einer an der Lenkstange voller Briefe und Päckchen. Außerdem parkte vor dem Haus ein alter Peugeot mit dem amtlichen Kennzeichen E – MB 987.

„Gefahr in Verzug", zog Renate ihre Dienstwaffe, trat an die Haustür und klingelte. „Öffnen Sie! Kriminalpolizei!" rief sie.

Peter brachte sich auf der anderen Seite des Eingangs in Stellung. Gerd gab per Funk das Kennzeichen des Peugeots an die Leitstelle durch und schlich geduckt, seine Waffe im Anschlag, um das Haus, versuchte durch ein Fenster etwas zu erspähen, konnte aber nichts Verdächtiges erkennen. Er huschte weiter, drückte die Klinke einer Nebentür an der Rückseite hinunter, sie sprang aber nicht auf, Roland sprach derweil mit dem Nachbarn schräg gegenüber, der die Polizei gerufen hatte. Der Nachbar war sich sicher gewesen, dass es Schüsse waren, die er gehört hatte, Pistolenschüsse oder Gewehrschüsse. Außerdem war ihm der graue Peugeot vor dem Haus verdächtig vorgekommen. Den hatte er hier noch nicht gesehen. Der Rentner war zu dem Zeitpunkt im Vorgarten beschäftigt gewesen und hatte seinen Rasenmäher sofort abgeschaltet, als der erste Schuss gefallen war. Der Schuss sei trotz Rasenmäher-Lärms zu hören gewesen, versicherte er. Er hatte aber nicht mitbekommen, wann der Peugeot aufgekreuzt, und ob jemand Fremdes in das Haus eingedrungen sei. Allein, dass sich der Briefträger auf seiner Tour einige Minuten in das Haus zurückzog, war für ihn nicht ungewöhnlich.

„Jürgen, also der Briefträger wohnt ja hier", sagte er gegenüber dem Kripobeamten sowie Polizeiobermeister Frank Duven, den er persönlich kannte. Kettwig war trotz der Eingemeindung nach Essen in den 1970-er Jahren ein überschaubares Städtchen geblieben, zumal in Ickten mit seinen Siedlungshäusern, die zum großen Teil aus den Nachkriegsjahren stammten, aber im Lauf der Jahrzehnte liebevoll renoviert und modernen Wohnstandards angepasst waren. „Jürgen blieb manchmal während seiner Tour auf einen Kaffee bei Marga. Die beiden sind ein Liebespaar, wissen Sie? Ich meine, sie sind so ein liebes Paar."

Als Gerd das Haus umrundet hatte und zu seinen Kollegen an der Eingangstür aufschloss, sagte er, dass es an der Zeit sei, in das Haus einzudringen. Aber die Haustür machte einen stabilen, einbruchsicheren Eindruck.

„Sollen wir nicht lieber auf das Mobile Einsatzkommando warten?" fragte Peter. „Die kennen sich besser aus mit solchen Situationen, haben effektivere Geräte, Waffen und Blendgranaten."

„Wenn hier wirklich Schüsse gefallen sind, gibt es vielleicht Schwerverletzte, Gefahr in Verzug! Auf meine Verantwortung", sagte Renate.

„Auf der Rückseite gibt es einen zweiten Eingang. Vielleicht versuchen wir es da, jedenfalls sieht die Hintertür weniger stabil aus", schlug Gerd vor.

Geduckt huschten die Beamten, ausgerüstet mit ihren schwarzen Sicherheitswesten, zum Hintereingang. Peter schmiss sich mit seinem ganzen Körpergewicht mit der rechten Schulter gegen die Tür. Sie ächzte in den Scharnieren, knarrte und gab ein Stück nach.

„Öffnen Sie die Tür! Polizei!" rief Renate.

Gerd ahmte sodann Peter nach und warf sich rücklings mit seiner stahlarmierten Weste gegen die Holztür. Sie sprang auf und schnellte zur Seite. Der Riegel hatte sich aus der morschen Schließe gelöst. Gerd taumelte rücklings, stolperte über eine Geräteschnur und stürzte in eine Art Hauswirtschaftsraum. Im selben Moment, als er sich auf dem Rücken liegend Halt zu verschaffen versuchte, war ein weiterer Schuss aus nächster Nähe zu vernehmen. Renate und Peter sprangen über den Kollegen hinweg und versuchten sich zu orientieren. Für einen Augenblick dachten sie, Gerd könnte getroffen worden sein.

„Lassen Sie die Waffe fallen", riefen sie wie aus einem Mund

und richteten ihre Pistolen in alle Richtungen. In dem kleinen Raum war aber niemand sonst.

„Alles ist gut", sagte Gerd, der zeitgleich mit dem Schuss mit dem Hinterkopf gegen eine Waschmaschinentür gestoßen war, und richtete sich mühsam und etwas benommen wieder auf. Vorsichtig öffneten die Beamten, Renate voran, eine Tür, um weiter in das Haus vorzudringen, ihre Dienstwaffen durchgeladen, entsichert, im Anschlag und den Finger am Abzug.

„Lassen Sie die Waffe fallen!" rief Renate laut ins Leere, bereit, sofort zu schießen. In der Diele, in die sie augenscheinlich vorgedrungen waren, befand sich niemand. Sie schlichen in die anderen Zimmer, die von der Diele abgingen. Es war still in dem Haus, es gab keinerlei Geräusche. Das Wohnzimmer war menschenleer, die Küche genauso wie ein weiterer Raum, den sie als eine Art Büro identifizieren konnten. Eine Tür, auf die ein Manneken-Piss aufgeklebt war, hinter der sie deshalb ein Badezimmer oder Gäste-WC vermuteten, war von innen abgeschlossen.

„Wartet", sagte Gerd. Er fischte sein Portemonnaie aus der Hosentasche und holte ein Zwei-Euro-Stück heraus. In dem Knauf unter der Türklinke war ein Schlitz. Er steckte die Münze hinein und drehte den Knauf damit. Die Tür ließ sich problemlos öffnen.

In dem Gästelokus entdeckten die Ermittler einen Mann zwischen Waschbecken und Kloschüssel am Boden liegend, der sich offenbar gerade selbst erschossen hatte. Der Revolver lag unmittelbar neben seiner rechten Hand auf den Bodenfliesen. Renate fühlte nach seinem Puls. Da war nichts mehr, aber der Mann war noch ganz warm. Er blutete aus dem Hinterkopf und aus dem Mund. Über dem Spiegel an der Wand über einem Waschbecken waren Blutspritzer. Es roch unangenehm nach halb verdautem Erbrochenem, das sich in der Kloschüssel befand und an einigen Stellen auf dem Boden.

„Der Mann ist tot", sagte Renate. Der Leblose erweckte einen bedauernswertzen, beinahe verzweifelten Eindruck. Immer noch rannen Blut und Hirnflüssigkeit aus seinem Mund und offenbar aus der hinteren Seite des Kopfes, mit der er auf dem Boden aufgeschlagen war.

„Er hat sich gerade selbst gerichtet", schloss Renate. „Ich hatte schon geglaubt, Gerd wäre mit dem Schuss getroffen gewesen, als er in das Haus gestolpert war."

Renate zog sich einen Latex-Handschuh über und griff nach der Waffe neben der Leiche. Es war ein Trommelrevolver der Marke Smith and Wesson mit sechs Schuss. Eine Patrone befand sich noch im Magazin neben fünf leeren Hülsen. Dann legte sie die Waffe an die ursprüngliche Stelle zurück, für die Spurensicherung.

„Dem ist nicht mehr zu helfen", winkte sie den Kollegen, ihr rasch die Treppe hinaufzufolgen.

Aus dem Obergeschoss vernahmen sie mit einem Mal ein hysterisches Winseln. Sie fanden im Schein der Deckenleuchte, das Fenster war mit einem Rollo verdunkelt, einen Mann an, der reglos auf einer Frau in einem Bett lag, in ziemlich eindeutiger Position. Etwas Blut war ihm aus dem Rücken geronnen. Die Frau blutete am rechten Oberarm. Blut sickerte an der Seite zwischen ihren Leibern heraus. Renate Braun betrachtete kurz den Mann, der seine Hosen bis knapp unter sein Gesäß hinabgezogen hatte, und fasste nach der linken Hand des Mannes, dann an seinen Hals. Er war noch warm, aber tot. Er steckte fest.

Kocherscheidt und Mühlen packten den Toten und drehten ihn auf den Rücken, was ein anzüglich schmatzendes

Geräusch verursachte, ganz leise nur, aber doch vernehmlich. Er hatte die Augen geschlossen, aber den Mund weit geöffnet. Sein Hemd, dessen obere Knöpfe geöffnet waren, war auch auf der Brustseite blutdurchtränkt wie die Bluse der Frau, auf der er gelegen hatte. Es mochte unterdessen 25 bis 30 Minuten zurückliegen, dass er während eines rasanten Liebesaktes jäh aus dem Leben gerissen worden war. So lange musste die Frau in ihrer misslichen Lage ausgeharrt haben.

Sie hatte die Beine leicht abgespreizt und stark angewinkelt wie ein auf dem Rücken liegender Frosch, Strumpfhose und Slip, knapp bis auf die Oberschenkel hinabgestreift, entspannten sich, als sie die Beine nunmehr ausstreckte, auf die Bettdecke sinken ließ und mit der linken Hand ihre Blöße bedeckte. Unbeholfen versuchte sie, einen dunkelblauen Faltenrock, der ihr zum Bauch hochgerutscht war, zu den Schenkeln hinabzustreichen. Sie atmete heftig und wirkte etwas verwirrt.

„Haben Sie Schmerzen?" sprach sie die Polizistin an. „Hauptkommissarin Braun, Kripo Essen, das sind meine Kollegen."

„Mein Arm, mein Arm", jammerte sie. „Ich kann meinen rechten Arm nicht mehr bewegen. Es ist so schmerzhaft."

Die Kriminalbeamtin öffnete ihr die Bluse, fasste unter ihrem Rücken nach dem Verschluss des Büstenhalters und schob vorsichtig das blutverschmierte Kleidungsstück in die Höhe. Blut rann auch aus ihren Brüsten.

„Haben Sie Schmerzen in der Brust?" fragte Renate.

„Ich weiß nicht", sagte die Frau. „Was ist passiert?" Dann fasste sie mit der linken Hand nach ihren Brüsten und spürte nun, dass sie dort blutete. „Es ging alles so schnell. Ich hatte gar nicht bemerkt, dass jemand in das Zimmer gekommen war, als plötzlich das Licht anging und auch schon der erste Schuss fiel. Jürgen zuckte zusammen. Ich spürte eine Art Stich

95

in die Brust. Ich war von dem plötzlichen Licht geblendet, aber ich sah, wie ein Mann dicht über uns ein zweites Mal abfeuerte. Ich sah, wie Feuer aus dem Lauf einer Pistole sprühte und spürte nur noch einen heftigen Schmerz in meinem rechten Arm. Ich war wie gelähmt, als noch ein dritter und ein vierter Schuss fielen. Ich bin vor Schmerzen ohnmächtig geworden, vielleicht auch aus Todesangst, oder beidem."

„Haben Sie den Mann erkennen können, der auf Sie geschossen hat?" fragte Renate.

„Nein", sagte die Frau. „Ich konnte ihn nicht erkennen. Ich habe nur seine Silhouette wahrgenommen. Aber ich weiß, wer es war, Markus Bovert, mein Ex-Mann."

2.

Inzwischen waren Roland, ein Notarzt und zwei Sanitäter mit einer Trage ins Haus gefolgt und kamen nun die Treppe herauf ins Schlafzimmer. Die Rettungskräfte betrachteten die Frau, schätzten den rechten Oberarm als gebrochen ein, verursacht durch eine Schussverletzung, richteten den Oberarm, schienten ihn behelfsmäßig und bandagierten ihn. Der Arzt spritzte ein Schmerzmittel in den Arm. Die beiden Verletzungen im Brustbereich deckten sie mit Verbandsmull und Pflasterstreifen ab. Der Blutverlust der Frau hielt sich in Grenzen. Das meiste Blut, mit dem Kleidung und Bettzeug getränkt waren, stammte offensichtlich von dem Toten.

Sie schnallten die verletzte Frau, die sich Marga Stücken nannte, auf die Trage und brachten sie in den Rettungswagen. Renate Braun begleitete sie ins Krankenhaus.

Die anderen warteten am Tatort, der sich in einem ruhigen Wohnviertel am Hang des Ruhrtals befand, auf die Kriminaltechniker und den Gerichtsmediziner. Inzwischen hatten sie bereits herausgefunden, dass es die Wohnadresse von Marga Stücken war. Auch Jürgen Müller, der Tote, wohnte hier. Der andere Tote, der sich im Bad eine Kugel durch den Kopf gejagt hatte, war Markus Bovert, der Ex von Frau Stücken, seit einem Jahr von ihr geschieden und inzwischen nach Frohnhausen verzogen. Der Fall schien schnell aufzuklären zu sein.

„Eifersucht", sagte Kriminalhauptkommissar Kocherscheidt. „Der Mann konnte es nicht ertragen, dass seine Ex mit einem neuen Liebhaber glücklich war. Er besorgte sich eine Pistole, schlich sich ins Haus, vielleicht hatte er noch einen Schlüssel zu der Wohnung, er erwischte das Liebespaar in flagranti und knallte den Mann kaltblütig ab. Vielleicht wollte er auch seine Ex-Frau richten. Als er glaubte, dass sie tot waren, weil sich nichts mehr regte, ging er ins Erdgeschoss zurück. Vielleicht hat er sich eingestanden, dass er zum Mörder geworden war. Er empfand plötzlich Ekel vor sich selbst. Ihm wurde schlecht. Vielleicht hatte er auch nur zu viel getrunken. Er musste sich übergeben. Als er hörte, dass wir das Haus praktisch schon umstellt hatten, setzte er seinem Leben selbst ein Ende."

„Das hast du schön gesagt", stimmte Mühlen zu. „Vielleicht hatte er von vornherein mit dem Gedanken gespielt, auch sich selbst umzubringen. Angesichts des Todes ist ihm speiübel geworden. Als wir in das Haus eindrangen, hat er die Ausweglosigkeit seiner Lage erkannt, und den Mut gefunden, abzudrücken, sich selbst ein Ende zu setzen."

„Es gehört schon eine große kriminelle Energie dazu, sich eine scharfe Waffe zu besorgen, um damit seine Ex-Frau und deren Liebhaber umzubringen", ergänzte Brandt. „Er hat die Trennung von seiner Frau nicht überwinden können, war vielleicht depressiv geworden oder bipolar, ein Psychopath."

Sie erläuterten Anton Rübsel von der Kriminaltechnik die Stellung, in der sie den Toten auf der Frau liegend angetroffen hatten.

„Oh, das muss ja nach einem Quicky ausgesehen haben", merkte Rübsel scherzend an.

„Quicky?" fragte Kocherscheidt.

„Aber ja", sagte Rübsel. „Ihr habt erzählt, dass sie noch halbwegs bekleidet waren. Das sieht doch danach aus, als ob sie es sehr eilig gehabt hätten."

Sie hatten den Mann wieder auf den Bauch gedreht, auf die Stelle, wo er zuvor auf der Frau gelegen hatte. Rübsel deutete auf die Schusswunden im Rücken. „Möglicherweise, nein, höchstwahrscheinlich haben ihn zwei Kugeln durchbohrt und sind aus seiner Brust wieder herausgetreten. Genaueres wird die Obduktion ergeben."

Durch ein paar Entenfedern aufmerksam gemacht, nahm er das Kopfkissen näher in Augenschein. Dann blickte er unter das Bett. Eine Kugel hatte das Kissen durchschlagen, Laken, Matratze und das Drahtgitter des Bettgestells. Sie steckte im Parkett. Er nahm eine Zange, zog sie heraus und hielt sie in die Höhe.

„Neun Millimeter", sagte er. „Wenn hier, also unter der Leiche, die Frau gelegen hatte, dürfte die Kugel nur knapp ihren Kopf verfehlt haben." Er ließ die leicht verformte Kugel in ein Tütchen fallen, schrieb eine Eins darauf, platzierte ein Schild mit einer aufgedruckten Eins neben das Einschussloch des Kopfkissens und ein weiteres Schild Nummer eins neben dem Loch im Parkett unter dem Bett. Er machte zahllose Fotos aus verschiedenen Perspektiven und stellte sich dann neben dem Bett auf. „Ungefähr hier muss der Mörder gestanden haben, um auf das Liebespaar zu schießen, aus nächster Nähe.

Vielleicht waren sie gerade so heftig zugange gewesen, dass sie um sich herum nichts mehr wahrgenommen und den Eindringling nicht bemerkt hatten."

„Das hatte die Frau angedeutet", sagte Kocherscheidt.

„Der Nachbar hatte vier Schüsse in kurzer Folge gehört, ungefähr im Wenige-Sekunden-Rhythmus", sagte Brandt. „Später hatte es noch einen Schuss gegeben, aber zu dem Zeitpunkt waren wir schon am Tatort."

Neben dem Bett lagen ein dunkelblaues Blouson mit eingearbeiteten silbernen Reflektorstreifen und dem stilisierten gelben Horn als Post-Signet auf der linken Brust, eine gelbe Krawatte und ein gelber Fahrradhelm. Inzwischen hatten sie Kontakt mit der Post aufgenommen. Der Personalchef konnte bestätigen, dass Jürgen Müller, 45 Jahre alt, bei ihnen als zuverlässiger Briefzusteller arbeitete.

„Er ist tot", sagte Kocherscheidt. „Er wurde soeben ermordet, in der Icktener Siedlung."

„Aber, da wohnt er zufällig auch", meinte der Postpersonalchef nach einer Weile.

Im Badezimmer entnahm Rübsel vom Boden und aus der Toilettenschüssel Proben von dem Erbrochenen und löffelte den stinkenden Brei in ein Gläschen. Dann schaute er sich die Leiche an. Offensichtlich hatte sich Markus Bovert in den Mund geschossen. Die Kugel hatte am Hinterkopf den Schädelknochen durchschlagen und steckte oberhalb des Spiegels über dem Waschbecken in der Wand. Rübsel löste die Kugel mit einer Zange heraus und legte sie in ein Plastiktütchen mit der Nummer fünf. Auch im Bad versah er Spuren mit Nummernschildchen und fotografierte aus allen Perspektiven. Er nahm die Pistole auf, schob die Beine des Toten beiseite und lehnte sich mit dem Rücken an das Waschbecken. „So könnte er sich ein Ende gesetzt haben", hielt er sich die Pistole vor den geöffneten Mund, mit dem Daumen am Abzugshahn. Er zog ein Mäppchen aus der Gesäßtasche der Leiche und reichte sie Mühlen. Ausweis, Bankkarte, Führerschein und so weiter, immerhin konnte sich der Tote ausweisen als Markus Bovert, 45 Jahre alt, wohnhaft in Essen, Frohnhauser Straße.

3.

Marga Stücken war die ganze Zeit bei Bewusstsein geblieben und Renate Braun an ihrer Seite. Sie hatte erzählt, dass ihr Ex gewalttätig gewesen war und krankhaft eifersüchtig. Deshalb hatte sie sich vor einem Jahr von ihm getrennt und scheiden lassen. Sie hatte die unentwegten Verdächtigungen, dass sie anderen Männern schöne Augen gemacht haben sollte, sattgehabt.

„Er hat mir ins Gesicht geschlagen", erzählte sie. „Immer wieder. Es hätte mir früher auffallen müssen, wie gemein er werden konnte, ich hätte ihn nicht heiraten dürfen. Aber dann hatte er Phasen, in denen er sehr liebevoll mit mir umging, mich mit Schmuck beschenkte oder mit mir an die Nordsee fuhr und mich auf starken Armen trug, voller Komplimente, wie schön ich sei. Dann meinte er wieder, dass ich den jungen Männern nachschaute. Er hat mich einmal verprügelt, kaum dass wir zu Hause, also in unserer Ferienwohnung waren, weil er glaubte, dass ich die ganze Zeit nur Augen für zwei Männer gehabt hätte, die am Strand Volleyball spielten. Dabei hat er selbst nur nach den jungen Dingern mit ihren knappen Bikinis geguckt."

Ein Unfallchirurg trat zu ihnen in das Behandlungszimmer und erläuterte die Ergebnisse der radiologischen Untersuchungen. Er bereitete die verletzte Frau darauf vor, dass sie rasch operiert werden müsse. In ihrem rechten Oberarm stecke eine Kugel, die den Knochen aufgesprengt habe.

„Wir müssen die Kugel herausholen und die Enden der Knochen in Position bringen, damit sie wieder vernünftig zusammenwachsen", sagte Dr. Hinzel und zeigte dann eine weitere Röntgenaufnahme vom Brustbereich. „Schauen Sie hier. Da stecken noch zwei Kugeln."

Auf den ersten Blick sah es so aus, als steckte die eine schwarze Kugel in einem dunklen Schatten, der auch ohne große anatomische Kenntnisse als Herz auszumachen war. Aber der Fachmann erklärte, dass man genau erkennen könne, dass sich die Kugel oberhalb des darüberliegenden Rippenbogens befand.

„Es sind nur zwei kleine Eingriffe", beruhigte der Arzt. „Die Kugeln sind jeweils im Brustbereich eingedrungen und haben nur etwas Fett- und Bindegewebe durchbohrt, ehe sie am Rippenfell hängenblieben. Sie haben Glück gehabt. Es ist wie ein Wunder, dass sie nicht wie die Kugel im Arm den Knochen durchschlagen hat."

„Die beiden Kugeln hatten auf ihrer Flugbahn bereits die Brust eines Mannes durchbohrt", lieferte Kommissarin Braun eine Erklärung dafür, dass die Projektile bereits an Durchschlagskraft verloren hatten. „Der Mann war sofort tot. Er war ihr Schutzschild gewesen."

„Haben Sie heute schon etwas gegessen?" fragte Dr. Hinzel die Patientin.

„Nein, ich hatte nur einen Milchkaffee", sagte Frau Stücken.

„Umso besser, es ist wirklich nur ein kleiner Eingriff, machen Sie sich keine Sorgen", sagte der Arzt. „In ein paar Tagen können Sie nach Hause gehen."

„Haben Sie den Mörder, meinen Ex-Mann, schon gefasst?" fragte Marga Stücken die Polizistin.

„Ja - nein, nein", korrigierte sie sich. „Er ist tot. Er hat sich selbst das Leben genommen."

Zwei Pflegekräfte schoben Marga Stücken in den OP-Bereich der Unfallchirurgie des Uni-Klinikums Essen.

4.

Eine Aushilfe hatte inzwischen die Tour in Ickten fortgesetzt, er kannte sich nicht gut aus und brauchte bis in die Abendstunden, um alle Briefe an die richtigen Adressen zu verteilen. Vor dem Haus hatten sich Rübsel und seine Leute eines etwas älteren Peugeot-Modells angenommen. Es war das Fahrzeug des mutmaßlichen Mörders. Außer einem Pappkarton mit zwölf Schuss Munition, Kaliber neun Millimeter, konnten sie nichts Verdächtiges darin finden. Sie ließen den Wagen trotzdem auf den Hof der Kriminaltechnik bringen. Anschließend sahen sie sich in der Wohnung in der Frohnhauser Straße um. Gerd und Peter bereiteten eine Pressemitteilung vor, das heißt sie gaben den Sach- und Ermittlungsstand telefonisch an Werner Mohr weiter, der für die Pressearbeit zuständig war und stinkig werden konnte, wenn man sich an ihm vorbei mit der Presse in Verbindung setzte.

5.

Noch am Nachmittag hatte Dr. Talheimer die beiden Männerleichen auf dem Untersuchungstisch. Dem ersten Augenschein nach konnte er den Eindruck bestätigen, den die Ermittler bereits hatten. Jürgen Müller war im Brustbereich von zwei Kugeln perforiert worden. Sie waren je rechts und links unmittelbar unterhalb des unteren Rippenbogens im Rücken eingedrungen und hatten schräg nach oben den Brustkorb durchschlagen, um auf der Vorderseite zwischen dem zweiten und dritten Rippenbogen wieder auszutreten, etwas oberhalb der Brustwarzen. Die eine Kugel war mitten durch sein Herz gerast, was die Todesursache gewesen war.

Bei Markus Bovert hatte eine Kugel die Gaumenplatte durchschlagen und war durch das Scheitelbein wieder ausgetreten. Dabei hatte das Geschoss das Mittelhirn zerstört, den Verbindungsknoten zwischen den meisten Hirnteilen und dem Rückenmark. Schmauchspuren an den Händen hatten nahegelegt, dass er die Waffe beidhändig gehalten hatte.

Ansonsten machte der etwas untersetzte Mann einen gesunden Eindruck, abgesehen davon, dass er sich kurz vor dem Tod übergeben haben musste. Er hatte keinen Herzfehler, keine Narben, die von vorausgegangenen Operationen oder Unfällen herrührten. Er hatte eine durchschnittliche Muskulatur und seine äußeren Geschlechtsorgane waren eher unauffällig und entspannt. Die Analyse seines Blutalkoholgehalts beziehungsweise anderer Substanzen, die etwa Rückschlüsse auf Drogenkonsum hätten geben können, stand noch aus. Über seine Gemütslage konnte er keine Auskünfte mehr geben. Er war abgekühlt und seine Muskulatur wurde zunehmend steif. Dr. Talheimer schob ihn in die Kühlung und machte Feierabend. Es war Wochenende.

6.

„Ein Liebespaar ist am Vormittag in Ickten in seinem Bett Opfer eines grausamen Verbrechens geworden. Ersten Ermittlungen der Kriminalpolizei zu Folge hat ein 45 Jahre alter Mann mit einer Pistole aus nächster Nähe auf das Paar geschossen. Der Mann, ebenfalls 45, kam dabei ums Leben, die 40 Jahre alte Frau wurde schwer verletzt. Dann hat sich der mutmaßliche Mörder selbst das Leben genommen. Er wurde von der Polizei kurz darauf noch innerhalb des Hauses tot aufgefunden. Er hatte

sich offensichtlich selbst erschossen. Hintergründe und Motive liegen noch im Unklaren. Möglicherweise handelt es sich um einen Racheakt oder um Eifersucht. Bei dem mutmaßlichen Täter handelt es sich um den Ex-Mann der Frau. Weitere Ermittlungen laufen wie immer auf Hochtouren. Polizei und Staatsanwaltschaft erhoffen sich weitere Erkenntnisse aus den Aussagen der Frau, die das Massaker überlebt hatte und notoperiert wurde. Sie ist inzwischen außer Lebensgefahr."

Damit glaubte Mohr, der Presse genügend Informationen an die Hand gegeben zu haben.

„Wir müssen im Umfeld der Frau und des Mörders ermitteln, um das Motiv präzisieren zu können", sagte Renate.

„Ich finde, für mich ist der Fall abgeschlossen", meinte Roland.

„Es geht immer um die Frage, ob wir die Tat hätten verhindern können", entgegnete Renate. „Außerdem ist es mir noch ein Rätsel, warum die Frau mit dem Briefträger während seiner Tour, also während seiner Arbeitszeit ins Bett gestiegen war, obwohl beide doch zusammenlebten."

„Vielleicht hatte der Postmann zweimal geklingelt", spielte Gerd scherzend auf einen Hollywood-Film aus den achtziger Jahren an. „Jedenfalls bin ich für meinen Teil für die kommenden drei Wochen raus."

„Wer hat dir denn Urlaub gegeben?" fragte Peter.

„Heidemarie Hasenheide höchst persönlich." Es war der erste Jahresurlaub während seiner Zeit bei der Kripo Essen. Und er fand auch, dass er sich drei Wochen Urlaub redlich verdient hatte.

„Fahrt ihr weg?" fragte Peter.

„Ja, nicht weit, aber weit genug", sagte Gerd.

„Wo soll es denn hingehen?" fragte Roland.

„Wir wollen die hiesigen Küsten entlangsegeln."

„Seid ihr verrückt?" tat Renate entrüstet. „Michaela in ihrem Zustand auf einem Segelboot?"

„Ob sie auf einem Boot oder auf dem Festland schwanger ist, macht doch keinen großen Unterschied. Sie ist im fünften Monat. Außerdem werden wir auf dem Baldeneysee bleiben."

Gerd hatte die wesentlich jüngere Michaela erst fünf Monate zuvor kennengelernt und sich Hals über Kopf in sie verliebt. Er war in einen Jungbrunnen gefallen, was den neuen Kollegen nicht entgangen war. Für solche Gelegenheiten wie Abschiede in den Urlaub hatte Brandt immer eine Flasche Sekt im Kühlschrank in einem unbenutzten Zimmer auf dem Präsidium.

Gerd Kocherscheidt fischte einen 20-Euro-Schein aus seinem Portemonnaie und reichte ihn Roland für die ebenso geheime Getränkekasse. Dann stießen die Kollegen an auf einen rasch gelösten Mordfall und darauf, dass Gerd nun drei Wochen ohne sie auf dem Baldeneysee segeln würde. Sie waren nicht nur ein eingespieltes, passendes Team, sondern verstanden sich auch privat hervorragend. Sie waren Freunde geworden. Das brachte die Mordkommission nicht nur ermittlungstaktisch nach vorn, sondern wurde auch von der Chefetage, namentlich von Polizeioberrätin Heidemarie Hasenheide, begrüßt.

Nur Renate Braun war ziemlich unzufrieden und sie sagte es auch im Freundeskreis, dass sie nichts mehr hasste, als wenn sich ein vermeintlicher Gewaltverbrecher unmittelbar vor einem Zugriff selbst das Licht ausschaltete und sich so einer Festnahme und weiteren Ermittlungen der Kriminalpolizei, einer Anklage und Verurteilung durch die Justiz entzog.

Sie empfand körperlichen Ekel vor dem Toten aus dem Gäste-WC. Es kotzte sie regelrecht an. „Scheiße!" sagte sie. Vielleicht hätten wir eine Chance gehabt, Markus Bovert lebend zu fassen."

Gerd versuchte sie zu trösten, indem er einen Fall aus Dortmund schilderte, bei dem der mutmaßliche Täter sich ebenfalls kurz vor der Ingewahrsamnahme vom sechsten Stock eines Parkhauses in die Tiefe gestürzt hatte und sofort tot gewesen war. Und das nur wegen eines Einbruchdiebstahls.

„Wie wäre es, wenn wir uns zu einem Grillabend am nächsten Samstag treffen würden?" warf Gerd in die Runde. „Wir campieren in einem Wohnwagen am Südufer des Baldeneysees."

7.

Marga Stücken hatte die Operationen leidlich gut überstanden. Die Ärzte hatten ihr drei Kugeln aus dem Körper geholt. Die Einschusslöcher in den Brüsten würden gut verheilen und nur unscheinbare Narben hinterlassen, hatten die Ärzte versprochen. Den zerborstenen Oberarmknochen hatten sie in die richtige Position gebracht und mit einer Metallklammer fixiert. Um Haaresbreite hatte die Kugel die Arterie verfehlt. Wenn das passiert wäre, hätte sie innerhalb kurzer Zeit viel Blut verloren, was lebensbedrohlich geworden wäre. Bis der Knochen wieder verheilt sei, würde es aber noch eine Weile brauchen, meinten die Ärzte. Sie hatten dem Arm eine Kunststoffschiene angepasst und ihn bandagiert.

Am zweiten Tag durfte sie bereits aufstehen, um zur Toilette zu gehen. Sie hatte keine körperlichen Schmerzen mehr. Aber der seelische Schmerz zehrte an ihrem Gemüt. Ihr war das ganze Ausmaß des Verbrechens erst richtig bewusst geworden, dass sie vielleicht nur mit großem Glück überlebt, weil Jürgen wie ein Schutzschild auf ihr gelegen hatte. Jetzt war er tot, durchbohrt von zwei Pistolenkugeln, die durch ihn hindurch bis in ihre Brüste vorgedrungen waren. Eine andere Kugel hatte ihren Oberarmknochen gesprengt. Dass eine weitere Kugel ihren Kopf nur knapp verfehlt hatte, erfuhr sie von Renate Braun, die sie am dritten Tag im Krankenhaus besuchte. Sie hatte ein paar Kleidungsstücke aus den Beständen am Tatort mitgebracht und war ihr beim Ankleiden behilflich. Es war ein grau-weiß getupfter Morgenrock, dessen Ärmel sie vorsichtig über den bandagierten Arm streifte. Sie schlug die Enden übereinander und fixierte sie mit einem Gürtel in Taillenhöhe, den sie zu einer Schleife zusammenband. Den rechten Arm stützte sie mit einer Schlinge um den Hals.

Frau Braun fasste ihr unter den linken Arm und half ihr auf die Beine. Sie schlüpfte mit den Füßen in ihre Clogs und folgte der Polizeibeamtin den langen Flur entlang ins Foyer, wo sie an einem der Tische Platz nahmen. Durch das Fenster sah man auf die Anlagen des weitläufigen Klinikgeländes.

Frau Braun bot ihr Unterstützung und seelischen Beistand an, als Marga Stücken ihrer inneren Not freien Lauf ließ. Sie bebte, dass sie die Narben an ihren Brüsten nun wieder als schmerzhaft empfand. Sie schluchzte, sie schrie auf und Tränenbäche rannen an ihren Wangen hinab, am Hals entlang bis in die Revers ihres Morgenrocks.

Kommissarin Braun fasste nach ihrer linken Hand und wartete geduldig, bis sich die Frau wieder beruhigte und nach Luft rang. Außer ihnen und der Empfangsdame in ihrer Loge war niemand in dem hellen Foyer.

Als sie wieder zu einem ruhigen Atem zurückgefunden und sich ausgeheult hatte, sagte die Hauptkommissarin: „Frau Stücken, Sie brauchen es nicht zu erzählen, sie brauchen nichts zu sagen, aber ich frage mich, wieso wir Sie in dieser pikanten Lage aufgefunden haben. Ich meine, es hatte den Eindruck erweckt, als hätten sie es eilig gehabt. Wenn Sie mit Jürgen zusammenlebten, hätten sie doch bessere und bequemere Zeiten gehabt, miteinander ins Bett zu gehen, als am helllichten Vormittag und während seiner Arbeitszeit."

Frau Stücken schwieg und schluchzte erneut. Dann bekam sie einen sanften Gesichtsausdruck.

„Es war unser erotisches Spiel", gab sie zu. „Es war meine Idee." Sie blickte Frau Braun an und schien beinahe zu lächeln. „Es klingt vielleicht kitschig und klischeehaft. Aber es war so. Ich hatte mich in den Briefträger verliebt. Er war stets höflich gewesen, freundlich, er hatte eine so liebe Ausstrahlung. Ich war überzeugt, dass er der Richtige war. Ich hatte alles auf eine Karte gesetzt und ihn verführt, eines Morgens, als er mir einen Brief überbrachte. Ich habe ihn in die Diele gebeten, die Haustür geschlossen und ihn geküsst, auf den Mund. Er musste überrascht gewesen sein, sich vielleicht überrumpelt gefühlt haben, aber er erwiderte den Kuss. Dann ging alles ganz schnell, immer wieder uns leidenschaftlich küssend und an den Lippen hängend taumelten wir ins Schlafzimmer hinauf, warfen uns aufs Bett und gaben uns der Lust hin. Ich hatte ihn verführt und er hatte sich verführen lassen. Das Ganze hatte vielleicht nur ein paar Minuten gedauert, vielleicht nur fünf Minuten, fünf Minuten höchster Lust."

Marga Stücken erinnerte sich an die qualvollen Wochen der Ungewissheit, ob aus der einen Begegnung eine dauerhafte Beziehung werden würde. Es hatte einen Monat gedauert, bis sie die nächste Briefsendung bekommen hatte und es war genauso lustvoll gewesen, wie beim ersten Mal. Jürgen hatte sie auf den Armen getragen.

„Ich war nur mit einem Morgenrock bekleidet", lächelte sie. „So wie jetzt: Es war genau dieser grau-weiß getupfte

Morgenmantel, den Sie mir mitgebracht haben und in dem ich nun neben Ihnen sitze."

Dann hatte sie damit begonnen, sich selbst Briefe zu schreiben, damit es häufiger zu diesen Begegnungen kommen würde. Mehr als einmal die Woche hatte sie nun Post bekommen, darunter sogar Liebesbriefe von Jürgen. Sie hatte den Briefträger noch eine Weile im Glauben gelassen, dass es eine heimliche erotische Affäre zwischen ihnen sei.

„Dann habe ich ihm gebeichtet, dass ich schon lange nicht mehr verheiratet gewesen war. Ich hatte große Angst gehabt, dass er mich verlassen würde, weil er sich vielleicht überrumpelt oder hintergangen fühlen müsste. Aber Jürgen zeigte nicht nur Verständnis, sondern stellte sich als ein Mann heraus, nach dem ich mich gesehnt hatte. Das Leben bestand nicht nur aus Sex. Noch am selben Abend kehrte er nach seiner Tour zu mir zurück. Er hatte zwar keinen Brief für mich, aber einen Blumenstrauß."

Seitdem waren Marga und Jürgen ein Paar, das sich auch auf andere gemeinsame Unternehmungen als Sex verstand. Frau Stücken erzählte liebevoll und zugleich voller Wehmut über ihre glücklichen Tage und die romantischen Spaziergänge in der Abendsonne am Ufer der Ruhr entlang zwischen Kettwig und Mülheim, wo sie die Enten fütterten oder die Angler am Flussufer beobachteten, deren Sport aus einer Zeit vertreibenden, bisweilen kontemplativen Geduldsprobe bestand.

„Es war ein Spiel", sagte sie. „Wir wollten die Erinnerung an unsere erste intime Begegnung wachhalten. Deshalb haben wir hin und wieder so getan, als wäre es das erste Mal gewesen. Glauben Sie jetzt, dass wir verrückt waren?"

„Überhaupt nicht", entgegnete Kommissarin Braun. „Das ist eine wunderbare Liebesgeschichte."

„Aber es klingt doch verrückt, dass wir immer dann zu höchster Lust aufliefen, wenn wir es eilig hatten. Diese fünf Minuten gaben uns alle Ewigkeit."

„Seien Sie froh, dass Sie diese Zeiten so erleben durften", versuchte Frau Braun, tröstliche Worte zu finden.

„Darf ich ihn noch einmal sehen?" fragte Frau Stücken.

„Sicherlich!"

8.

Das An- und Ausziehen der Kleidung fiel ihr schwer. Marga Stücken musste alles mit ihrem linken Arm erledigen, es gelang ihr von Tag zu Tag besser. Die Ärzte fanden, dass die Operationswunden gut zu heilen versprachen und es keinen Grund gab, sie länger im Krankenhaus festzuhalten. Sie hatte sich schon tags zuvor mit Renate Braun verabredet, sie zur Gerichtsmedizin zu bringen.

Die Kommissarin half ihr dabei, die obersten Knöpfe ihrer Bluse zu schließen. Sie streifte den rechten Ärmel einer schwarzen Strickjacke über den bandagierten Arm und reichte ihr den linken Ärmel. Dann nahm sie die Tasche mit den Wäschestücken und Toilettenutensilien, die sie mitgebracht hatte, und führte Frau Stücken aus dem Krankenhaus, öffnete die Tür ihres Wagens auf der Beifahrerseite und ließ die Frau einsteigen.

Sie bat darum, sich zu Hause noch umzuziehen. Frau Braun brachte sie zu ihrem Haus, das die Spurensicherung inzwischen freigegeben hatte. Sogar die Tür zum Hof und Garten war unverzüglich repariert worden. Wenig deutete mehr darauf hin, welches grausame Verbrechen hier geschehen war. Die Blutspuren waren weggewischt. Einzig das Bett war nicht neu bezogen worden und an den Kissen und Federbetten waren noch eingetrocknete rotbraune Flecken wie auch auf der Matratze.

Die Kommissarin war der durch den Armbruch Behinderten behilflich, sich zu entkleiden. Frau Stücken holte ein einfach geschnittenes langes schwarzes Wollkleid mit weiten Ärmeln aus dem Schrank, dazu einen passenden Unterrock aus schwarzer Seide mit Spitzenbesatz an den Ärmeln, am Dekolleté und am knielangen Saum. Aus einer Schublade in einer Kommode kramte sie eine schwarze Strumpfhose, die mit einem Rosenmuster durchwirkt war. Frau Braun war sehr einfühlsam. Sie wollte ihr nicht zu nahetreten. Aber in ihrer körperlichen Unbeholfenheit ließ Frau Stücken sich von ihr bereitwillig helfen. Sie hatte Vertrauen in die Polizistin gefasst. Sie hatte ihr ohnedies schon ihre intimsten Empfindungen anvertraut und sich bei ihr ausgeweint. Sie reichte ihr ein filigranes goldenes Halskettchen und bat sie, es ihr umzulegen. Das hatte Jürgen ihr geschenkt.

Sie ließ sich die schwarze Strickjacke überstreifen, zog schlichte schwarze Schuhe an die Füße und zeigte sich bereit, zur Gerichtsmedizin zu fahren.

„Haben Sie von ihrem Ex-Mann Drohbriefe bekommen?" fragte Frau Braun während der Fahrt. „Hat er Ihnen geschrieben, vielleicht per SMS, WhatsApp oder Instagram? Hat er Sie telefonisch zu erreichen versucht?"

„Nein", antwortete Frau Stücken. „Seit wir von dem Scheidungsrichter auseinanderdividiert worden waren, hatten wir keinen Kontakt mehr gehabt. Es war wie ein endgültiger Schlussstrich gewesen. Ich wollte ihn nicht mehr sehen, nie wieder."

„Hatte er Ihnen wehgetan?" fragte Frau Braun.

„Ja! Sehr schmerzhaft!"

„Was hat er Ihnen angetan?" fragte die Fahrerin weiter.

„Er hat mich geschlagen, wegen jeder vermeintlichen Unzulänglichkeit. Er hat mich getreten und erniedrigt. Er war krankhaft eifersüchtig. Er hatte mich nicht mehr geliebt. Liebe geht anders. Ich hatte auch nicht mehr mit ihm schlafen wollen. Manchmal war er wütend geworden, wenn ich abweisend zu ihm gewesen war. Er hatte mich mehrmals vergewaltigt, so würde ich es heute nennen. Er hatte mir dabei den Mund zugehalten, sodass ich kaum noch Luft bekam. Ich habe schließlich nicht mehr mit ihm in einem Bett geschlafen, was ihn umso wütender und gewalttätiger gemacht hatte, und mich einem Scheidungsanwalt anvertraut."

Frau Stücken schilderte ihre Geschichte sachlich, emotionslos.

„Diesen Brief haben wir in Ihrer Wohnung gefunden", reichte ihr Frau Braun einen Umschlag. „Vermutlich war das der letzte Brief, den Jürgen zugestellt hat. Entschuldigen Sie, dass wir ihn geöffnet haben. Er hatte auf der Kommode im Eingangsbereich gelegen.

Frau Stücken öffnete den Brief. *„Liebe Marga, warum hast du mir das angetan?"* stand darin. *„Du hast mein Leben zerstört. Du hast dich auf einen Briefträger eingelassen. Meinst du, das wäre mir entgangen? Du hast mich betrogen. Es gibt keine andere Lösung. Ich werde mein Leben wegschmeißen. Aber vorher lösche ich dich ebenfalls aus. In ewiger Liebe, dein Markus."*

Marga Stücken blieb sehr gefasst, als sie das Schreiben gelesen hatte. Ihr Ex-Mann musste gewusst haben, dass sie an dem Vormittag den Brief erhalten würde. Er musste den Moment abgepasst haben, als der Briefträger gekommen war.

„Wir gehen davon aus, dass Ihr Ex-Mann durch die Tür ins Haus geschlichen war, nachdem Sie rasch ins Bett im Obergeschoss entschwunden waren und den Brief ungelesen auf der

Kommode abgelegt hatten. Gewiss, Sie hatten es eilig gehabt."
Renate Braun legte ihre rechte Hand auf den linken Schenkel
von Frau Stücken. „Sie hatten keine Chance."

Dann stiegen sie aus dem Auto und gingen Arm in Arm zur
Gerichtsmedizin hinüber.

„Markus Bovert hatte vermutlich nicht lange gezögert und sofort geschossen, bevor Sie gemerkt hatten, dass er im Raum
war", sagte Renate Braun. „Es war kaltblütiger, hinterhältiger,
feiger Mord. Er wollte Sie treffen. Er hat Sie zwar nicht tödlich
getroffen, aber viel schlimmer noch: Er hat den Mann in ihren
Armen getötet."

„Der erste Schuss fiel in dem Augenblick, als wir uns am
nächsten waren", erinnerte sich Frau Stücken. „Es fiel ein
zweiter Schuss, ein dritter, und dann ein vierter, der zweite in
meinen Arm verursachte einen ungeheuerlichen Schmerz,
aber in dem Moment habe ich nicht wirklich begriffen, was
passiert war. Ich war ohnmächtig geworden."

„Vielleicht hat Bovert geglaubt, Sie seien ebenfalls tot", sagte
Frau Braun. „Es waren etwa 20 Minuten vergangen, bis wir
eintrafen. Er hatte sich im Gäste-WC eingeschlossen. Als er
vernahm, dass wir bereits im Haus waren, hat er sich eine Kugel durch den Kopf geschossen. Was in diesen 20 Minuten seit
den ersten Schüssen und auch davor noch durch seinen Kopf
gegangen war, wird wohl ein Rätsel bleiben."

„Jürgen war ein liebevoller Mann, so ehrlich und aufrichtig",
sagte Frau Stücken. „Wir waren ein harmonisches Paar und in
der Nachbarschaft beliebt, weil er immer hilfsbereit war. Er
kannte alle Menschen in der Nachbarschaft und wurde sehr
geschätzt. Er brachte ihnen Briefe und Päckchen. Wir hatten
viele Freunde. Wir hatten viele Gemeinsamkeiten. Wir wollten
bald heiraten."

„Haben Sie Kinder?" fragte Renate Braun.

„Nein", antwortete Marga Stücken. „Ich war mir nie sicher gewesen, ob ich den richtigen Vater für eigene Kinder gefunden hatte, und letztlich bin ich auch froh darüber, dass ich von Markus keine Kinder gekriegt habe. Jürgen wäre ein guter Vater geworden. Aber inzwischen habe ich mich zu alt gefühlt, um damit anzufangen. Ich bin 40. Haben Sie Kinder?"

„Nein", antwortete Renate Braun. „Ich bin trotzdem zufrieden mit meinem Leben und ich liebe meinen Mann."

„Ich finde Sie sehr sympathisch." Frau Stücken fasste mit der rechten Hand, die aus der Schlinge herausragte, nach der Hand der Kommissarin. Nur kurz begegneten sich ihre Blicke. Es war, als hätte Marga Stücken gelächelt.

Später legte Frau Braun ihren rechten Arm um den Rücken der Frau, als sie das Gebäude der Gerichtsmedizin betraten, das nur einen Katzensprung von der Unfallchirurgie entfernt lag, in der sie operiert worden war. „Sie müssen sich darauf einstellen, dass die Räumlichkeiten hier etwas Unheimliches an sich haben. Es ist kein schöner Anblick, die Leichen zwischen allen möglichen Gerätschaften anzuschauen. Sie werden hier seziert, untersucht und notdürftig wieder zusammengenäht. Es ist ein Laboratorium und kein Leichenschauhaus. Man vermisst mitunter die Würde gegenüber den Toten. Dr. Talheimer geht trotzdem sehr einfühlsam mit den Objekten seiner Untersuchungen um. Für ihn sind es zwar nur Sachen, Organe, Gliedmaßen, Körperteile, aber letztlich hat er immer auch die Menschen vor Augen, die die Leichen einst gewesen sind."

Dr. Talheimer begrüßte Frau Braun. Die stellte ihre Begleitung als Marga Stücken vor, die Lebensgefährtin von Jürgen Müller. Er führte die beiden in einen steril wirkenden und nach

Formalin riechenden hell erleuchteten Raum. Er hatte den Toten bereits aus der Kühlung geholt. Der Körper war vollständig von einem grünen Tuch abgedeckt.

Dr. Talheimer und Renate Braun blickten die Frau fragend an. Sie nickte. Der Mediziner hob vorsichtig das Tuch vom Kopf und zog es auf Brusthöhe zurück. „Möchten Sie mit ihm kurz allein sein?" fragte der Arzt höflich.

Die Frau schüttelte den Kopf. Sie streckte die linke Hand nach dem Toten aus und strich ihm über die kalten Wangen. Sie beugte sich langsam über ihn, dass sie mit ihren Lippen fast seinen Mund berührte. „Jürgen!" flüsterte sie, „Liebling!" Dann ließ sie sich mit dem Oberkörper auf den Leichnam fallen und ihren Gefühlen freien Lauf. Sie heulte sich die Tränen aus den Augen, bebte am ganzen Leib.

Kommissarin Braun fasste sie an den Schultern und versuchte sie anzuheben und von der Leiche zu lösen. Marga Stücken erhob sich schließlich, drehte sich zu der Kriminalbeamtin um und weinte sich weiter an ihrem warmen Busen aus. Wohlwollend strich ihr Renate Braun über die leicht gewellten Haare. Sie wusste gleichwohl, dass es im Augenblick nichts gab, was sie hätte trösten können. Der Anblick des Todes war niemals gnädig.

Als sie sich ein wenig beruhigt hatte, hielt ihr Frau Braun ein Taschentuch vor die Nase, damit sie sich einmal schnäuzen konnte, und putzte ihr Mund und Nase ab wie einem Kleinkind und tupfte ihr die Tränen von den Wangen.

Lange noch starrte sie nunmehr ruhig atmend das Gesicht der Leiche an und weiter unten eine deutlich erhabene Stelle, die sich durch das grüne Tuch abzeichnete, ehe sie bedeutungsvoll den Umherstehenden zunickte. In dem Augenblick, als Dr. Talheimer den Kopf wieder mit dem Tuch verhüllte, wurde es zur schmerzhaften Gewissheit, dass Jürgen nie zurückkehren würde.

„Ist Markus auch hier?" fragte Frau Stücken.

„Sie brauchen ihn nicht anzuschauen. Wir haben ihn hinreichend identifizieren können", sagte die Kommissarin, die die Ermittlungen leitete.

„Kommen Sie", schritt Dr. Talheimer voran zu einer Galerie mit vielen Schranktüren. Eiskalte Luft kam heraus, als er eine der Türen öffnete. Er zog eine Bahre halb heraus. Darauf lag ebenfalls unter einem grünen Tuch eine eiskalte Leiche. Er legte einen Kopf frei, dem das Böse ins Gesicht geschrieben stand.

Das dachte Frau Stücken, als sie ihren Ex-Mann noch einmal sah, den Mann, der auf sie geschossen hatte, ihren Peiniger, der sie behandelt hatte wie Dreck. Seine sterblichen Überreste lagen zwar in der Kühlkammer der Gerichtsmedizin in Essen, seine Seele würde aber in den Vorhöfen der Hölle schmoren. Davon war Marga Stücken überzeugt. Und es hatte dann doch etwas Tröstliches, als Dr. Talheimer das Gesicht wieder abdeckte und die Bahre in die Wand zurückgleiten ließ. Markus Bovert war endlich aus ihrem Leben verschwunden. Das Kapitel war für sie abgeschlossen.

Wim Martin

Der perfekte Mord

1
Kettwig im Sturm, Kyoto im Schnee

Pünktlich wie von der Wettervorhersage angekündigt tobte der Orkan um ihr Dachgeschoss. Es war nach den Ylenia und Zeynep getauften Stürmen der dritte innerhalb von fünf Tagen, dieses Mal benannt nach einer Antonia. In den 90er Jahren hatte sich, aus Amerika herüber schwappend, auch in Europa die ihrer Meinung nach hirnrissige Angewohnheit ausgebreitet, ein meteorologisches Tief mit weiblichen Namen zu etikettieren. Natürlich dauerte es nicht lange, bevor militante Feministinnen solch unzumutbare Diskriminierung anprangerten und sich mit ihrer von lange aufgestauter Wut eingegebenen Forderung, zukünftig Hochs mit weiblichen und Tiefs mit männlichen Namen auszustatten, tatsächlich durchsetzten. Dieser absurde Geschlechterkampf hatte erst ein versöhnliches Ende gefunden, seitdem Wetterpaten aufkommende Wetterumschwünge kaufen und nach ihrem Wunsch benennen konnten, für den Preis von bestens angelegten zweihundertfünfzig Euro ein echtes Schnäppchen.

Christina Niemann schaute aus dem Panorama-Fenster des Büros auf die unterhalb ihres Apartments schwankenden Wipfel am Ufer des Kettwiger Stausees. Heftige Böen schüttelten die Zweige. Das Wasser schlug in hohen Wellen bis auf die Promenade und leckte in Pfützen um die gescheckten Stämme der Platanen. Sie erinnerte sich an die

Flutkatastrophe im Sommer des Jahres 2021, als hier der gesamte Uferbereich unter Wasser stand. Zum Glück befand sich ihre Wohnung im dritten Obergeschoss und war vor Hochwasser geschützt, aber diese rasch aufeinander folgenden Stürme ließen in ihr stets ein mulmiges Gefühl aufkommen.

Sie rührte ein wenig Sahne in ihren frisch aufgebrühten Matcha. Eine derart beängstigende Wetterlage hatte ihr gerade noch gefehlt. Es gab diese Tage, da wusste man bereits vor dem Aufstehen, heute würde alles schief gehen. Seit einer Woche litt sie an dieser hartnäckigen Verstopfung, die sie selbst mit einer täglich gesteigerten Dosis Abführmittel nicht in den Griff bekam. Die Hitzewallungen ihrer Wechseljahre machten sie schier wahnsinnig, es schien, als ob sie in immer kürzeren Abständen über sie hereinbrachen. Christina schwitzte wie Hochleistungsrennpferd. Zu allem Überfluss hatte ihr Hausarzt vor kurzem Herzrhythmusstörungen diagnostiziert und die Empfehlung ausgesprochen, jeglichen Alkoholkonsum zu meiden. Und dann breitete sich diese allergische Rötung, fast schon ein ausgewachsenes Ekzem, auf ihrem Venushügel aus. Sie nahm an, dass sie auf den in ihren Damenrasierer integrierten Spender mit Aloe Vera reagierte, man hörte allenthalben von Unverträglichkeiten.

Zum Glück hatte der Verlag sie auf dem Höhepunkt der Omikron-Welle ins *home office* verbannt, eine Maßnahme, die sie in ihrer momentan mental und physisch angeschlagenen Verfassung ausdrücklich begrüßte. Sie hätte nur schwer ertragen, an jedem Arbeitstag ihrem geschiedenen Mann in den Verlagsräumen in Essen-Holsterhausen über den Weg zu laufen. Reinhold Niemann war Gesellschafter und leitender Geschäftsführer des Kobold-Verlages. Er hatte, um ihren Unterhaltsforderungen nicht nachkommen zu müssen, sie kurzerhand als Cheflektorin im Fachbereich Belletristik eingestellt und ihr ein üppiges Monatssalär zugeschanzt, ein überaus cleverer Schachzug mit dem vorrangigen Ziel seine Privatkasse zu verschonen. Christinas Dankbarkeit hielt sich in Grenzen, denn bisher hatte ihr Stolz nicht verwunden, dass Reinhold sie nach fast fünfundzwanzig Ehejahren wegen dieser kleinen Sekretärin verlassen hatte, deren stark limitierte Vorzüge vermutlich nicht auf dem Gebiet der Computer-Korrespondenz oder beim Kaffeekochen zu Tage traten. Sie hasste ihren Ex- Mann ebenso wie sie ihn verachtete, weil er seine verspätete *midlife crisis* auf eine derart erbärmliche Weise anging. Seine blonde Schlampe von Lebensgefährtin dagegen hatte den Schnitt ihres Lebens gemacht, als sie sich mit gerade einmal siebenundzwanzig Jahren den Chef geangelt hatte.

Christina fuhr ihren Laptop hoch. Ihr dröhnte der Kopf vom gestrigen Rotweinexzess. In letzter Zeit trank sie einfach zu viel, trotz der ihrer Herzfrequenz geltenden ärztlichen Ermahnung. Von den in ihrer Ehe mit Reinhold so geschätzten Grand Crus des Bordeaux, vorzugsweise aus dem Pomerol oder Saint-Estephe, hatte sie sich aus finanziellen Erwägungen schweren Herzens verabschieden müssen und nahm heute vorlieb mit eher minderwertigen Tropfen aus Chile oder den bei der Reifung in Plastiktanks durch Holzchips aufgemotzten Weinen aus dem Napa Valley. Eine ganze Flasche eines solchen Rotweins bedeutete unweigerlich einen veritablen Kater am nächsten Tag. Mit der

Linken massierte sie Stirn und Schläfen, doch der Druck blieb, als presste ein eng anliegender Reif ihren Schädel zusammen.

Widerwillig öffnete sie den Ordner mit eingesandten Romanmanuskripten, eine Lawine unerledigter und längst überfälliger Sichtungen. Den Posten als Lektorin für Belletristik hatte sie ganz kurzfristig vor drei Wochen erst übernommen, weil der bisherige Lektor es für nötig hielt, sich von der im Süden von Mülheim-Menden über das Ruhrtal führenden Autobahnbrücke zu stürzen. Und jetzt sah sich Christina inmitten der nicht abreißenden Flut täglich eingehender Manuskripte obendrein mit der kaum zu bewältigenden Mammutaufgabe betraut, die unter ihrem Vorgänger angehäuften Projekte zu beurteilen.

Das literarische Profil des Kobold-Verlages genoss sowohl bei Kritik wie auch bei Publikum allerhöchstes Ansehen, unzweifelhaft das Verdienst des langjährigen Lektors Holm Schmidt. Er hatte mit sicherer Hand das Verlagsprogramm gestaltet, hatte durch umsatzstarke Autoren für die Geschäftsführung erfreuliche Bilanzen erzielt wie gleichzeitig auch vielversprechende Debütanten integriert und behutsam aufgebaut, eine gesunde Mischung, deren oberstes Credo immer nur die Qualität jedes einzelnen Buches im Blick hatte.

Dem zukünftig allein ihrem Ermessen obliegenden Verlagsprogramm gedachte Christina durchaus ihren eigenen Stempel aufzuprägen. Sie wollte keinesfalls nur die fortführende Wasserträgerin ihres Vorgängers sein, selbst wenn Holm Schmidt als Erfolgsgarant und leuchtender Doyen seines Metiers gegolten hatte. Sie war erfüllt vom Ehrgeiz, sich eine eigene unverwechselbare Reputation zu erwerben.

Der Ordner mit Romanmanuskripten enthielt zwei Unterordner mit den Bezeichnungen *Ablehnen* und *Projekte*. Sie klickte auf den ersten Unterordner und sah, wie sich eine endlos lange Liste der auf Publikation hoffenden Einsendungen auftat. Offenbar hatte ihr Vorgänger bei der Bearbeitung der Absagen doch arg die Zügel schleifen lassen, geschuldet vielleicht seiner wachsenden manischen Depression. Christina scrollte wahllos die aufgeführten Dateien hinunter, bevor sie von Neugier erfasst einen Ordner öffnete, der, gespeichert unter dem Namen der Autorin, drei pdf-Dateien von Vita, Exposé und Textprobe enthielt. Ein Klick auf die Textprobe zeigte ihr unter dem Autorennamen den Titel an: Dora Tintelnot *Eine Sommerliebe in Cornwall*. Die ersten drei Sätze genügten bereits, um Christinas Ekelschwelle zu aktivieren. Der beigefügten Vita entnahm sie fassungslos, dass die Dame Tintelnot eine schriftstellernde Hausfrau auf den Spuren der von ihr heiß verehrten Rosamunde Pilcher war und nunmehr in sich den unbezähmbaren Drang verspürte, die Welt mit ihren eigenen Geschichten zu beglücken. Der nächste Kandidat in der Liste entpuppte sich als pensionierter Oberstudienrat, der sein Hobby Fliegenfischen unverdrossen zum Anlass nahm, sich haarsträubende Angelkrimis aus den Fingern zu saugen. Die Auflistung seiner bisherigen Werke umfasste solch illustre Titel wie *Tote Fische beißen nicht*, *Köder für einen Killerwels* und *Mordbuben sprechen kein Anglerlatein*, samt und sonders erschienen im Selbstverlag.

Angewidert von so viel Dilettantismus, der sich erdreistete, ihr als Cheflektorin eines bedeutenden Literatur-Verlages derartige Machwerke zur Prüfung zuzumuten, beschloss Christina, den gesamten Ordner *Ablehnen* auf der Stelle zu löschen, ohne den Absendern eigens einen negativen Bescheid zukommen zu lassen. Sie würde sich ihre kostbare Zeit nicht stehlen lassen, um überflüssiger Bürokratie nachzuhängen.

Der Druck in ihrem Kopf ließ nicht nach. Im Medizinschränkchen im Bad mussten noch Kopfschmerztabletten sein, vielleicht sollte sie eine Aspirin nehmen, um diesen leidigen Arbeitstag irgendwie zu überstehen. Sie hatte das Gefühl, als würde der draußen tosende Orkan sich auch in ihrem Inneren ausbreiten.

Eine halbe Stunde später stand Christina am Fenster, den aufgewühlten Stausee zu ihren Füßen. Schäumend brachen die Fluten sich ihren Weg über das Wehr. Die Ruhr führte bedenklich viel Wasser mit sich, die den Fluss überspannende Brücke war verlassen, weder Fußgänger noch Autos wagten sich bei einem Sturm dieser Stärke aus der Sicherheit ihrer vier Wände.

Die Tablette hatte keinerlei Besserung gebracht. Christina trank die dritte Tasse Matcha. Eigentlich verabscheute sie dieses belanglose Gesöff, aber unter ihren Verlagskollegen war es gerade als Gipfel der Hipness angesagt, und sie wollte sich dem allgemeinen Trend nicht verschließen. Ein anhaltendes Rumoren in ihren Gedärmen erweckte kurzzeitig die Hoffnung in ihr, dass sich endlich ihre Verdauung in Gang setzte. Ihr Bauch fühlte sich an wie Stein. Abermals ging sie hinüber ins Bad und hockte sich auf die Toilette. Nach zehn qualvollen Minuten gab sie resigniert auf.

Aus dem Spiegel über dem Waschbecken schaute Chris-

tina eine Frau ohne Illusionen entgegen, gebeutelt von Ent-
täuschungen, vom Alter, vom Leben. Sie war immer noch
schlank, mit, wie sie fand, akzeptablen Brüsten und lediglich
einem kleinen Vorbau in der Körpermitte, den Reinhold
halb spaßig, halb despektierlich ihren Weiberbauch genannt
hatte, ausgerechnet er, der in seiner männlichen Herrlichkeit
stolz die pralle Halbkugel eines von Rotwein und Gourman-
dise genährten Wohlstandsgebirges vor sich hertrug.

Zurück am Laptop öffnete sie den von Holm Schmidt angelegten und von ihm mit *Projekte* betitelten Ordner, der lediglich Manuskripte von zwei Autoren enthielt. Sie atmete
auf. Wenigstens hier erwartete sie keine zeitraubende Arbeit.
Das erste Manuskript hatte Schmidt zwischen dem Zeilen-
abstand der Normseiten mit zahlreichen rot markierten
Kommentaren versehen, die Verbesserungsvorschläge und
gelegentlich auch nur kritische Anmerkungen formulierten.
Christina schaute sich die Biographie des Verfassers an und
stellte fest, dass es sich bei diesem Manuskript um ein Erst-
lingswerk handelte, etwas das ihrer Erfahrung nach immer
ein Risiko für den Verlag barg. Es bedurfte oft nicht allein
geballten Durchhaltevermögens, sondern ebenso eines er-
heblichen finanziellen Aufwands, um einen neuen Autor
am Markt zu etablieren, und der Erfolg war keinesfalls garantiert. Sie rief die im Mailprogramm gespeicherte Stan-
dardabsage für Einsendungen auf, welche Bedauern und zugleich gutes Gelingen an anderer Stelle artikulierte, fügte den
Namen des Autors ein und schickte sie postwendend ab.
Die zweite Datei bestand neben den üblichen Bewer-
bungsunterlagen aus einem Vorvertrag, den Holm Schmidt
noch aufgesetzt, aber nicht abgesandt hatte. Es schien ihm

durchaus ernst gewesen zu sein, diesen Roman zu veröffentlichen. Christina schaute sich die Vita des Autors an. Sein Name war Marvin Winkler, er hatte bereits sechs Bücher vorzuweisen, allerdings bei anderen Verlagen. Sein aktuelles Projekt trug den Titel *Kyoto im Schnee* und umfasste knapp dreihundert Seiten, einen für die Marktchancen eines Romans optimalen Umfang.

Eine Windböe drückte mit aller Macht gegen die nach Westen zur Ruhr hin gelegene Fensterscheibe. Das ganze Dachgeschoss wurde für zwei, drei Sekunden erfüllt von einem dröhnenden Beben. Dann wehte auf den unberechenbaren Turbulenzen des Orkans urplötzlich eine wohl von einem LKW oder einer Baustelle abgerissene Segeltuchplane hoch durch die Lüfte, wurde vom Wind gegen ihr Fenster gepresst und verdunkelte innerhalb eines Sekundenbruchteils den Raum auf bedrohliche Weise. Christina erschrak. Sie konnte sich jetzt unmöglich hinaus auf den Balkon wagen und die Plane entfernen, das war bei dem anhaltenden Sturm viel zu gefährlich, also wartete sie ängstlich, bis der nächste Windstoß sie ergriff und mit lautem Flattern fortwehte. Dennoch hatte sie den Eindruck, dass die Dunkelheit sich in ihrem Arbeitszimmer weiter breitmachte.

Das dreiseitige Exposé zu Marvin Winklers Roman erschien ihr reichlich verworren, nichts das auch nur im Geringsten ihr Interesse geweckt hätte. Es ging um eine genreübergreifende Mixtur aus Thriller, Liebesgeschichte und Gesellschaftskritik, was ihrer Einschätzung nach kaum gelingen konnte. Der wenig ansprechende und ihr zu obskur erscheinende Titel war einem Song der Gruppe *Simple Minds* entlehnt. Widerwillig las sie in die Textprobe hinein, die Kopfschmerzen inzwischen kaum noch zu ertragen und wieder dieses ominöse Grummeln in den Eingeweiden. Christina war im höchsten Maße genervt. Den Stil Winklers empfand sie als viel zu ausschweifend, sie vermisste einen durchgehenden roten Faden in der Handlung, und die Thematik glitt ihr allzu sehr in düstere Gefilde. Sie verstand nicht, wie Holm Schmidt ein nach ihrem Dafürhalten derartig misslungenes Buch bei Kobold herausbringen wollte. Da er jedoch schon den Vorvertrag aufgesetzt hatte und Marvin Winkler mit einiger Sicherheit davon wusste, sah Christina sich in der Pflicht, dem vermutlich überaus hoffnungsfrohen Autor mit einem persönlichen Schreiben abzusagen. Sie formulierte ihre Einschätzung in nüchternen Worten, fügte an, dass nach dem Tod Holm Schmidts das Verlagsprogramm einer Neuorientierung bedürfe, was für sein Werk bedauerlicherweise keinen Raum bot, und sandte die Email an die von Marvin Winkler angegebene Adresse.

Niemals hätte Christina Niemann auch nur im Entferntesten ahnen können, dass sie soeben in diesem Moment ihr eigenes Todesurteil unterzeichnet hatte.

2
Das Geständnis

"Meine Damen und Herren, ich trete in diesem Moment vor Sie hin als ein vollumfänglich und vorbehaltlos Geständiger. Im Bestreben die folgenden Ausführungen in angemessene und wohlgesetzte Worte zu fassen, werden Sie mir hoffentlich nachsehen, wenn ich dieses mein lückenloses Bekenntnis vom Blatt ablese. Es erschien mir zu Ihrem geneigten Verständnis unabdingbar, alle relevanten Aspekte des Geschehens gebührend zu beleuchten und kein noch so winziges Detail zu vergessen.

Sie, die Sie hier versammelt sind, genießen das Privileg – ich für meinen Teil empfinde es für mich als ein solches, ob es sich in der Tat auch für Sie als Privileg darstellt, wage ich nur zu hoffen- als erste zu erfahren, dass ich, Marvin Winkler, mich ohne das geringste Gefühl von Reue vor Ihnen schuldig bekenne, einen grausamen Mord begangen zu haben. Und ich muss sogar noch einen Schritt weitergehen: ich empfand unermesslichen Spaß, ja eine im innersten Kern zutiefst diabolische Lust, das wehrlose Opfer nicht allein zu töten, sondern ihm zuvor obendrein nach allen Regeln der Kunst und im prickelnden Hochgefühl allerhöchsten Genusses schlimme Qualen zuzufügen.

Sicherlich ist Ihnen allen der Terminus des perfekten Mordes geläufig, von dem das naive Gros der Kriminologen einhellig behauptet, es gäbe ihn nicht. Lassen Sie mich ihnen mit allem Nachdruck versichern: es gibt ihn, den perfekten Mord, denn ich habe ihn begangen, und wie Sie sehen, befinde ich mich dennoch ungesühnt auf freiem Fuß.

Allerdings bedarf es schon der grenzenlos genialen Fantasie eines ebenso blutrünstigen wie gleichzeitig moralisch völlig enthemmten Autors, damit ein solch kühnes Unterfangen auch gelingen kann. Er muss sowohl alle Eventualitäten, die zu seiner Entdeckung führen könnten, im Vorfeld seiner Tat bedenken, wie ebenso sämtliche möglicherweise auf ihn hindeutenden Beweise eliminieren. Und wenn Sie nunmehr denken, dass ich, wo ich freimütig vor Ihnen den Mord gestehe, gleichzeitig auch desselben überführt bin und dafür zur Rechenschaft gezogen werden kann, muss ich Ihnen vehement widersprechen. Wo keine Leiche aufzufinden ist, wird eine Mordanklage kaum jemals Erfolg haben können.

Doch lassen Sie mich der Reihe nach am Anfang der Geschichte beginnen. Vor nicht langer Zeit, vielleicht haben einige von Ihnen die Nachricht in den Medien verfolgt, schied auf tragische Weise Holm Schmidt, der langjährige Cheflektor des Kobold-Verlages, aus dem Leben. Er hatte dem auch ökonomisch hocherfolgreichen Literaturprogramm seines Arbeitgebers ein markantes Profil verschafft, welches weit über die Grenzen unseres Landes hinaus großes Ansehen genoss. Als junger und trotz meiner bisherigen sechs Bücher noch weitgehend unbekannter Autor hatte ich es gewagt, ihm das Manuskript meines noch unveröffentlichten Romans *Kyoto im Schnee* zukommen zu lassen, und Schmidt, diese am hellsten strahlende Lichtgestalt aller deutschsprachigen Lektoren, war zu meiner Freude überaus angetan von meinem Projekt und wollte es bei Kobold publizieren. Wir hatten mehrfach telefoniert und demnächst ein persönliches Treffen vereinbart. Leider verhinderte sein plötzlicher Tod, dass es jemals dazu kam. Immer jedoch hatte Holm Schmidt betont, wie sehr ihn mein Manuskript ansprach, er rühmte mein Stilbewusstsein wie auch die stringent erzählte Geschichte, welche Spannung virtuos mit literarischer Qualität verbinde.

Die nach seinem unvorhersehbaren Tod traurige Vakanz des Cheflektorensessels im Kobold-Verlag wurde kurz darauf beendet durch die Ernennung von Christina Niemann, zuvor vor allem bekannt als die geschiedene Ehegattin des Verlegers, auf diesen Posten. Nach einem zögerlichen Beginn, der vermutlich in der Einarbeitung in die von ihrem Vorgänger hinterlassenen Minenfelder begründet lag, hatte die Dame es plötzlich sehr eilig, die euphorische Bewertung Schmidts zu korrigieren und zur Maxime des künftigen Verlagsprogramms allein ihre eigene unbedarfte Einschätzung zu erheben, die da lautete, dass ich, Marvin Winkler, ein konfuses Machwerk ohne roten Faden abgeliefert hätte, dessen Thematik hoffnungslos verworren, düster und zudem in ausschweifendem Erzählduktus daher komme, dass sie bedauere, meinem Manuskript im Kobold-Verlag keine Veröffentlichung anbieten zu können.

Wie immer ungenügend auch ihre Kompetenz in der Beurteilung von Literatur einzuschätzen sein mag, eine Qualität, das muss ihr zugestanden werden, beherrschte Christina Niemann wie kein anderes Wesen auf diesem Planeten: eine durch und durch mörderische Wut in diesem vor Ihnen sitzenden und ansonsten überaus friedfertigen Autor zu entfachen. Eben noch gefeiert als der aufstrebende Stern am Himmel der Literatur, platzten alle meine hehren Träume von überschäumendem Kritikerlob und astronomisch hohen Verkaufszahlen durch die von einer -Sie verzeihen den Ausdruck- an chronischer Verstopfung leidenden und in den emotionalen Niederungen übermäßigen Rotweinkonsums restlos desillusionierten Vollgraupe lapidar abgefasste Email.

Etwa in diesem Moment begann der Plan einer nie zuvor dagewesenen Rache in mir zu reifen. Sie, die mich in einer aus knappen acht Zeilen bestehenden Absage vernichtet hatte, würde im Gegenzug von mir vernichtet werden, auf eine bislang von menschlichem Vorstellungsvermögen nicht in seinen absonderlichsten Abirrungen für möglich gehaltene Art. Ich würde sie nicht nur töten, ich würde ihre nichtswürdige Existenz von diesem Planeten tilgen und nicht ein winziges Gramm von ihr zurücklassen.

In den folgenden Wochen feilte ich unentwegt an meiner Vorgehensweise. Es sollte nichts weniger werden als das perfekte Verbrechen, eine als Topos in der Kriminalgeschichte fest verankerte, wahrlich grandiose Idee, die mich immer schon fasziniert hatte. Bevor ich jedoch an die Umsetzung meines Plans denken konnte, musste ich mir zunächst von einem nicht weit von meiner Wohnung befindlichen, im Kettwiger Industriegebiet gelegenen Metallverarbeitungsbetrieb fünf Kanister Fluorwasserstoffsäure besorgen. Dieselbe würde die völlige Auflösung des Leichnams sicherstellen, einschließlich aller Knochen und Zähne.

Lediglich eventuelle Amalgam- oder Goldfüllungen würden ein Bad in dieser alles zersetzenden Substanz überstehen, und die könnte ich wie kleine Steinchen ohne großes Aufsehen in die Ruhr werfen. Kurz überlegte ich, ob ich nicht auch das Skelett, nachdem die Säure das Fleisch aufgelöst hätte, den Fluten des Stausees übergeben sollte, auf welchen Christina Niemann aus ihrer Dachgeschosswohnung mit ihrer frustrierten Visage ähnlich degoutierend herabgeschaut haben musste wie auf mein Manuskript. Aber ich würde der Versuchung dieses köstlichen Gedankens nicht erliegen. Zwar könnte ich mich kurzfristig an der die hiesige Idylle gehörig aufwirbelnden Sensation ergötzen, wenn sich ihre Knochenreste im Stauwehr verfingen, hätte jedoch am Ende auch eine Spur gelegt, anhand welcher man eventuell den Mörder überführen könnte.

Nachdem ich als erstes ihre sich auf dem Promenadenweg befindende Adresse herausgefunden hatte, bezog ich unauffällig Posten vor dem Haus. Ich tat es den unzähligen Spaziergängern gleich, die zur Erbauung das Flussufer aufsuchten, ich beobachtete, getarnt als harmloser Flaneur, ihre Gewohnheiten, ich stellte fest, wann sie kam und ging, wen sie empfing (in den drei Wochen meiner Observation hatte sie lediglich einmal Kontakt zum Paketboten) und erkühnte mich sogar, einige Male eine Drohne steigen zu lassen, die ihre Räumlichkeiten aus der Luft ausspionierte. Ich sah, wie sie am Laptop saß, grünen Tee trank, sich bereits am Mittag das erste Glas Rotwein einschenkte, telefonierte und sich ein Müsli bereitete, das alles Tätigkeiten einer sich gelangweilt durch den Tag hangelnden Frau. Wenn sie aufschaute und erstaunt meine Drohne entdeckte, wandte ich unter ihren forschenden Blicken dem Haus rasch den Rücken zu und schwenkte die Flugbahn ab über den Stausee.

Dann folgte der schwierigste, aber auch erregendste Teil: ich musste das Opfer in meine Gewalt bringen. In meiner Tasche trug ich stets ein Fläschchen mit Chloroform und einen Stofflappen bei mir. Einen Rollstuhl hatte ich von einer Nachbarin geborgt, deren vor kurzem verstorbene Mutter ihn nicht mehr benötigen würde. So bewaffnet harrte ich in der abendlichen Dunkelheit geduldig auf die passende Gelegenheit, und sie kam schneller als ich erhofft hatte. Es war ein stürmischer Abend im März, der Himmel ohne Gestirne und verdunkelt von ruhelosen Wolken. Christina Niemann fuhr, vermutlich aus dem Verlag kommend, mit dem Wagen vor und parkte auf ihrem Stellplatz vor dem Haus, wo ich bereits ihrer harrte, verborgen hinter dem quadratischen und mannshoch umzäunten Areal für die Mülltonnen des Wohnblocks. Die Betäubung mit Chloroform ging fast zu einfach vonstatten, sie sah mich eine Sekunde lang noch mit erstaunt aufgerissenen Augen an, verlor sogleich das Bewusstsein und sackte dann so abrupt in sich zusammen, dass ich ihr gerade im allerletzten Moment den Rollstuhl unterschieben konnte. Langsam fuhr ich sie zu meinem Auto, das ich, um nicht aufzufallen, in einer wenig beleuchteten Querstraße geparkt hatte. Ich verfrachtete sie kurzerhand auf den Beifahrersitz, presste ihr vorsichtshalber nochmals den mit Chloroform getränkten Stofflappen auf Mund und Nase und fuhr los. An meinem Apartmenthaus angekommen, steuerte ich den Wagen in die Tiefgarage, rief von dort als erstes den Aufzug herab und klemmte meinen Verbandskasten in die Tür, auf dass kein anderer der acht Mieter ihn während meines Verladens benutzen konnte. Dann setzte ich die immer noch Bewusstlose in den im Kofferraum mitgeführten Rollstuhl, verschloss meinen Wagen und gelangte per Lift mit meinem Opfer unbemerkt in die von mir bewohnte Parterrewohnung. Dort fesselte ich ihre Arme und Beine mit unzerreißbarem Kabelbinder, verpasste ihr einen aus einem Waschlappen und Klebeband gebastelten Knebel und wartete gespannt darauf, dass Christina Niemann erwachte. Die ganze Aktion war nicht mehr als ein Kinderspiel, und ich war absolut sicher, dass nicht ein einziger Zeuge uns beobachtet hatte.

Meine Damen und Herren, verzeihen Sie, ich merke, wie mich die Schilderung meiner Tat zusehends erregt. Mein Mund wird trocken, gestatten Sie, dass ich einen Schluck Wasser trinke und einige Male tief durchatme, bevor ich fortfahre. Es ist immerhin das erste Mal in meinem Leben, dass ich einen Mord nicht nur begangen habe, sondern ihn obendrein lustvoll vor Zuhörern gestehe, eine meinen Puls beschleunigende Rückbetrachtung, welche mich nicht weniger mit Befriedigung erfüllt als die eigentliche Tat.

Als sich in mir der Plan zu diesem von blinder Rachsucht geleiteten Akt der Vergeltung festsetzte, hatte ich den unerschütterlichen Vorsatz, als einer der größten, ja: als *der* größte Mörder in die Kriminalgeschichte einzugehen, der skrupelloseste, amoralischste und abgefeimteste von ihnen allen, von dessen Treiben jedoch gleichzeitig niemand jemals die geringste Ahnung besaß, denn aufgrund der Perfektion seiner Tat würde er allezeit unentdeckt bleiben. Vielleicht haben einige von Ihnen Kenntnis von jenen abstrusen

Monstern, die sich einen Mantel aus der Haut ihrer Opfer genäht haben oder die in Harz gegossenen Augäpfel der von ihnen qualvoll Getöteten auf eine Halskette aufgereiht haben. Verglichen mit ihnen waren selbst Jack the Ripper und Fritz Haarmann harmlose kleine Fische. Mein Ehrgeiz war nicht weniger, ich bekenne es hier und jetzt, als sie alle zu übertrumpfen durch die einem abgrundtief perversen Hirn entsprungenen, mit pedantischer Sorgfalt ausgeklügelten und nie zuvor gekannten Grausamkeiten und Foltern, die ich bebend vor Lust begehen würde an Christina Niemann, weil sie es gewagt hatte, in einer acht Zeilen langen Mail all meine Träume zerplatzen zu lassen.

Es brennt mir förmlich unter den Nägeln, Ihnen, meine sehr verehrten Damen und Herren, detailliert all das zu offenbaren, was ich der rücksichtslos brutalen Zerstörerin meiner Karriere im Anschluss an das Kidnapping zufügte. Aber andererseits darf ich natürlich nicht ausschließen, dass sich unter Ihnen einige zarter besaitete Seelen befinden, denen ich die akribische Schilderung solch unvorstellbarer Gräueltaten und eventuell daraus entstehende Alpträume unmöglich zumuten kann. Also verschweige ich schweren Herzens, zu welch außerordentlich inspirierten Höhenflügen mich mein durch keine kleingeistigen Moralvorstellungen beeinträchtigter Erfindungsgeist trieb. Ich sage nichts über die vielfältigen Instrumente der Folter und ihren nachhaltigen Gebrauch, welcher die physischen Qualen des Opfers schier unerträglich machten. Ich lege einzig und allein vor Ihnen offen, dass Christina Niemann verdientermaßen endlos lange Tage litt, wie noch kein Mensch vor ihr gelitten hat, und dass mich ihre Blicke, ihre Miene (denn sie trug während der gesamten Behandlung den Knebel und war außerstande in Worten zu kommunizieren) inständig anflehten, ihr endlich, endlich den gnädigen Tod zu gewähren, den ich immer wieder hinauszögerte. Sie starb schließlich in einer von mir mit Fluorwasserstoff befüllten Badewanne, in der sich ihr Fleisch, ihre Knochen, ihre gesamte schäbige Existenz in Nichts auflöste, so wie ich es von Anfang an geplant hatte. Ein absolutes Nichts wie Christina Niemann, das sich gleisnerisch zu angemaßter Bedeutung hochgemogelt hatte, musste zurück in ein Nichts verwiesen werden.

Meine Damen und Herren, ich komme allmählich zum Ende meines Vortrags. Ich habe eingangs in für Sie vielleicht reichlich vollmundiger Weise angekündigt, vor Ihren geneigten Ohren das perfekte Verbrechen zu gestehen, sowie gleichzeitig die Überzeugung vertreten, selbst dieses Geständnis würde mich als Täter niemals belasten können, da ein Mord ohne auffindbare Leiche allenfalls über spekulative Indizien, jedoch über keinerlei Beweiskraft verfüge. Und zudem kann ich Ihre möglichen Befürchtungen, ich würde Sie in die unfreiwillige Mitwisserschaft und gar juristisch verwendbare Komplizenschaft mit einem Mordgeständigen hineinziehen, sogleich beruhigen. Ich, Marvin Winkler, meines Zeichens der Autor eines nie erschienenen Romans mit dem Titel *Kyoto im Schnee*, ein von einer inkompetenten Machtbefugten sadistisch abgekanzelter und zum Scheitern verurteilter Schreiberling, der sich am Beginn dieses Vortrages mit seiner grenzenlosen Fantasie brüstete, ich will jetzt nochmals und dieses Mal endgültig Farbe bekennen, indem ich gestehe, selbst nur die schillernde Ausgeburt einer komplizierten Fantasie zu sein. Marvin Winkler heißt lediglich ein fiktiver Charakter, eine Figur in einer Geschichte, erfunden von einem Autor, der den Protagonisten eines Autors vorschickt, um seinen eigenen blutrünstigen Mordgelüsten legalen Raum zu verschaffen. Nur so erklärt sich auch das perfekte Verbrechen, welches es selbstredend allein in der Fiktion geben kann, niemals aber im wirklichen Leben. Und zur gleichen Zeit löst sich ebenso, ohne die geringste Spur zu hinterlassen, die Leiche Christina Niemanns auf, löst sich auf nicht in ihre stoffliche Hülle zersetzender Fluorwasserstoffsäure, sondern in dichterischer Willkür, jener uneingeschränkten Macht, die es sich erlauben kann, die von ihr geschaffenen Figuren nach Belieben erscheinen und wieder verschwinden zu lassen.

Ich hoffe sehr, meine hochverehrten Damen und Herren, ich durfte Ihnen ein wenig Kurzweil und Vergnügen bereiten mit meinem Vortrag, der an dieser Stelle beendet ist. Noch nicht beendet dagegen ist diese Geschichte, auch wenn nunmehr Marvin Winkler als der Erzähler in der ersten Person zurücktritt ins zweite Glied, wo er wie bereits im ersten Kapitel in der dritten Person weiter existiert. Wenn Sie, was ich hoffe, sich nicht allzu sehr von meiner neckischen Scharade an der Nase herum geführt fühlen und vielleicht gar in sich die nicht einzudämmende Neugier verspüren, den Ausgang der Geschichte zu erfahren, dann möchte ich Sie mit aller Bescheidenheit auf die im Hummelshain Verlag erschienene und hier zum Kauf ausliegende kleine Kriminalanthologie mit dem Titel *Tatort: Essen* hinweisen, welche Sie im Anschluss an meine heutige Autorenlesung im historischen Alten Bahnhof Kettwig erwerben können. Ich danke für Ihre geschätzte Aufmerksamkeit.“

3
Eine Ansichtskarte von Humphrey Bogart

Justina Schliemann fuhr mit dem Aufzug hinauf in die oberste Etage, wo sich ihr von schrägen Wänden umgebenes Dachgeschossapartment befand. Der bisher üblichen Gewohnheit das Treppenhaus zu benutzen hatte sie gleich nach der überraschenden Diagnose ihrer Herzrhythmusstörungen abgeschworen. Die von ihrem Hausarzt immer wieder angeratene Fitness mochte in ihrem Alter eine durchaus erstrebenswerte Verfassung sein, aber sie musste sich ja nicht gleich umbringen.

Nach dem heutigen Arbeitstag wollte sie einfach nur auf der Couch entspannen. Sie betrat die Wohnung, durch die der Duft eines Potpourris aus getrockneten Rosenknospen schwebte, legte Schlüssel, Handtasche und den Inhalt des von ihr beim Betreten des Hauses geleerten Briefkastens auf den Tisch im Wohnzimmer und schenkte sich, noch während sie mit den Füßen die Schuhe abstreifte, in der Küche ein Glas Rotwein ein. Durch das Fenster sah sie im Westen die Sonne sinken, ein glutroter Ball, der den Stausee leuchten ließ wie ein Meer von Blut, ein Sinnbild des Untergangs.

Diese langen Stunden im Verlag, wo sie erheblich weniger konzentriert zu arbeiten in der Lage war als hier im *home office* und obendrein immer wieder ihrem Ex-Mann und seiner kleinen Sekretärin begegnete, raubten ihr den letzten

Nerv. Heute war sie völlig unvorbereitet in sein Büro geplatzt und hatte die Schlampe rittlings auf seinem Schoß sitzend erwischt, die Zunge tief in seinen Hals versenkt und ihre rechte Hand da, wo Justina sie unmöglich sehen konnte. Kurz war sie versucht, eine bissige Bemerkung vom Stapel zu lassen, warum viele Mitarbeiter des Verlags in Heimarbeit geschickt wurden, wenn der Chef gleichzeitig das Büro zu einem *chambre privée* umfunktionierte, aber sie hatte sich, um sich auf keinen Fall auch nur die geringste Blöße zu geben, auf die Zunge gebissen und jeglichen Kommentar heruntergeschluckt.

Justina ließ sich ein Bad ein. Sie lag im heißen, von Lavendelöl aromatisierten Wasser und betete, dass ihre Lebensgeister zurückkehren möchten. Die halbvolle Rotweinflasche hatte sie in der Küche vergessen, sie brauchte unbedingt noch ein Glas, eines das ihr die sich beharrlich in ihrem Gemüt festsetzende Leere vertrieb.

Nach dem stressigen Tag widerstrebte es ihr, sich für die Abendmahlzeit selbst an den Herd zu begeben. Sie rief einen Lieferservice an und orderte eine Pizza Margherita und gleich noch eine Flasche Roten. Später saß sie, die Füße hochgelegt und gesättigt von der mit fettigem Analogkäse belegten Pizza, auf dem Sofa und nippte angeekelt am Rotwein, einer italienischen Pennerbrause, von der sie beim ersten Schluck wusste, das Gesöff würde ihr am nächsten Tag unvermeidlich Kopfschmerzen bereiten. Schon jetzt pochte ihr Herz in unregelmäßigem Wechsel von schnellem und langsamem Takt. Manchmal schien es für zwei endlos lange Sekunden gar ganz auszusetzen.

Ihr Blick fiel auf die beim Betreten der Wohnung auf dem Tisch deponierte Post. Justina öffnete nacheinander zwei Briefe, einen Werbebrief von ihrer Bank, der ihr einen Wertpapierfond zum Kauf empfahl, einen anderen mit einer Einladung zu einer Vernissage in der kleinen Kunstgalerie auf der Ringstraße, wo ein pensionierter Kinderarzt aus Bremen seine großformatigen Bilder ausstellte, und wandte sich zuletzt dem dritten Brief zu, einem großen ockergelben Umschlag, in welchem ihr allem Anschein nach jemand ein Buch geschickt hatte. Die Sendung trug keinen Absender, was sie verwunderte. Neugierig auf den Inhalt zerriss sie auch diesen Umschlag, der in der Tat ein Buch mit einer zwischen den Seiten steckenden Ansichtskarte enthielt. Das kartonierte Buch trug den Titel *Tatort Essen* und war eine laut Information auf dem Titel im Hummelshain Verlag erschienene Anthologie mit Kriminalgeschichten. Als in der Verlagsbranche seit langer Zeit weitvernetzte Expertin hatte Justina noch nie von diesem Verlag gehört, er konnte nur völlig unbedeutend sein. Vermutlich handelte es sich dabei um irgend so eine in einer Briefkastenfirma ansässige Nischenklitsche, die heimlich von der Muse geküssten Hobbyschriftstellern und jedem hergelaufen dilettierenden Amateur, mit anderen Worten Hinz und Kunz, ein Forum für ihre unzumutbaren Publikationen bot. Sie wunderte sich, wer um Himmels willen auf die Idee verfiel, sie mit so einem Mist zu behelligen. Entnervt legte sie das Buch beiseite und nahm in der Hoffnung einer Erklärung die Karte zur Hand. Sie zeigte auf der Vorderseite ein koloriertes, altes Kinoplakat von Humphrey Bogart und seinem Film *Tokyo Joe*. Auf der Rückseite hatte jemand mit blauem Kugelschreiber und in schwungvoller Handschrift geschrieben:

Sehr geehrte Frau Schliemann, Sie werden sich kaum noch erinnern an den von Ihnen in maßloser Arroganz abgelehnten Autor Marvin Winkler. Diesen von kaum zu überbietender Inkompetenz und Ignoranz zeugenden Bescheid nahm ich zum Anlass für eine kleine Geschichte, die ich Ihnen im hier beiliegenden Band nicht vorenthalten möchte. Natürlich habe ich, um keine Verletzung des Persönlichkeitsrechts zu begehen, den Namen der Protagonistin geändert in Niemann, weil Sie in meinen Augen genau das sind: ein Niemand! Viel Spaß bei der Lektüre wünscht Ihnen M.W.

Ebenso empört über die unverschämte Dreistigkeit dieser impertinenten Null von einem Autor, an den sie sich in der Tat nicht erinnerte, wie gleichzeitig auch von Neugier erfüllt, was er sich über sie aus den Fingern gesaugt haben könnte, griff sie zu dem Buch mit den Kriminalgeschichten. Sie blätterte im Inhaltsverzeichnis und fand sofort die Geschichte von diesem Spaßvogel. Sie trug den Titel *Der perfekte Mord* und begann im zweiten Abschnitt des ersten Kapitels tatsächlich von einer Figur mit dem Namen Christina Niemann zu erzählen. Justina las und glaubte ihren Augen nicht zu trauen. Erregt las sie weiter, das erste Kapitel, das bereits den Boden der Unverschämtheit strapazierte, weil die dort in despektierlichster Weise geschilderte Frau ihr, Justinas, *alter ego* vorstellen sollte, dann weiter das zweite Kapitel, in welchem der Autor genüsslich einen Mord an ihr beging, in seinen krankhaften Fantastereien natürlich nur, wie das Ende der Geschichte zeigte, aber allein diese entsetzlichen Fantasien von Folter und Tod und diese wenngleich fiktive, so nichtsdestotrotz bösartige Erniedrigung ihrer Person, setzten ihr zu, das war zu viel, das konnte sie nicht ertragen, das war Rufmord, das war Mord!

Schwer atmend schloss Justina Schliemann das Buch und legte es auf den Tisch. Sie fragte sich eben noch, woher dieser ruchlose Psychopath Kenntnis derartig intimer Details von ihr besitzen konnte, von ihrer Vorliebe für Rot- wein, dem Matcha im *home office*, der verhassten Konkurrentin, die sich ihren nur allzu willigen Mann geschnappt hatte, von ihrer Verstopfung, ihren Herzrhythmusstörungen und sogar von ihrer Allergie gegen Aloe Vera, als sie im Zustand höchster Erregung und fast erstaunt über die Eigenwilligkeit ihres angegriffenen Herzens, das ohne jegliche Vorankündigung und überfordert vom Aufruhr ihrer verletzten Eitelkeit ganz einfach aufhörte zu schlagen, ihren letzten Atemzug tat. Und während sie ohne viel Aufhebens die schnöde Welt verließ, speicherte der dank seiner Fantasie allwissende Autor, nicht der hier Marvin Winkler genannte, sondern der Autor hinter dem Autor, der in dieser Geschichte seinen rachedurstigen Protagonisten *in effigie* einen Doppelmord an den Damen Niemann und Schliemann begehen ließ, für den ihn niemand jemals zur Verantwortung ziehen könnte, nach dem letzten Anschlag auf seiner Tastatur eine fast siebenundzwanzig Seiten umfassende Datei ab unter dem Titel *Der perfekte Mord.*

Julia Marx

Figaros Mordzeit

Pampadampapampa …Cinque… Pampadampapampa …dieci… Pampadampapampa…venti…1. Akt 1. Szene Figaros Hochzeit: Biancas persönliches Mantra. Desiree hatte die Tafel im Musikraum mit vier Flipchartblättern zugeklebt, oder wohl eher vom Hausmeister oder irgendjemand anderem, den sie dazu überredet hatte, zukleben lassen. Sie hatte die ganze Fläche in einzelne Fachbereiche unterteilt: die einzelnen MINT-Fächer, Sprachen, diverse Unteraufgaben, die außerhalb des eigentlichen Unterrichts lagen und ganz auf der rechten Seite neben Sport das Fach Musik. Desiree hatte jedem Bereich Farben zugeordnet und die Namen der einzelnen Lehrer auf farbige Klebezettel ihres Faches geschrieben. Nun begann Desiree die farbigen Zettelchen auf ihrem Tafelbild zu verteilen.

In der ersten Szene nimmt Figaro Maß in dem Zimmer, in dem er zusammen mit Susanna nach ihrer Hochzeit wohnen würde. Cinque, dieci, venti, was kam nach der Zahl Zwanzig nochmal? Biancas Mantra stockte. Desirees Tafelbild erinnerte mehr und mehr ebenfalls an ein Wohnungsaufmaß, wobei es in seiner augenscheinlichen Kompliziertheit nur ein einziges Ziel verfolgte: letzten Endes musste die Zahl der altrosa Zettel, die der Schuldirektorin, also Desiree zugeteilt waren, im ersten Durchgang deutlich überwiegen. Das war der Ist-Zustand. Dann folgte die Verdeutlichung des Soll-Zustandes und schlagartig verdoppelte sich der Arbeitsanteil des Kollegiums und halbierte sich der der Direktorin. „Wie Ihr alle sehen könnt, gibt es im ersten Halbjahr viel zu tun und das Schulhalbjahr bis zu den Sommerferien ist durch die Feiertage wie immer kurz. Wir müssen uns mehr als Team begreifen und es muss nicht immer alles an mir hängen,“ sagte eben jene Schuldirektorin und warf das eine Ende ihres Seidentuches, das Ton

144

in Ton zur Dreiviertelleinenhose passte, beiläufig über ihre schmalen Schultern. Sie war nicht wirklich gutaussehend, aber sie machte das Beste aus sich mit einem flotten Kurzhaarschnitt und nicht zu burschikoser Kleidung an einem agilen und schlanken Körper. Sie trug ein angenehmes Parfum und sie schien ein unerschöpfliches Arsenal an Seidentüchern und dazu passenden Hosen zu haben, die perfekt saßen, nie Falten warfen und den Rand einer Unterwäsche nicht mal erahnen ließen. Trenta... Dreißig, natürlich, war auch logisch, dass nach Zwanzig Dreißig kam. Erst dann wurde es schwieriger. Was kam nach trenta? „Ich habe mich in den Weihnachtsferien direkt am 27.12. um die Sache mit der nicht funktionierenden Heizung gekümmert, doch dazu später. Das ist nicht der Punkt, an dem wir uns jetzt in der heutigen Agenda befinden. Ich habe Euch alle die Agenda als PDF-Datei geschickt und hoffe, dass Ihr sie auch ausgedruckt vor Euch liegen habt." Desiree räusperte sich, setzte sich kerzengerade auf den Stuhl am Lehrerpult und ließ ihre blauen Augen kritisch in die Runde schweifen. „Heute sprechen wir die Fachbereiche mal von hinten nach vorne durch, bitte Bianca, your turn!". „Von hinten nach vorne, von hinten nach vorne, verdammte Scheiße," dachte Bianca. Letztes Jahr war Christoph mit Bianca im Schlepptau nach der Jahreslehrerkonferenz zu Desiree ins Büro gegangen und hatte sich beschwert, dass das Fach Musik ständig den letzten Stellenwert einzunehmen schien. Desiree hatte genickt, hatte sich bei Christoph überschwänglich und damit deutlich ironisch für den wichtigen Punkt bedankt und meinte, sie würde den Einwand in der nächsten Konferenz nicht vergessen haben. Hatte sie auch offensichtlich nicht. Aber Bianca hatte genau jetzt nicht damit gerechnet. Lieber hätte sie sich vorher noch ein paar Sätze zurechtgelegt.

Bianca stand auf, weil alle in den Konferenzen aufstehen mussten, wenn sie etwas zu sagen hatten. Alle, bis auf Desiree, die sich selbst nur selten an ihre eigenen Regeln hielt. „Ich möchte nochmal auf mein Figaro-Projekt zu sprechen kommen. Ich habe es Dir vor einem halben Jahr vorgestellt und Du meintest, das sei ein Thema für die nächste Jahreskonferenz. Es gibt also einige Schüler und Schülerinnen aus der Oberstufe im Chor, die durchaus in der Lage wären, einzelne Szenen, natürlich nicht alle, halbszenisch darzustellen und zu singen. Wenn ich jetzt im Februar beginnen darf…“ „Darf“, warum sagte sie schon wieder mal „darf“, ärgerte Bianca sich „…dann würde ich es mit Christophs Hilfe durchaus hinbekommen, in den Sommerkonzerten einzelne Szenen des Figaro aufzuführen.“ „Durchaus“… ein überflüssiges Füllwort, das sie auch noch zwei Mal wiederholte. Andere sagten häufig „äh“ oder „halt“, Bianca benutzte etliche andere überflüssige Füllwörter, Desiree redete flüssig ohne derartige Geländer, an denen sie sich sprachlich festhalten musste. Desiree blieb tatsächlich sitzen und verzog keine Miene. „Natürlich weiß ich von Deinen Plänen, wir sprachen bereits darüber. Sicherlich hast Du die Zeit in den Weihnachtsferien genutzt und präsentierst uns jetzt ein Konzept, mit dem wir alle etwas anfangen können.“ Sie lächelte süffisant, als würde sie von vornherein nicht damit rechnen, dass dies der Fall sein konnte. Bianca atmete durch, damit ihre Stimme möglichst ruhig und ausgeglichen klang. „Ich habe die Zeit in den Weihnachtsferien dazu genutzt, einzelne Szenen herauszusuchen und etwas umzustellen, damit man sie gut aus dem Zusammenhang nehmen kann. Die ganze Oper lässt sich ja schließlich nicht aufführen.“ „Das sind eher inhaltliche Fragen, die uns hier nicht interessieren. Das kannst Du mit Christoph verhackstücken. Mit geht es ganz klar um einen Zeitplan und die konkrete Einplanung und Verteilung von Ressourcen. Wir haben hier verschiedene Projekte laufen, die ich, und zwar niemand sonst, aufeinander abstimmen muss. So muss jeder hier erstmal seine Sache zuverlässig leisten, sonst läuft das Ganze nicht. Das habe ich schon mehrfach gesagt. Ich weiß nicht, ob Ihr das immer noch nicht versteht oder nicht verstehen wollt." „Ich kann Dir nächste Woche alles liefern, was Du erwartest. Dafür muss ich mich aber ja auch noch mit den Kollegen abstimmen, die neuen Halbjahrs- Stundenpläne der Klassen einsehen und noch einige andere Punkte mit Dir abklären." „Liefere mir bitte spätestens in einer Woche eine Excel-Liste mit folgenden Punkten..." Desiree listete einige Punkte auf. Es waren nicht wenige und sie betrafen zum großen Teil Dinge, die Bianca noch nicht wissen konnte, weil die Natur der Dinge, heißt das Schulhalbjahr, überhaupt erst beginnen musste. Für die meisten Punkte des erforderlichen Konzeptes würde Bianca mit Desiree Rücksprache halten müssen. Und Bianca ahnte, was auf sie zukommen würde. Sie müsste sich mehrfach um einen Gesprächstermin bei Desiree bemühen. Dann würde Desiree sie mit den Worten vertrösten, dass erstmal andere Dinge Priorität hätten. Letzten Endes, das wusste Bianca jetzt schon, würden damit sicherlich zwei Monate ins Land gehen, ohne dass sie auch nur einmal mit den Schülern geprobt hätte. „Das erforderliche Konzept kannst Du natürlich nicht in Deiner Arbeitszeit machen," sagte Desiree gerade. „Da erstaunlicherweise ein Musik-Leistungskurs zustande gekommen ist, wäre es erstmal wichtig, dass Du mir Deine Unterrichtspläne für die Abiturienten im nächsten Jahr fertig stellst. Neben dem normalen Unterricht in der Mittelstufe natürlich." Sie schaute demonstrativ auf die Uhr, um zu zeigen, dass Biancas Beitrag bereits die Zeit überschritt. Pampadampapampa …trentasei…36, maß Figaro wirklich 36? „Wir sprechen darüber nochmal nächste Woche. Bitte komm zu mir ins Büro. Bis dahin ist das erstmal vom Tisch. Wenn alle Stricke reißen, kannst Du Dich ja immer noch selbst hinstellen und singen. Du bist schließlich studierte Sängerin. Wir würden alle sehr ein Duett mit Jörg begrüßen. Das wäre was! Ich garantiere Dir, dann würden auch mal alle aus dem Kollegium zum Sommerkonzert kommen." Sie lachte laut, als hätte sie einen besonders guten Witz gemacht. Jörg lächelte Bianca gezwungen zu. Er hatte privat eine Rockband und trat mit ihr manchmal bei Schulfesten auf. In dem Moment ging die Tür auf. Bianca sah das als Anlass, ihre in ihre Strickjacke genestelten Finger zu befreien, an der Hose den Schweiß abzuwischen und sich mit weichen Knien wieder hinzusetzen. Herein kam Herr Fürst, der Vater eines Schülers aus der Mittelstufe mit einem für alle unbekannten Mann. „Herzlich willkommen," rief Desiree und lief auf die beiden Männer zu „da ist Herr Fürst mit einem seiner besten Mitarbeiter." Sie reichte dem Mitarbeiter die Hand und sagte: „Ich bin hier die Schuldirektorin, also die Chefin des Ganzen. Aber wir sind ein Team. Ich denke da nicht so in Hierarchien. Mein Name ist Desiree Bauer." Vor Schülern und deren Eltern war es eigentlich ungewöhnlich, sich mit Vornamen vor dem Nachnamen vorzustellen. Aber Desiree tat das bei jeder Gelegenheit. Bianca überlegte, ob es von dem unspektakulären Nachnamen ablenken sollte oder ob es demonstrieren sollte, dass Desiree nicht nur Schuldirektorin, sondern auch noch muttersprachliche Französischlehrerin war. Darüber hinaus hatte Desiree wohl schon in der dritten Woche ihrer Amtszeit allen das „Du" angeboten und die älteren Lehrer taten sich lange schwer damit. Chemielehrer Schmitz konnte sich lange die Namen nicht merken und Desiree machte sich einen Spaß daraus, ihn bei jeder Lehrerkonferenz mit anderem Namen anzusprechen. So hatten es Kollegen Bianca erzählt, denn Bianca war erst seit zwei Jahren an dieser Schule und traf auf ein Kollegium, das sich zwar duzte, aber sich auf seltsame Art fremd zu sein schien.

„Wer es noch nicht weiß", erklärte Desiree „Herr Fürst hat eine sehr erfolgreiche Heizungsfirma. Wenn wir an dieser Schule schon so manche Möglichkeiten haben, sollten wir diese auch nutzen." Sie lachte und sowohl Herr Fürst als auch sein Mitarbeiter lachten mit. „Obwohl Sie als Dienstleister natürlich schon wissen sollten, was Pünktlichkeit bedeutet. Sie sind fast 25 Minuten zu spät." Dabei schaute sie eindringlich Herrn Fürsts Angestellten an, dessen Lachen auf den Lippen erstarb. Er begann eine etwas komplizierte Entschuldigung zu formulieren, die sich auf die schlechte Parkplatzsituation vor der Schule und den Feierabendverkehr bezog. „Ja, ja," unterbrach Desiree ihn, „diese Art Ausreden kennen wir gut von unseren Schülern". Sie drehte ihm den Rücken zu, ging Richtung Lehrerpult und auf dem Weg dorthin rollte sie deutlich für alle mit den Augen. Herr Fürst blieb betroffen stehen. Der Chef von immerhin 45 Angestellten schien sich zu fragen, ob es Wohl oder Wehe für ihn bedeutete, seine Dienstleistung der Schule anzubieten, in der sein Sohn mehr schlecht als recht die Mittelstufe absolvierte. „Wir sind zwar an einem ganz anderen Tagungsordnungspunkt, aber ich bin da flexibel. Es ist wichtiger, dass mein Kollegium und meine Schülerinnen und Schüler in diesen noch kalten Monaten nicht frieren müssen." Desiree hatte sich wieder ans Lehrerpult gesetzt, ließ die beiden Männer der Heizungsfirma im hinteren Drittel des Raumes stehen und erörterte mit ihnen auf die Ferne ausführlich die

149

technischen Details der großen Heizungsanlage. „Wir bekommen die Kuh schon zusammen vom Eis," sagte sie, um eben jenes Eis zu brechen, das zwischen ihr und den Männern der Heizungsfirma in Sekundenschnelle zu gefrieren schien. Da Desiree im Anschluss jedem Kollegen exakt 2 Minuten Redezeit ließ, konnte sie die Konferenz zum geplanten Zeitpunkt mit den Worten beenden, dass alles das, was jemand vielleicht vergessen hätte anzusprechen, für sie im folgenden Halbjahr auch kein Thema mehr sein würde.

Im Herausgehen legte Desiree Bianca einen Moment zu lang und zu innig ihre Hand auf die Schulter und sagte ihr, sie solle möglichst sofort zu ihr ins Büro kommen. Ein Gespräch mit Bianca schien ihr wichtiger zu sein als die beiden Heizungsfachleute, die noch immer auf die Ansicht der Heizungsanlage warteten und die sie damit wohl oder übel warten ließ. Bianca sprang auf, folgte Desiree und konnte mit ihr an der Treppe kaum Schritt halten. Sollte sie tatsächlich doch noch mit ihr über die Figaro-Aufführung reden wollen? Desiree war immer überraschend und es war mit allem zu rechnen. Wie immer legte Bianca an der Stelle, wo die Treppe eine Kurve machte, ihre Hand an die blauen Wandkacheln. Ein anderes, eher haptisches Mantra, das sie stärkte. Die Kacheln fühlten sich nicht so kühl an wie sonst, weil Biancas Hände ebenfalls eiskalt waren. Dieselbe Kälte lag ihr auch schon seit einigen Minuten im Nacken und breitete sich langsam auf der gesamten Schulterpartie aus. Desiree schwieg auf dem gesamten Weg die Treppen nach unten bis in das Direktorenzimmer und wies Bianca nur kurz im Büro an, die Türe hinten ihnen beiden zu schließen. Bianca hasste diesen Vorgang eigentlich, denn es hatte etwas von der Qualität der Schülergespräche, die Desiree regelmäßig wöchentlich führte. Dabei wurden Strafarbeiten verteilt, Verwarnungen erteilt, Elternbriefe mitgegeben oder schlechte Noten angedroht. Selten kam nach einem Gespräch hinter geschlossenen Türen ein Schüler oder eine Schülerin mit einer freudigen Nachricht aus dem Büro. Freudige Nachrichten gab es öffentlich. Dafür wurden Aushänge gemacht und Desiree lobte stolz die Aushängeschilder „ihrer" Schule, wobei sie selbst auf keinem Foto zu sehen war, aber doch jeder wusste, welch bescheiden Feder den entsprechenden Text verfasst und das Foto dazu gemacht hatte.

In ihrem Büro holte Desiree zwei Radler aus einem kleinen Kühlschrank. „Komm, es ist jetzt definitiv Dienstschluss, nimm eins und setz Dich! Eine starke Frau braucht ab und zu ein Bierchen mit einer Prise Süße. So wie wir eben sind!" Desiree fragte sie nach ihren Weihnachtsferien, erzählte ihr von ihren Hunden, die hüfthoch im Schnee getobt und Mengen an Schnee gefressen hätten. Bianca fragte sich, welchen Weg dieses Bürogespräch nehmen würde, aber spürte bereits die vernebelnde Wirkung des Radlers auf leerem Magen. Endlich verschwand der Kältegriff aus ihrem Nacken und ihr wurde angenehm warm. Es war nett zu plaudern und die Heizungsleute schienen vergessen. Bianca entspannte sich. Desiree wollte sicherlich eine freundliche Stimmung schaffen, weil sie gemerkt hatte, dass sie Bianca vor dem Kollegium bloßgestellt hatte. Es tat ihr wahrscheinlich leid. Da man eine Entschuldigung nicht von ihr zu erwarten hatte, war das bestimmt der Versuch einer Entschuldigung. Anders konnte sich Bianca das nette Geplauder nicht erklären. „Manchmal macht mir mein Beruf auch Spaß," meinte Desiree gerade „ich hatte eine solche Menge an geschenkten Schokonikoläusen von Eltern und Schülern, dass ich die ganzen Ferien nur noch Schokolade aß und bestimmt mehrere Kilo zugenommen habe. Aber das ist bei mir ja Gott sei Dank nicht so schlimm." Sie lachte, aber die eher grobe und nicht sehr schlanke Bianca fühlte sich nicht wie sonst in solchen Fällen angesprochen, was an dem Radler und der angenehmen Stimmung liegen musste.

„Figaro hin oder her," nahm Desiree den Faden übergangslos wieder auf „eines sollte uns beiden völlig klar sein. Für Extraproben treffen wir uns nicht mit Schülern allein nach Schulschluss. Das ist nur ausnahmsweise dann möglich, wenn das vorher mit mir abgesprochen ist." Trotz des Radlers begannen Biancas Rädchen im Kopf fieberhaft und sekundenschnell besagte Szene wachzurufen. Das musste irgendwann im November gewesen sein. Sie hatte in der letzten Stunde den Musik-LK der 12. Sie hatte Finn angesprochen, ob er vielleicht die Figaro-Szenen mal eben mit ihr am Klavier durchsingen wolle. Finn war sofort bereit und sie probten etwa 30 Minuten bis Finn meinte, er müsse seinen Bus kriegen. „Jede Zeit über den Unterricht hinaus ist Nachsitzen. Das ist nur in Ausnahmefällen möglich. Und, wie gesagt, nur mit meiner ausdrücklichen Erlaubnis." Desiree lächelte „Im Übrigen kommen wir da in Teufels Küche, wenn Du allein mit einem 17-jährigen, jungen Mann im Musikraum bleibst." Es war so, als würde Biancas Radler-geschwächtem Hirn ständig die mühsam wieder aufgenommenen Zügel entgleiten. Sie versuchte sich zu konzentrieren, aber stattdessen spürte sie im Gesicht eine unkontrollierbare Hitze aufsteigen. Das war äußerst unangenehm, denn die Kälte im Nacken konnte man ihr nicht ansehen, wohl aber die Hitze im Gesicht. Bianca konnte sich daran erinnern, dass sie bei der besagten Probe ein ganz kurzes warnendes Bauchgefühl hatte, das sich genau auf den Dunstkreis des von Desiree angesprochenen Themas bezog. Da stand Finn neben dem Flügel. Er hatte die Ärmel seines Shirts bis über die Ellbogen geschoppt und verschränkte seine schlanken, muskulösen Arme um die Figaro-Noten. Seine braunen Locken umspielten sein schlankes Gesicht, das irgendwo zwischen Junge und Mann changierte. Er wirkte deutlich unsicher, als er dann seinen Noten aufschlug. „Wo beginnen Sie? Ganz vorne oder direkt „Se vuol ballare"?" „Ja, gern die erste Szene, aber nicht das ganze Vorspiel, sondern da, wo die Bläser drei Mal das neue Thema spielen. Weißt Du noch?" Er schaute kaum auf, weil er nervös die besagte Stelle in den Noten suchte. Er begann zu singen. Erst ohne Sitz und dann immer fester mit für sein Alter ungewöhnlich tiefer baritonaler Stimme. Noch lange kein echter Figaro, aber doch genau so, wie Bianca sich einen Schüler-Figaro vorgestellt hatte. Eigentlich hatte sie von Anfang an nur Finn vor Augen. Die Rechnung ging auf, denn nach zehn Takten war Bianca sehr bewegt. Diese weichen, hellen Stimmen ihrer begabten Chorsänger. Finns braune Locken und braune Augen: genau das war der verschmitzte, jungenhafte, lebensfreudige Figaro, der das Herz der schönen Susanna gewann, für die der Graf immerhin Kopf und Kragen riskierte. Bianca war voller Zuneigung für die singenden Jungen und Mädchen, noch mehr für die der Oberstufe. Denn die Schüler in diesem Alter veränderten sich im Unterricht. Sie wurden zu Erwachsenen, die lernten, Sachverhalte einzuordnen und zu reflektieren. Sie gewöhnten sich daran, Dinge von außen zu betrachten und nicht mehr mitten in ihnen zu sein. Wenn die Jugendlichen dann eine Weile gesungen hatten, veränderte sich ihr Gesichtsausdruck und in ihren offenen Blicken zeigte sie sich wieder: diese unschuldige Unmittelbarkeit der Kinder, die den genau richtigen Ausdruck findet, ohne ihn zu suchen. Das war ein besonderes Erleben, in dem Bianca Zuschauerin, Lehrerin, Mutter und Freundin zugleich war. Für sie war musikalische Arbeit ein sinnliches Erleben, aber alles darüber hinaus ein völlig anderes Kapitel, das aufzuschlagen ihr nicht ansatzweise in den Sinn gekommen war. Das alles versuchte Bianca Desiree zu erklären. Die schaute sie an und die warme Freundlichkeit war aus ihrem Blick verschwunden. „Du redest Dich um Kopf und Kragen." Genauso war es. Ihre Schilderungen waren zu ungenau und konnten jemandem, der das nicht verstehen konnte oder noch schlimmer, der das erst gar nicht verstehen wollte, die Sachlage bei weitem nicht verdeutlichen. Bianca fühlte sich wie in einem Alptraum, in dem sie sich weder vor noch zurückbewegen konnte. Unverstanden und ungehört zu sich Abwendenden reden. „Du musst Dich nicht rechtfertigen, ich kann mir gut vorstellen, dass man bestimmte Gefühle bei einem solchen Schüler wie Finn empfindet. Aber ich habe solche Gefühle grundsätzlich nicht bei unseren Schülern. Wir müssen als Pädagogen eine gewisse Professionalität gegenüber denen zeigen, die uns anvertraut sind. Du hast völlig unprofessionell gehandelt." „Ich habe doch nichts gemacht." Was für ein überflüssiger Satz, den Bianca lieber nicht gesagt hätte. „Es kommt nicht nur darauf an, was Du gemacht hast, sondern was andere denken, was Du gemacht haben könntest. Das war das erste und letzte Mal, sonst zögere ich nicht, Dir eine Verwarnung zu erteilen." Als Bianca später das Büro verlassen hatte und im Lehrerzimmer noch etwas holen wollte, überlegte sie, worin in der Sache der Unterschied gelegen hätte, wenn Desiree von der Probe gewusst hätte. Es kamen ihr noch einige andere klare Gedanken, denn sie war wieder vollkommen ernüchtert. Aber dazu war es jetzt zu spät.

Im Lehrerzimmer war Christoph damit beschäftigt, noch einige Kopien für den nächsten Tag zu machen. Als er Bianca sah, ging er auf sie zu und nahm sie kurz in den Arm. „Es gibt die, die sie nicht mag und die, die sie vergöttert und alle dazwischen, die sie mit Nichtachtung straft," flüsterte er ihr ins Ohr. „Dich vergöttert sie doch," sagte Bianca schroff. „Ich weiß nicht was besser ist," sagte er unbeirrt „Eltern, die ihre Kinder auf eine der drei Arten behandeln, fügen ihnen letzten Endes alle die gleichen seelischen Wunden zu. Das erleben wir doch bei einigen Schülern hier. In allen drei Fällen wird den Kindern nicht ein Gramm selbstständiges Handeln zugetraut." „Ich möchte auch gar nicht liebgehabt werden, ich will nur einfach mein Projekt durchziehen." „Mach Dir nichts vor. Hinter jedem Projekt steht auch der Mensch, der es auf dem Gewissen hat und der in irgendeiner Form Beifall dafür erwartet. Natürlich willst Du von ihr einfach nur liebgehabt werden." „Ich hasse Dich!" Aber Christoph durfte so etwas zu ihr sagen. Er stand über allem. Er leitete schon seit Jahren das Schulorchester. In dem Orchester spielten an die 100 Schüler. Das Renommee der Schule leitete sich deutlich aus dem Erfolg des Schulorchesters ab. Mit großem diplomatischem Geschick verpflichtete Christoph die reichen Eltern der Schüler dieser Schule zu Zahlungen in die Fördervereinskasse. Desiree gewährte jeden Einkauf von diversen Instrumenten, Notenständern und Noten. Sie schien fasziniert von Christoph, denn der hatte gegen alles und alle stetig ein entscheidendes Eisen im Feuer: die bedingungslose Zuneigung seiner Schüler und ihrer Eltern ihm gegenüber, die sich mit jedem neuen fünften Schuljahr erneuerte und zum Abitur stetig vertiefte. Er hatte eine faszinierende Gabe, den Schülern genau auf der richtigen Art zu begegnen. Und sie taten fast alles für ihn. Auch wenn Christoph jeden Menschen wie eine Schachfigur in die richtige Richtung bewegte, war er gleichzeitig völlig unabhängig. Er unterstützte Bianca in ihrem Projektwillen, aber wenn er Schwierigkeiten ahnte, ging er weiter auf die Weise vor, die ihm zuverlässig durchsetzbar schien. Wenn es jemanden um die Sache ging, dann ihm. Er ließ sich begeistern und begeisterte gleich eines Missionars. Bianca mochte ihn sehr, aber konnte zum jetzigen Zeitpunkt noch nicht viel Beihilfe von ihm erwarten, was sie in ihrem Gefühl der Hilflosigkeit nur bestärkte. Sie beendete also das Gespräch und steuerte auf Sonja zu, die in der Ecke am Tisch noch eifrig etwas schrieb und ihnen beiden den Rücken zudrehte. „Hey, Sonja, hast Du Madame etwas von meiner Probe mit Finn erzählt? Das konntest nur Du gewesen sein, denn sonst war keiner mehr da donnerstags nach der siebten Stunde. Meine Sonderprobe ist ihr übel aufgestoßen." „Madame" war der Codename, den jeder im Kollegium kannte. Sonja drehte sich um, sah sie an und augenblicklich füllten sich ihre aufgerissenen Augen mit Tränen. „Sie möchte, dass ich ihr alles berichte, was so los ist. Dafür muss ich die Sieben nicht unterrichten. Leon…Carl…das kann ich nicht. Die sind so krass. Das hat sie mir versprochen. Aber ich soll nicht spitzeln. Sie sagt, das solle ich nicht so bezeichnen. Ich soll nur ab und zu erzählen, was ihr alle so macht. Sie sagte, das sei wichtig, damit nichts passiere, was nicht gut für die Schule sei. Das fiele auf uns alle zurück. Ich sagte, ich könne das nicht, weil ich auch nicht alles mitbekäme. Aber sie meinte, das sei eben meine Aufgabe. Jeder müsse im Team eine bestimmte Aufgabe haben, sonst funktioniere das Ganze nicht. Ich habe nicht gepetzt, echt nicht." Sie redete wie ein kleines Mädchen: aufgeregt, mit erstickter Stimme und so, als hätte sie Angst, furchtbar viel Schimpfe zu erhalten. Sonja war kein großes Licht, aber eine gute Seele. Sie gehörte zu den Lehrern, die morgens mit Angst in ihre Klasse gingen. Von solchen Kollegen gab es an dieser Schule eigentlich nicht so viele, denn die Schüler waren im Großen und Ganzen händelbar. Die Schüler an dieser Schule konnten nur manchen Lehrer in Grund und Boden argumentieren. Das war Sonjas größte Angst, weil sie in ihren Fächern Politik und Geschichte den starken Schülern häufig unterlegen war. Es war zwecklos, Sonja von ihrer Aufgabe abzubringen. Desiree hatte sie offensichtlich in der Hand.

Cinque, dieci, venti, trenta…trentasei. Bianca summte im Hinausgehen laut, um sich besser beruhigen zu können. Beim Verlassen des Schulgebäudes drehte sie sich um und schaute das Portal hinauf. Bianca erinnerte sich genau daran, wie sie das allererste Mal auf dieses Portal blickte. Es beeindruckte sie mehr als das weithin sichtbare Wahrzeichen der Schule, den Schulturm. Dort oberhalb des Portals schauten im Jugendstil zwei nackte Heroen auf jeden herunter, der das Portal durchschritt. Der eine trug ein Buch und hatte die Hand so an das Kinn gelegt, dass er darüber nachzudenken schien, was er über die jeweilige Person in das Buch des Lebens schrieb. Bianca hatte ihn bei ihrem ersten Schritt in diese Schule vor zwei Jahren mutig angelächelt und war voller Vorfreude. Ihr Referendariat hatte sie in einer Schule absolviert, wo in der praktischen Umsetzung kaum etwas möglich war. Sie übte Rhythmen mit Boomwhackers oder versuchte, mit den Schülern zu singen. Aber trotz allen guten Willens war der Weg zu so etwas wie gemeinsamer Musik weit, wofür die Schüler nur bedingt etwas konnten.

Nun kam sie an eine Schule, in der es auf andere Art Vorurteile und Hindernisse gab, aber Bianca hatte am Anfang einen sehr positiven Eindruck. Sie erlebte Christoph mit seinem Orchester und den ausverkauften Konzerten voll begeisterter Eltern und kulturinteressierter Schüler. Jeder Musikunterricht war eine Offenbarung für Bianca. Die meisten Schüler hatten das Glück, einen gewissen Bildungshorizont über die Schule hinaus erfahren zu haben. Ein Geschenk für all jene, die nicht jeden Tag das Ende des Monats fürchten mussten und eine feste Kulturzugehörigkeit besaßen. Pläne, von denen Bianca im Studium zahlreiche hatte, dann aber durch Erfahrungen ihres Referendariats begrub, schienen wieder realisierbar zu sein. Ein Plan davon war es, mit Schülern Szenen aus Figaros Hochzeit, einer ihrer Lieblingsoper zu erarbeiten. Der Figaro war eine Oper, die mit Schülern in Ausschnitten durchaus aufführbar war. Nach ihrem ersten zaghaften, aber sehr erfolgreichen Versuch, Clara im Unterricht die Arie der Susanna singen zu lassen, wurde sie immer sicherer, dass es irgendwann möglich sein würde. Clara war entzückend, Finn nun auch die optimale Besetzung. Die ganze Regie, die Szenen, die Kostüme, dass Arrangement im Konzert: das hatte Bianca schon lange durchgeplant. Nun in den Weihnachtstagen hatte sie am letzten Schliff gearbeitet. Es war wie ein lang gehegter Traum, der sie immer und immer wieder beschäftigte. Aber irgendetwas schien Desiree an dieser Sache zu stören, wenn es nicht Bianca selber war, die sie störte.

Bianca hatte es sich zu einer angenehmen Gewohnheit gemacht, zwei bis drei Mal in der Woche am Stausee zu joggen. Das machte ihren Kopf frei und sie konnte danach wieder Kräfte aufbringen, den Unterricht für den nächsten Tag vorzubereiten. Etwa zwei bis drei Tage nach dem peinlichen Gespräch mit Desiree lief Bianca ausnahmsweise nur die kleine Runde bis zur Schleuse. Kurz vor der Schleuse kam ihr eine schlanke, sportliche Gestalt mit zwei großen Hunden entgegen. Als die Gestalt ihr näher kam, konnte Bianca es kaum glauben: schon wieder Desiree. Wurde sie von ihr verfolgt? „Wie sportlich! Ich muss das Vorurteil, dass Musiker unsportlich sind, ganz schnell aufgeben," rief Desiree ihr entgegen. „Das ist richtig, Karajan zum Beispiel war extrem sportlich." Desiree lachte und Bianca erinnerte sich sofort an den trügerischen Moment im Büro, wo ihr ein Radler ein gutes gegenseitiges Verhältnis vorgaukelte. „Das sind übrigens Carino und Figaro." Desiree zeigte auf ihre Hunde. Es waren drahthaarige, hochbeinige, sehr hübsche Hunde. Bianca war schon im Bilde, seit sie zum ersten Mal Desiree von ihren Figaro-Plänen berichtete, dass einer der Hunde zufälligerweise diesen Namen hatte. Figaro war jung und ungestüm. Er sprang vor und zurück und wollte mit Bianca spielen. Sie ging in die Knie und Figaro setzte sich ebenfalls und legte ihr die Pfote auf die vorgeschobenen Knie. Der Hund legte den Kopf schief, schnaubte durch seinen lustigen Bart und sah wirklich süß dabei aus. Bianca wurde weich und kraulte den jungen Hund. „Er mag Dich anscheinend." Desiree blickte von oben auf Bianca. Da ihre Brillengläser spiegelten, war ihr Blick schwer zu deuten. Bianca hatte die Erfahrung gemacht, dass Desiree stark eifersüchtig reagieren konnte und erhob sich schnell. „Wahrscheinlich strahlst Du schon so sehr Figaro aus, dass er sich angesprochen fühlt." Das war für Desiree ungewöhnlich wenig zweideutig und nett formuliert. Je mehr sich ihr Desiree so freundlich näherte, umso mehr fürchtete Bianca den schnellen Umschwung der Stimmung und verabschiedete sich schnell. Warum bewertete sie jede Aussage Desirees? Warum war sie nur so psycho und spürte ständig die kalte Klammer im Nacken? Es war nur ihre Chefin, nicht mehr. Sie musste sich irgendwie innerlich von ihr befreien. „Mensch

Bianca, mach Dein Ding, sei cool, grübele nicht über jedes verdammte Wort von ihr nach!" wisperte sich Bianca beim Weiterjoggen zu. Nach einigen Metern drehte sie sich um und sah Desiree schnellen Schrittes am Ufer des Sees entlang marschieren. Sobald die Hunde den Abstand vergrößern wollten oder Figaro seinen Übermut auszutoben wagte, gab Desiree kaum sichtbare Zeichen, die die Hunde sofort parieren ließen. Ein kurzes Einknicken der Ohren und Senken des Kopfes zeigte deutlich, wer die Chefin in dem Trio war. Als sie sich schon längst wieder umgedreht hatte und weiterjoggte, hörte Bianca irgendwann ein lautes Fiepen wie nach einem kurzen Tritt oder Schlag. Ein akustischer Eindruck, der das Bild, den sie sich von dieser Frau, der sie sich auf tragische Weise so gar nicht entziehen konnte, gemacht hatte, nur noch bestätigte.

Es trat genauso ein, wie Bianca es vermutet hatte. Die Wochen gingen dahin und sie kam in ihren Planungen nicht weiter. Desiree vertröstete sie oder wurde ungemütlich, wenn Bianca sie wiederholt mit dem Hinweis ansprach, dass die Zeit dränge. Finn, Clara und die Schüler, die sie für die Rollen des Grafen, der Gräfin, Cherubino und Marcellina angesprochen hatte, lagen ihr fortwährend in den Ohren. Es ging so weit, dass die Schüler nur noch das Allernotwendigste im Unterricht von sich gaben und sie den Unterricht zu einer Pflichtveranstaltung machten, der Bianca kaum mehr so viel Freude wie vorher machte. Von Claras Mutter erhielt Bianca sogar einen Anruf. Clara hätte bereits ihre Rolle auswendig gelernt. Wenn das Projekt nun nicht stattfände, frage sie sich, warum ihre Tochter so viel Zeit für nichts investiert hätte, wenn sie diese doch besser zum Lernen genutzt hätte. Schließlich würden die Noten schon voll für das Abitur zählen. Es gäbe noch andere

Fächer als Musik. Und das aus dem Mund der Eltern, die immer voll hinter Biancas Unterricht standen. Bianca nahm all ihren Mut zusammen und erwiderte, dass noch immer die Zusage und Unterstützung der Schuldirektorin ausstehen würde. Claras Mutter musste wohl auch noch danach Desiree angerufen haben, denn wieder bestellte Desiree Bianca ins Büro und befahl Bianca, dass sie die Tür schließen sollte. Desiree wurde laut und sagte, sie hätte der besagten Mutter, die sich wegen des „Figaro-Firlefanz" sogar bei ihr gemeldet hätte, mitgeteilt, die verantwortliche Musiklehrerin hätte jede Professionalität vermissen lassen und hätte noch immer kein klares Konzept geliefert, mit dem man ein solches Projekt in den laufenden Schulalltag hätte integrieren können. Bianca brachte als Erwiderung keinen vernünftigen Satz zustande. Die Tränen drängten sich an völlig falscher Stelle und konnten jeden Moment die Dämme brechen. Sie stolperte die Treppen zum Portal hinunter, und erst als sie die beiden Steinfiguren am Portal verfluchte, konnte sie ihren Drang, hemmungslos zu heulen unter Kontrolle bringen.

Durch eine das Schulgebäude umrundenden Mauer führte ein kleines Eisentor auf der rechten Seite des Eingangs in eine Art Vorgarten. Hier war Naimas Reich. Naima unterrichtete Biologie und ihr Schwerpunkt war Botanik. Zusammen mit ihren Schülern hatte sie einen Bauerngarten angelegt, der sich sehen lassen konnte. Da Naima in Marokko geboren war und dort die ersten acht Jahre ihres Lebens verbracht hatte, kannte sie sich in einer Welt von Pflanzen und Kräutern aus, die den Inhalt jedes Biologiebuchs der Schule übertraf. Umso mehr hatte ihr Unterricht etwas von Tausend und einer Nacht. Diese Art Unterricht, die praktischen Arbeit in dem Schulgarten und Naimas Vorliebe für Heil- und Giftpflanzen garantierten

Jahrgang für Jahrgang einen Bio-Leistungskurs mit hervorragendem Leistungsdurchschnitt. Das Schmuckstück des Bauerngartens war ein mittelgroßes Gewächshaus. Durch Aktionen wie dem Verkauf von selbstgezüchteten Heilkräutertöpfchen, eines von Schülern gestalteten Kräuterbüchleins, einer Verköstigung von marokkanischen Gerichten und ähnlichen Ideen hatte Naima Spenden gesammelt, mit deren stolzer Gesamtsumme sie tatsächlich im letzten Jahr für die Schule ein Gewächshaus anschaffen durfte. Naima hatte keine Probleme mit Desiree. Die kleine Person hatte ein unschlagbares Selbstbewusstsein und die Fähigkeit, in jeglicher Situation geschliffene Sätze von sich zu geben. Naima war noch einmal ein anderes Kaliber als Christoph im Umgang mit Desiree. Sie hatte eine Festigkeit in ihren Argumenten, der man sich nicht widersetzen konnte. Alle Schüler hatten sehr viel Respekt vor Naima und diese schien in immer ausgeglichener Freundlichkeit niemals Opfer ihrer Emotionen zu sein. Umso erstaunter war Bianca nun, dass Naima deutlich erregt mehrere kleine Pflänzchen aus ihren Töpfen riss, die sie noch Anfang des Jahres fein säuberlich in die in ordentlichen Reihen gestellten Töpfe gesät hatte. Naimas Ärger lenkte Bianca von ihrem völlig misslungenen Treffen mit Desiree ab und sie fragte sie erstaunt: "Warum reißt Du das alles wieder raus? Das war doch echt Arbeit und hat schöne kräftige Blättchen bekommen." „Das muss alles weg. Eisenhut ist das." „Eisenhut hat doch diese großen blauen Blüten. Die sind superschön!" „Ja, aber megagiftig. Man sollte sogar möglichst nichts davon auf die Haut bekommen." Jetzt erst bemerkte Bianca, dass Naima dicke Handschuhe bis über die schmalen Ellbogen trug. „Nannte man früher auch Witwenstaub. Angeblich haben Frauen, die ihre Männer loswerden wollten, regelmäßig gemörserte Brösel dieser Pflanze auf die Bettdecke gestreut und dann sind die Männer irgendwann durch die langsame, aber effektive Vergiftung gestorben." „Nur wenn man das anfasst? Was passiert denn, wenn man das aus Versehen isst?" „Zwei Gramm der Wurzel und du bist garantiert tot. Die Römer räumten damit unliebsame Gegner aus dem Weg. Das geht relativ schnell und sauber. Der Kreislauf versagt und man kann nicht mehr atmen. Bei der entsprechenden Menge bist du nach 30 Minuten weg vom Fenster. Da kommst du noch nicht mal mehr dazu, Dich zu übergeben. Madame kennt Eisenhut und hat mir die sofortige Entsorgung verordnet. Dabei ist es eigentlich Teil meines Unterrichtskonzepts, den Schülern viel von dem vorzustellen, was heilt, aber auch schadet. Mit Chefin war aber nicht zu reden." „Ich kann mich noch letztes Jahr an die Totenkopfschilder erinnern", Bianca konnte wieder lachen. „Ja, hatten wir an den Fingerhut und an den Rittersporn gestellt. Da wusste noch nicht mal Madame, dass die sogar auch giftig sind. Aber schon diese Aktion von mir fand sie nicht so gut. Gut, dass Madam stetes Misstrauen gegen uns hegt und aufpasst wie ein Adler." „Also hat sie alles wieder richtig gemacht." „Sie ist nicht perfekt. Das ist keiner von uns. Muss ich wohl nicht extra sagen. Sie hätte mir da auch einfach mal vertrauen können. Meine Sicherheitsvorkehrungen sind hoch, weil ich weiß, von welchen Pflanzen ich spreche. Wenn man mir mal genau zuhören würde, wüsste man, was ich zu sagen habe. In Marokko weiß jedes Kind, dass die Natur gleichzeitig gedeckter Tisch und Gefahr ist. Unsere Schüler sollten das auch wissen. Das Gerede, dass heute kein Kind mehr weiß, woher die Wurst kommt, endet nicht bei einem Bauernhofbesuch in der Unterstufe. Ich habe ausführliche Unterrichtsreihen, niemand außer mir hat den Schlüssel zum

Garten und ich lasse grundsätzlich nicht ohne vorherige Einführung und vor allem nicht ohne Handschuhe arbeiten. Ich weiß nicht, Madame lässt uns keine Luft zum Leben. Eine echte Eisenhut-Lady."

Naima hatte es gut formuliert. Bianca fühlte sich regelmäßig gelähmt und verlor dieses Gefühl den Rest des Tages nicht mehr. Naimas Erfahrungen und die, die offensichtlich auch die Kollegen machten, trösteten sie nicht als ein Opfer von vielen, sondern bestätigten sie noch mehr in ihrer Machtlosigkeit. Freudlos probte sie bis zu den Osterferien mit dem Chor schon lang bekannte Literatur. Bianca sehnte die Ostertage herbei wie jemand, der seinen Job schon lange tat und ihn einfach nur noch satthatte.

Desiree hatte einige teamfördernde Maßnahmen eingeleitet, von denen sie sich viel versprach. Eine war davon ein großes schwarzes Brett, dass Desiree vom Hausmeister im Lehrerzimmer anbringen ließ. Sie stellte es sich so vor, dass jeder regelmäßig eine Postkarte an das Team schreiben sollte, die dann an dem schwarzen Brett ihren Platz finden sollte: eine Collage glücklicher Menschen, die sich nach ihrem Team sehnten. Desiree schrieb schon gleich in den nächsten Ferientagen an das Kollegium die erste Karte und hoffte, dass die Kollegen es ihr gleichtäten. Aber niemand schrieb, denn Desirees langer Arm reichte zwar mit vorgezogenen Lehrerkonferenzen tief in die Ferienzeit, nicht aber bis in den Urlaub an anderen Orten - und so hing nach zwei Jahren noch immer Desirees Sonnenblume einsam auf schwarz. Es war nur eine Blume, kein abgebildeter Ort an irgendeinem Platz in der Welt, denn Desiree verreiste nie. Christoph bezeichnete Urlauben als eine Art „erholsamen Kontrollverlust" und Desiree hasste jeden Kontrollverlust.

Eine andere teambildende Maßnahme war Desirees Wichteli-dee. Vor jedem Urlaub sollte jeder einen Namen ziehen und dem Träger dieses Namens dann am letzten Schultag eine Kleinigkeit mit guten Wünschen für die freien Tage schenken. Bianca, die sich ohnehin mittlerweile in Schicksalsgemein-schaft mit Desiree empfand, wunderte sich nicht, dass der Zu-fall sie Desirees Namen ziehen ließ. Sie backte ihr ein Oster-lamm und verpackte es sehr hübsch in Zellophan mit einem getrockneten Himmelsschlüsselblümchen daran.

Der erste Schultag nach den Osterferien war insofern unge-wöhnlich, dass im Lehrerzimmer munter durcheinandergere-det und gelacht wurde. Das kam nur dann vor, wenn Desiree nicht im Hause war. Wenn sie im Hause war, herrschte ein Schweigen, in dem man Stifte fallen hörte. Da Desiree den „Flurfunk", wie es nannte, strikt verboten hatte, misstraute je-der jedem und man tauschte nur noch das Allernotwendigste aus. Am ersten Schultag nach den Ferien war Desiree norma-lerweise überpünktlich, mehr noch, sie war zuverlässig bereits seit 6 Uhr morgens da. Heute schien es anders zu sein. Wo war Desiree?
Zur dritten Stunde klärte sich dieses Rätsel. Rainer rief als stell-vertretender Direktor das Kollegium aus dem Unterricht zu-sammen. Es musste sich zweifelsohne um einen Notfall han-deln, denn das war noch nie vorgekommen. Rainer zeichnete sich durch eine imposante Erscheinung und große Ruhe aus. Sein ruhiges Auftreten war in diesem Fall mehr als wichtig, denn schon beim Reinkommen schallten Bianca erregt geäu-ßerte Sprachfetzen entgegen und die Kollegen liefen aufgeregt von einem zum anderen. „Desiree ist nicht mehr. Herz oder so." Bianca stellte sich zu Naima, die keinerlei Ausdruck des

Entsetzens zeigte so wie die anderen. „Haben wir da etwas falsch verstanden? Madame hatte einen Herzinfarkt? Interessegelenkte Wirklichkeitswahrnehmung?" Naima musste die Sache mit dem Eisenhut sehr verärgert haben, sonst wäre sie nicht dermaßen zynisch.

Als Rainer für Ruhe gesorgt hatte und in wenigen Minuten erklärte, dass Desiree um die Osterfeiertage herum an Herzversagen gestorben sei, wurde Naima sehr blass im Gesicht. Sie flüsterte zu Bianca: „Also ehrlich gesagt habe ich damit jetzt nicht ernsthaft gerechnet." Sonja rannte an ihnen vorbei nach draußen und hielt sich dabei die Hand vor den Mund. Christoph, der normalerweise bei Besprechungen gerne hinten stehen blieb, suchte sich einen Stuhl. Bianca fühlte rein gar nichts. Desiree war nicht mehr. Sie war tot. Sie würde nie mehr durch diese Tür kommen.

Nach Tagen im Ausnahmezustand versuchte Rainer zusammen mit dem Kollegium so etwas wie Normalität herzustellen. Eine Klasse aus der Mittelstufe legte Blumen an den Rand des Portals. Die Lehrer wurden immer wieder von Schülern und Eltern auf das Thema Desiree angesprochen. Die Beerdigung fand aus ungeklärten Gründen erstmal nicht statt. Bianca fühlte sich ziellos und war damit beschäftigt, die hochemotionalen Diskussionen der Mädchen des Chores zu entschärfen. Die leichte Chorliteratur, die sie schon hundert Mal gesungen hatten, hinderte die Mädchen nicht daran, dass ihnen die Tränen nur so über die Wangen kullerten. Es war etwas Schreckliches passiert und es musste etwas passieren, das davon ablenkte. Bianca musste etwas tun. Was lag also näher, als genau das anzupacken, was darauf wartete, angepackt zu werden: Die Hochzeit des Figaro. Es gab kein Hindernis mehr. Und schon nach einer Woche suchte Bianca das Gespräch mit Rainer und stellte ihm, in derselben Art wie Desiree vor über einem Jahr, das Projekt vor. Er zeigte sich aufrichtig angetan. Er ließ sich sofort von ihrer Begeisterung anstecken. „Das klingt toll und ich freue mich darauf. Mach eine Liste, was Du brauchst. Nenn mir Zeiten für Proben und Konzerte und los geht's. Du machst das schon!" Hatte er das ernsthaft gesagt? Sie suchte auf seinem Gesicht irgendwo ein Zeichen von Ironie, aber da war nichts als eine freundliche, zugewandte Freundlichkeit. Da sie all das, von dem Rainer sprach, bereits fertig gestellt hatte bis auf eben die Informationen der Schulleitung, die sie noch im selben Gespräch von Rainer erhielt, konnte sie ihm alles Erforderliche schon am nächsten Tag liefern. Es ging los, es ging tatsächlich los. Mit unsäglichem Eifer stürzte Bianca sich in die Arbeit. Neben der grundsätzlichen musikalischen Arbeit feilte sie an den Charakteren des Bühnenstücks. Die Schüler hingen ihr an den Lippen und machten ihre Sache sagenhaft gut. Gleichzeitig gab es wieder im Musik-Leistungskurs der 12 einen großen Leistungsruck und man steuerte zuversichtlich auf das Abitur zu. Bianca befand sich in einem wahren Schaffensrausch.

Valentin sollte die Rolle des Grafen übernehmen. Er war noch selbstsicherer und ungezwungener als Finn auf der Bühne. Bianca fühlte sich jedes Mal etwas überfahren von Valentins Talent und seiner Extrovertiertheit, deshalb lag ihr Finn näher und der Figaro war nun mal ihre Lieblingsfigur. Trotzdem verwendete sie erstaunlicherweise den meisten Aufwand in der Ausarbeitung der Grafenrolle.

„Der Graf ist eine ausgesprochene Machtfigur. Er spielt diese

Macht fortwährend aus. Er ist klar der Chef im Haus. Das auch bei seiner Frau, die Dinge sogar vor ihm verheimlichen muss. Er würde, so glaube ich, den Cherubino, hätte er ihn im Zimmer seiner Frau erwischt, ordentlich verprügeln. Dazu ist er scharf auf Susanna, und das in einem Maß, das völlig respektlos gegenüber Figaro ist, der ja immerhin Susanna in Kürze heiraten wird. Er möchte am liebsten sein Ius primae noctis gegenüber Susanna geltend machen und bereut es, es in seinem Hause abgeschafft zu haben. Wisst Ihr, was das ist, das Ius primae noctis?" Allgemeines Kichern. Solche Dinge waren schnell bekannt. Bianca führte noch eine ganze Weile ihre Erkenntnisse über den Grafen aus, bis Amelie, die den Cherubino sang, noch einen Einwand hatte. „Ich finde, sie sehen den Grafen zu negativ. Er ist doch ein Mann seiner Zeit." Erstaunlich, wie sich die Jugendlichen zum Teil formulieren konnten. „Er war doch eigentlich superfortschrittlich, weil er als Erster eben nicht sein Ius primae noctis geltend machen möchte. Er ist ein Machtmensch, der von seinen Gefühlen bestimmt wird. Was ist denn an Gefühlen so Schlechtes dran? Man muss sie nur irgendwie verstehen lernen und da ist er doch gegen Ende total einsichtig." „Diese Einsicht würde vieles in der Welt besser machen, Amen!" unterbrach Valentin sie. Bianca hatte plötzlich nicht das Bedürfnis, diese Diskussion weiterzuführen. Sie wollte allen zeigen, wie professionell sie war und sich an ihr geplantes Zeitfenster halten. Sie beendete die Diskussion und ließ die Jugendlichen weiterproben.

Mittlerweile ging es auf den Sommer zu, und Desirees Beerdigung hatte noch immer nicht stattgefunden. Bianca hatte öfters Besprechungen mit Christoph und der Kunstlehrerin Anne, die das Bühnenbild zum Figaro mit ihrem Kunstkurs gestaltete. Die Proben liefen sehr gut und die Opernszenen würden in den Sommerkonzerten ein voller Erfolg werden, darüber war Bianca sich sicher. Sie fühlte sich befreit und so glücklich, dass sie schlechtes Gewissen bekam, wenn irgendwer auf Desiree zu sprechen kam. Rainer begegnete ihr freundlich und fragte sie immer wieder, ob sie Hilfe bräuchte. Bianca brauchte kaum Hilfe, ihre Kraft war scheinbar unermesslich. Wie einfach doch alles war. Einfach und wunderschön!

Bei einem der abschließenden Besprechungen kurz vor den Sommerkonzerten trafen sich Bianca, Christoph und Anne in Raum 3, durch dessen Fenster man auf den Haupteingang und Naimas Garten blicken konnte. „Guckt mal,“ sagte Anne „da ist Polizei!“ Alle liefen zu den Fenstern und sahen hinaus. Tatsächlich liefen zwei Polizisten und zwei Polizistinnen mit drei Hunden an der Leine vor dem Haupteingang herum. Rainer war bei ihnen und schloss das Tor zu Naimas Garten auf. „Was macht denn die Polizei hier?“ „Vielleicht wegen Desirees Tod?“ mutmaßte Christoph. „Warum,“ sagte Bianca lahm, „ist die nicht an Herzversagen gestorben?“ „Ich habe mich schon gewundert, warum wochenlang keine Beerdigung stattgefunden hat“, meinte Anne. „Was sind denn das für Hunde?“ Christoph machte die Augen schmal und blinzelte. „Wenn mich nicht alles täuscht, sind das sogar die Hunde von Madame.“ „Hatte die drei Hunde? Drei so Riesenköter? fragte Anne. „Nein, einer scheint zur Polizei zu gehören, aber die anderen beiden sind glaub ich ihre.“ Bianca stieß Christoph mit ihrem Ellbogen in die Seite: „Huhuhu, woher kennst Du denn ihre Hunde? Hatte sie nicht eher zwei Pitbulls? Sie hatte doch noch nie ihre Hunde mit dabei, und Du wohnst weit weg in Düsseldorf. Wäre doch Quatsch, wenn die ihre Hunde mit in die Schule brächten." „Du, ich mag Hunde und kenne die Rasse. Sie hat oft genug von ihren Schätzchen geredet. Es wäre ein großer Zufall, wenn die Polizei zwei Griffons in ihrem Kader hat, die sich eher für die Jagd eignen und keine Spürhunde sind. Und hier gleich mit drei Hunden aufzutauchen find ich auch ungewöhnlich. Vielleicht geht's darum, ob die Hunde irgendwas wiedererkennen, was sie mit ihrem Frauchen in Verbindung bringen. Gar nicht dumm!" Anne drängte sich eng an die Scheibe; „Die schnüffeln im Gewächshaus herum." Einer der Hunde schlug dort sofort an. Es war ein lautes Bellen zu hören. Der Hund, der zur Polizei gehörte, war sehr aufgeregt und zog hechelnd an der Leine. In schnellem Tempo und angeregtem Gespräch kamen Rainer, die Polizisten mitsamt den Hunden aus dem Garten durch das Portal die Treppen hoch in das Gebäude. Der Polizeihund bellte noch immer und es schallte laut durchs Schulgebäude. Christoph hatte schon die Türe geöffnet und alle drängten in den Hauptflur, auch wenn Bianca noch zögerte. Der eine der beiden Hunde, von denen Christoph behauptet hatte, sie würden Desiree gehören, schoss auf Bianca zu. „Ach Figaro!" seufzte sie leise. Alle vier Polizisten und Rainer schauten sie an. Christoph und Anne drehten sich zu ihr rum. Trotz des lauten Hundebellens hatten alle Biancas Worte gehört. Da war sie wieder, die eiskalte Klammer im Nacken. Wenigstens konnte man sie nicht sehen. Aber es war unübersehbar, dass Figaro wieder und wieder an ihr hochsprang und freudig mit dem Schwanz wedelte. „Kennen Sie die Hunde?" „Ja!" Was sollte sie noch anderes sagen, Figaros Wiedererkennungsfreude war unverkennbar. Das machte Bianca schon grundsätzlich verdächtig. Sie würde die Erste sein, die die Polizisten vernehmen würden und wieder würde sie sich rettungslos in Rechtfertigungen verhaspeln.

Die geschilderte Schule hat Anleihen beim Goethegymnasium in Essen-Brede-ney. Die handelnden Personen haben keinerlei Parallelen zu dem dort tätigen Lehrerkollegium.

Jörg Potthaus

Sticks

1

„Unfassbar!" Guido Holthoff lief, den Teller in der Hand, am Frühstücksbüfett des „Landhauses Knappmann" hin und her, machte aber weder vor dem Rechaud mit den Rühreiern, noch den üppigen Platten mit Lachs, sowie Wurst- und Käsespezialitäten Halt. „Unfassbar!", wiederholte er, fuchtelte nervös mit dem Teller durch die Luft und wandte sich vom Büfett ab. „Da vergeht einem doch jeglicher Appetit. Und wo bleibt eigentlich Georg, Susi?"

Susanne Holthoff saß am Tisch vor der Terrassentür, die zum Biergarten des ans Hotel angeschlossenen Brauhauses führte und war erleichtert, dass sie noch die einzigen Frühstücksgäste waren, offenbar wegen der frühen Stunde und weil im November die üblichen Handelsreisenden und Vertreter ausblieben, sicher spielte die immer noch grassierende Seuche dabei auch eine Rolle. Guido müsste beim Gang zum Büfett eigentlich seine Maske aufsetzen, dachte Susanne, so surreal dies in einem leeren Raum auch gewirkt hätte. Immerhin schaute der kleine, äußerst redselige Kellner herein, um Kaffee nachzubringen und zu fragen, ob „alles gut" sei. Aber heute Morgen war nichts gut! Sie hatten vor dem Frühstück bereits oben im Zimmer, das den etwas hochtrabenden Namen „Suite" trug, schon ihren kleinen Reisekoffer gepackt. Dabei war Bodo aufgefallen, dass sein Tablet fehlte. Und weil er kurz vor der Lesung am gestrigen Abend noch einmal ein paar Sätze zu seinem neuen Buch geschrieben hatte, wusste er, dass es auch hier abhandengekommen sein musste, und nicht etwa schon bei der Anreise im Zug. Guido war sofort außer sich, die Arbeit eines ganzen Jahres steckte in den Tiefen der Festplatte! Susanne versuchte ihn zu beruhigen, suchte die gesamte Suite ab, nur unter das breite Doppelbett schauten sie und Guido nicht, beider Rücken machte zusehends Probleme, schließlich war ihr Mann schon über 70, sie selbst stand kurz vor dem runden Geburtstag. Mit Mühe hatte sie ihn ins Frühstückzimmer gelotst – im Zug gibt es doch sicher wieder nichts Gescheites, außerdem sollten wir beim Kaffee noch mal ganz genau überlegen, wo das Tablet sein könnte.

„Nun nimm dir endlich was zu essen und komm´ an den Tisch, Guido, mit deinem Marathonlauf bringst du das Ding auch nicht zurück! Und Georg kommt gleich, es ist erst kurz vor acht, der ist immer pünktlich! Also?!"

Der berühmte Schriftsteller ließ resigniert die Arme fallen, stellte dann den Teller auf die Anrichte und nahm ein wenig Rührei mit Schinken, dazu eine Scheibe Vollkornbrot. Er war stolz darauf, seine Linie zu halten, dabei halfen ihm auch die zunehmende Reduktion von Alkohol und tapfere Fahrten mit dem Mountainbike, besonders im Sommer, wenn die Holthoffs Schreibseminare an einem italienischen See gaben. Ihr Haus war nur über eine steile Straße zu erreichen und Guido demonstrierte mit seinen E-motorlosen Anfahrten mit dem Rad den männlichen, oft deutlich jüngeren Seminarteilnehmern, wie fit er noch war. Und auch, wenn man einmal den Pool vor dem Haus benutzte, meist, wenn die Schreibübungen beendet waren, hob sich Guidos flacher Bauch von dem so manchem seiner Gäste ab, die ihrerseits jahrzehntelang die deutschen Brauereien vor dem Niedergang bewahrt hatten.

Er schlang Rührei und Brot förmlich herunter, löffelte lustlos eine Joghurt aus und schaute dabei ständig auf die Uhr, schon vier nach acht, grummelte er. Susanne legte ihm die Hand auf den Arm. „Er kommt bestimmt jetzt."

Auf der Ruhrbrücke, die die beiden Kettwiger Stadtteile verbindet, stand mal wieder eine Baustellenampel, fast das ganze

Jahr über? ließ die bei vielen Bürgern auch fast 50 Jahre nach der Eingemeindung immer noch äußerst ungeliebte Stadt Essen Flickarbeiten am Asphalt oder Brückengeländer, dann wieder mal einem halben Meter Kanalrohr durchführen, dazu meist in absoluter Zeitlupe. Ab und zu sah man einen rauchenden Arbeiter, der lässig an der Absperrbake lehnte, überwiegend wurde pausiert. Jetzt, am frühen Samstagmorgen, war die Schlange vor der roten Ampel noch klein, trotzdem kostete sie Georg ein paar Minuten und so stellte er seinen BMW erst kurz nach acht auf dem Parkplatz des „Landhauses" ab. Er ging durch den Nebeneingang, grüßte die libanesische Zugehfrau und klopfte auf den Tisch, wo Wolle, der Kellner, von seiner Zeitung aufschaute. Er zeigte auf den Frühstücksraum: „Sei vorsichtig, Jorgos," Georg hatte sich diesen Spitznamen wegen seiner zahlreichen Griechenlandreisen verdient, „da drinnen herrscht dicke Luft!". Wahrscheinlich hast du den beiden zwischen zwei Kaffees mal wieder einen zu viel an die Kante gelabert – das *dachte* Georg aber nur, Wolle war ein ganz lieber Kerl, den er seit Jahrzehnten kannte, ein bisschen leutselig halt, das mochte dem feinnervigen- und sinnigen Schriftsteller missfallen haben. Er drückte die Klinke vom Frühstücksraum herunter.

„Na endlich kommst du! Stell dir vor, es ist etwas Entsetzliches passiert!" Guido, der mit dem Rücken zur Tür saß und sich nun umdrehte, ließ Georg keine Chance, den beiden einen Guten Morgen zu wünschen. Susanne machte hinter dem Rücken ihres Mannes Zeichen der Beschwichtigung. „Was ist denn los?" Georg schüttete sich trotzdem erstmal einen Kaffee ein, aber der Schriftsteller rüttelte so stark an seiner Schulter, dass er fast den gesamten Tasseninhalt verschüttet hätte. „Mein Tablet ist weg! Mein neuer Text! Die gesamte Arbeit eines Jahres, mindestens! Wenn du die ersten Versionen, die auch drauf sind, dazurechnest, noch mehr. Weg, alles weg! Eine absolute Katastrophe! Hätte ich bloß deine Einladung nicht angenommen und in diesem Kaff gelesen!"

„Guido! Reiß dich gefälligst zusammen!" Susanne wurde energisch und laut. „Was kann denn Georg dafür, dass du dein blödes Ding verlierst! Er hat uns gestern doch einen tollen Abend mit vielen Zuhörern bereitet – und eben genau in diesem charmanten ´Kaff` war das, und nicht irgendwo in der Großstadt, wo manchmal wesentlich weniger Leute zu deinen Lesungen kommen! Hergottnochmal!"

Guido hob entschuldigend die Hände. Georg wusste, wie sehr sein Freund, der für nichts anderes lebte als für sein Schreiben, unter diesem Verlust litt. Aber es musste doch eine rationale Lösung geben, außerdem: „Du hast doch sowieso alles per Stick abgesichert, was soll, gesetzt den Fall, das Ding ist wirklich geklaut worden, irgendein kleiner Gelegenheitsdieb mit einem Holthoff-Text? Also besorgen wir gleich ein neues Tablet, ihr nehmt den nächsten oder übernächsten Zug nach Frankfurt, du schiebst den Stick rein und schreibst in aller Ruhe im ICE weiter, so what?"

Guido wurde ganz kleinlaut. Obwohl technisch nicht ganz ungeschickt – er hatte einen Wagen aus der Schmiede einer englischen Nobelmarke besessen und auch gelegentlich daran herumgeschraubt, in Italien lag noch ein schnelles Motorboot, das auch nicht einfach zu handhaben war – schien ihn das digitale Zeitalter doch manchmal an seine Grenzen zu bringen. „Ich lass den immer stecken", sagte er fast tonlos, „der ist also mit weg." Stille, auch Georg war jetzt völlig perplex. Wie blöd konnte man eigentlich sein...aber das unterdrückte er.

„Ganz ruhig, Guido. Trinkt noch einen Kaffee, Ueli und

177

Cordula kommen sicher auch gleich runter. Ich hör´ mich inzwischen mal im Haus um. Sollte doch mit dem Teufel zugeh´n, wenn das Teil nicht wieder auftaucht. Bin gleich wieder da." Susanne nickte und schenkte ihrem Mann, der mit den Fingern auf die Tischkante trommelte, nach. Georg ging Richtung Rezeption.

2

Für die Literaturinteressierten in Kettwig war es eine große Sache, dass es Georg zusammen mit Dieter Engels, der einen kleinen, aber zunehmend expandierenden Verlag besaß, gelungen war, Guido Holthoff für eine Lesung zu engagieren. Als Ort dafür bot sich der Alte Bahnhof an, der, wie so viele alte Bahnhöfe im ganzen Land, noch aus der Zeit der Dampflokomotiven stammte und lange ausgedient hatte. Eine Gruppe rühriger Bürger hatte mit überwiegend privaten Mitteln das Gebäude zu einem Kulturzentrum umgestaltet, auch hierin folgte man den zahlreichen Beispielen aus anderen Landesteilen. Kabarettisten und sogenannte Comedians machten sich immer mal wieder lustig über diese Art von Transformation (die alten Wartesäle wurden zum Bühnenraum, die früheren Bahnhofskneipen mit ihrem ganz besonderen Charme wandelten sich zur „Event-Gastronomie"), traten dann aber doch sehr gerne in solchen „Locations" (Anglizismen mussten es in diesen Kreisen schon sein) auf.

Georg hatte Guido und seine Frau bei einem ihrer Schreibseminare am oberitalienischen See kennengelernt. Nicht nur, dass sie seinen lebenslangen, in den 40 Berufsjahren immer wieder verdrängten Traum vom „richtigen" Schreiben nach seiner Pensionierung gezielt zu fördern wussten, zwei weitere Seminare und die kontinuierliche Unterstützung durch die

beiden führten letztlich sogar dazu, dass Georg mit gebühren-
dem Stolz im fortgeschrittenen Alter von 64 seinen ersten Roman veröffentlichen konnte. Der Zufall wollte es, dass er in
Dieter Engels einen Verleger fand, der sich rührend um seine
Autoren kümmerte und ihm sehr schnell zum Freund wurde.
Gerne veröffentlichte er auch die nächsten beiden Romane
von Georg.

Wie gesagt, die Lesung von Guido Holthoff, des vormaligen
Deutschen Buchpreisträgers und ohnehin bedeutenden Ge-
genwartsschriftstellers, war einer der Höhepunkte des Kultur-
programms im Alten Bahnhof. Anfang November und wegen
der nicht enden wollenden Pandemie notgedrungen maskiert,
war der Andrang der Zuhörer trotzdem groß. Leider mussten
aus seuchentechnischen Gründen die Stühle in größerem Abstand voneinander aufgestellt werden, somit war das Platzan-
gebot begrenzt. Aber man war doch nach den langen Lock-
down-Zeiten froh, endlich wieder eine Veranstaltung wie diese
besuchen zu können. Und für einen Schluck aus dem Weinglas
oder der Flasche Bier durfte die Maske dann auch mal herun-
tergeschoben werden.

Guido holte sich noch am Vortag ihrer Anreise seine dritte
Impfung ab, bedachte aber die rasch auftretenden, heftigen
Nebenwirkungen nicht recht. Georg hatte Susanne und ihn
vom Bahnhof sofort ins „Landhaus" gefahren. Zwar hatte der
Schriftsteller sich dort noch etwas hinlegen können, fühlte sich
aber nach wie vor sehr schwach. Aber Guido war eben durch
und durch Profi und bemühte sich tapfer, dass das Publikum
nichts von seiner Indisponiertheit bemerkte. Nachdem Dieter
Engels ihn begrüßt und Georg in seiner Anmoderation kurz
Leben und Werk des Autors gestreift hatte, las Guido aus seinem neuen Roman. Über eine Stunde hielt er durch, rhetorisch

brillant setzte er Sprechpausen, modulierte seine Stimme, war dort, wo es angebracht war, leise und beschwörend, dann wieder folgten explosive Passagen, begleitet von teilweise aufgeregtem Gestikulieren mit den Händen. Zwischendurch hob er den Kopf von dem vor ihm liegenden Buch, schwieg einen Moment und fixierte das Publikum, obwohl er es von der Bühne eigentlich nicht sehen konnte, die geschickte Lichttechnik sorgte dafür, dass der Saal aus der Sicht des Vortragenden in tiefes Dunkel gehüllt war.

Ein voller Erfolg, tosender Applaus, und tapfer hielt Guido auch noch das unvermeidliche Signieren durch. Eine Reihe von Georgs Freunden, aber auch das ein oder andere bekannte Kettwiger Gesicht stellte sich vor dem vom örtlichen Buchhändler Lars Ritter aufgebautem Tisch an, auf dem ein Stapel von Guidos neuem Buch lag. Der Autor fragte nach den jeweiligen Namen und ob ein besonderer Wunsch bezüglich der Widmung bestehe. Eine natürlich maskierte und deshalb altersmäßig schwer einzuschätzende Frau hielt sich besonders lange am Tisch auf, aber das sah Georg, der mit seinen Schweizer Freunden sprach, nur aus dem Augenwinkel.

Georg hatte Ueli Honegger auf einem der Seminare am See kennengelernt. Der Zürcher Schriftsteller hatte bereits einige Sachbücher veröffentlicht und wollte sich nun auch am Belletristischen versuchen. Georg und er fanden sich sehr sympathisch. Ein Besuch bei Ueli und seiner Frau Cordula in Zürich hatte stattgefunden, nun waren die beiden ihrerseits ins Ruhrgebiet gekommen.

Danach ging es zu einem späten Abendessen ins Haus der Engels, die Schweizer waren ebenfalls eingeladen. Auch die beiden hatte Georg im „Landhaus" untergebracht. Verlag und Wohnhaus waren nur ein paar hundert Meter entfernt, man wäre anschließend schnell im Hotel. Dieters Frau Jana hatte noch ein Drei-Gänge-Menü gezaubert. Guido, sichtlich impfgeschwächt, hielt weiter durch, lobte das gute Essen, nippte dabei allzu vorsichtig an seinem Rotwein, beteiligte sich nur sporadisch am Gespräch. Seine Augen glänzten fiebrig. Er war dankbar, als Georg sich anbot, die paar hundert Meter zum Hotel mit seinem Auto zurückzulegen. Ueli und Cordula verabredeten sich mit den Holthoffs am nächsten Morgen im Frühstücksraum.

„Wer war eigentlich die merkwürdige Frau, die so lange an deinem Tisch stehen geblieben ist? Hat sie dir nicht sogar noch etwas ins Ohr geflüstert?" Cordula hatte vorhin im Alten Bahnhof offenbar näher hingesehen als Georg. Aber Guido und Susanne drehten sich noch einmal um, winkten ab. „Bis morgen."

3

Wolle las noch immer Zeitung. Als er Georg sah, stand er pflichtschuldig auf. „Noch mehr Kaffee? Sind die Schweizer Herrschaften auch schon da?".

„Lass mal, Wolle. Was anderes: Herr Holthoff vermisst sein Tablet. Hast du ´ne Ahnung, wo das sein könnte?" Wolle winkte Suleika, die Libanesin, heran, die immer noch im Schankraum herumfeudelte. Sie arbeitete schon eine Ewigkeit hier, war mit ihrer Familie vor dem Bürgerkrieg geflohen, so jedenfalls die von allen akzeptierte Begründung. Was ihre Großfamilie im nahen Essen noch so alles veranstaltete, hatte den Bruder von Wolle, der Hotel und Gaststätte einige Jahrzehnte leitete und vor Kurzem an einen alerten Jungmanager verkauft hatte, nie interessiert. Nachdem Suleika, wie auch ihre Töchter, die nach und nach ebenfalls einen Job im Hotel

181

bekamen, lange Zeit ihre schönen Haare offen getragen hatte, war ein Besuch der Heiligen Stätten in Saudi-Arabien vor einigen Jahren offenbar zu ihrem ureigenen Damaskus-Erlebnis geworden: danach verhüllte sie sich mit einem etwas überdimensionierten Kopftuch, was ihr weiteres Engagement für die Sauberkeit des „Landhauses" jedoch in keiner Weise schmälerte. Wegen des seit anderthalb Pandemie-Jahren obligaten Mund- und Nasenschutzes schauten jetzt nur noch die blitzenden dunklen Augen aus ihrem Gesicht.

„Musst du oben auf Zimmer nochmal kucken," riet sie Georg, nachdem er ihr umständlich erklärt hatte, um was es sich bei einem Tablet handelte. Ihre Söhne und Enkel hatten sicherlich ein halbes Dutzend solcher Mini-Computer zu Hause, aber manchmal erschien es Suleika, geschult an den chaotischen Strukturen in ihrer Heimat, taktisch sinnvoller, sich erstmal unwissend zu stellen.

Die Holthoffs hatten zwar schon in jedem Winkel der „Suite" nachgeschaut, trotzdem meinte Wolle, man solle nochmal einen Blick ins Zimmer werfen, er habe ja den Generalschlüssel, man müsse nicht unbedingt im Frühstücksraum um Erlaubnis bitten. Der Kellner, der aus Gefälligkeit dem neuen Hotelbesitzer noch ab und an aushalf (das Geld brauchte er eigentlich mit seinen fast 70 Jahren und hinlänglichem Auskommen nicht mehr), nahm, etwas adipös und mit einer Reihe gesundheitlicher Probleme geschlagen, lieber den Aufzug. Georg, der vor einer Ewigkeit einmal für Stunden steckengeblieben, zudem heillos klaustrophob war, entschied sich für die Wendeltreppe in den ersten Stock. Er ging bewusst langsam, genoss die schönen Erinnerungen. 13 Jahre war er diese Treppe mindestens einmal am Tag hinauf- bzw. hinabgestiegen. Er hatte dem damaligen Landhausbesitzer Jochen Knappmann eine Eigentumswohnung abgekauft, die irgendwie, von Hotelzimmern umgeben, bei einem Umbau „übriggeblieben" war. 13 gute Jahre folgten (vor allem blieb in der ganzen Zeit sein Führerschein ungefährdet, von seiner Wohnung bis an den Tresen des Brauhauses waren wirklich nur diese Wendeltreppe und eine weitere, geradlinig ansteigende zu bewältigen gewesen). Nachdem er dort „wegen der Liebe" abrupt ausgezogen war und der Hotelbesitzer die Wohnung zurückgekauft hatte, wurde sie umgewandelt in zwei solcher „Suiten".

Sie kamen gleichzeitig oben an. Wolle schloss auf. Georg hatte die Räumlichkeiten schon ein paarmal nach ihrer Verwandlung gesehen, trotzdem dachte er wehmütig an seine Möbel zurück, die Bilder, die Platten- und Bücherregale, die jetzt durch Schränke, Betten und Stühle im gerade angesagten Design ersetzt worden waren.

„Das pack ich nicht." Wolle hatte Bad und Zwischenraum inspiziert und stand jetzt vor dem Bett mit den noch aufgeworfenen Steppdecken in schneeweißen Bezügen. Er zeigte auf den Boden.

„Ja, das haben die Holthoffs auch nicht gepackt", sagte Georg, ließ sich auf dem Parkett nieder und begab sich ächzend in die Horizontale. Aber mehr als eine dichte Staubwüste konnte er unter dem Bett nicht erkennen. „Sag´ mal Suleika oder ihren Blagen, dass man hier unten auch mal saugen darf. Ich nehme an, der Prophet hat nix dagegen." Wolle grinste und zog ihn am Arm hoch. „Und nu?"

„Keine Ahnung, sag du mir, wo man noch suchen könnte." Georgs Blick fiel auf den bereits gepackten Koffer und eine lederne Umhängetasche, die sie natürlich nicht anrühren würden. Hatte Guido die Tasche im Alten Bahnhof gestern Abend eigentlich dabeigehabt?

Die Holthoffs und die inzwischen dazugestoßenen Roseggers saßen noch am immer am Frühstückstisch, der von Suleika, der Allzweckwaffe des Hotels, vor Kurzem abgeräumt worden war. „Und?" Guido hatte seine Nervosität offenbar nicht abgelegt, im Gegenteil, und die Vorstellung, den vorgesehenen Zug nach Frankfurt noch zu erreichen, hatte sich auch erledigt.

„Du wirst es nicht glauben," sagte Georg, „ich bin sogar unter euer Bett gekrabbelt. Außer Wollmäusen: nichts."

„Na, Gott sei Dank hast du nicht gestern Nacht darunter gelegen." Guido versuchte mühsam einen Scherz, man lachte höflich. Ansonsten herrschte Ratlosigkeit. Wolle, der an der Tür stehengeblieben war, räusperte sich. Sie sahen zu ihm herüber. „Vielleicht sollte man die Polizei anrufen?"

Guido wehrte lauthals ab: „Polizei! Bloß nicht! Wenn die überhaupt für so eine ...", er machte das Zeichen für Gänsefüßchen, „...Banalität rauskommen. Vergesst es – im besten Falle muss ich zehn Formulare für die Versicherung ausfüllen. Außerdem, wenn die ´Schriftsteller` hören, fahren die sowieso sofort ihre Krallen aus. Intelligenz ist doch für die eine Bedrohung." Georg fand, dass Guido mal wieder übertrieb. Zwar waren Susanne und er waschechte „68er" mit der entsprechenden Biographie – WG, Institutsbesetzungen, „gesellschaftlich relevante" Studiengänge (also Sozialpädagogik) – aber bei gelegentlichen Einbruchsversuchen in ihr Haus am italienischen See in den letzten Jahren waren sie doch heilfroh gewesen, wenn ihnen ein paar der dort ansässigen Dorf-Carabinieri zur Seite gestanden hatten. Andererseits: seit der Eingemeindung Kettwigs nach Essen hatte man den neu hinzugekommenen Stadtteil, der zwar touristisch und gewerbesteuerlich recht interessant war, doch in vielerlei Hinsicht vernachlässigt. Auch der polizeiliche Schutz wurde eher stiefmütterlich behandelt, die örtliche Wache war immer nur tagsüber besetzt, an den Wochenenden – heute war Samstag – gar nicht. Für ein verloren gegangenes Tablet würden die von Rüttenscheid oder Bredeney sicher nicht ausrücken.

Verdammt, dachte Georg, es musste aber doch irgendeine Spur geben!

Mittlerweile war es Mittag geworden. Vorne im Schankraum dürften die ersten Stammtischmitglieder zum Frühschoppen eingelaufen sein. Georg machte Wolle ein taktisches Zeichen: „Bring uns mal was Richtiges zu trinken, das regt unsere detektivische Kreativität mit Sicherheit an!" Die Damen lehnten sofort energisch ab, Susanne ließ sich dann doch auf ein Glas Lugana überreden, selbst Guido, der vor Sonnenuntergang nichts anrührte, schloss sich in seiner Niedergeschlagenheit an. Cordula wollte Tee, Ueli und Georg entschieden sich für ein frischgezapftes König-Pils. „Und bitte doch den jungen Süßwein, dass die Holthoffs noch für eine Nacht das Zimmer halten können!" Wolle salutierte und ging in den vorderen Teil. Man hörte, wie ihn der Stammtisch mit lautem Hallo begrüßte.

„Also nochmal von vorn," begann Georg und griff sich Wolles Kellnerblock samt Kuli für mögliche Notizen. „Wann hast du das Tablet zum letzten Mal benutzt?" Susanne, die sich von Guidos Nervosität inzwischen hatte anstecken lassen, kam ihrem Mann zuvor: „Nachdem Guido sich nach der kurzen Mittagspause etwas besser gefühlt hat, bestellte ich an der Rezeption zwei Kaffee und ging dann ins Bad, um mich für die Lesung ein bisschen herzurichten. Ich hörte, wie es an der Tür klopfte. Guido öffnete, es war wohl der nette junge Hotelier selbst, dieser Herr Süßwein, der den Kaffee brachte und mit dem er ein paar höfliche Floskeln wechselte. Dann brachte er mir meine Tasse ins Bad. Als ich nach, was weiß ich, vielleicht 20 Minuten herauskam, saßest du im Nebenraum, Guido, an diesem kleinen Schreibtisch und tipptest etwas ins Tablet, wahrscheinlich ein paar Korrekturen am neuen Roman."

Guido nickte, daran erinnerte er sich, er habe an dem schwierigen Kapitel mit dem alten weißen Mann und der unverschämt jungen Frau „herumgebastelt".

„Steckte der USB noch? Du hast doch sicher nachher deine Verbesserungen zusätzlich zur Festplatte auf den Stick abgespeichert?" Achselzucken, Schweigen. So kamen sie nicht weiter.

„Und dann?" Der bedächtige Ueli, der überwiegend zuhörte und sich eher selten ins Gespräch einmischte, versuchte seinen Beitrag zu leisten und hakte nach. Die gleiche Reaktion, offenbar hatte sich der Mini-Computer von da an in Luft aufgelöst. Wolle kam mit einem großen Tablett und stellte die Getränke vor ihnen ab. Während Cordula noch den Teebeutel in ihrer Tasse herumschwenkte, stießen Susanne und die Männer an, wussten aber nicht recht, worauf.

Georg wischte sich den Bierschaum vom Mund. „Etwas anderes: hattest du diese Umhängetasche mit in den Alten Bahnhof genommen?" „Ganz sicher, da war das Buch mit meinen Markierungen drin, ein paar Stifte, ein Schreibblock...".

„Das Tablet auch?"

Guido haute auf die Tischkante, der Inhalt ihrer Gläser und von Cordulas Tasse wäre fast über die Ränder geschwappt. „Herrgott, *ich weiß es einfach nicht*. Vielleicht hab´ ich es auf dem Schreibtisch stehen lassen, vielleicht auch in die Umhängetasche geschoben. *Keine Ahnung!* Jedenfalls ist es weg und mein neuer Roman ist drauf und ich habe keine Kopie. Pardon, aber das ist einfach nur Scheiße, große Scheiße!"

Cordula überlegte einen Moment und sagte dann (sie sprach genau wie ihr Mann in diesem herrlichen Zürcher Singsang): „Aber die Tasche hing über der Stuhllehne, als du signiertest, das weiß ich noch genau. Ich hab´ zwar mit den anderen ein paar Meter weggestanden, aber immer wieder herübergeschaut, besonders, als diese komische Frau auftauchte. Du warst ja wohl gestern zu müde, meine Frage zu beantworten, deshalb jetzt aufs Neue: Wer war das? Und warum hat sie sich soweit zu dir über den Tisch gebeugt, vielleicht hilft uns das ja weiter?"

Susanne war hellhörig geworden. „Weit über den Tisch gebeugt?" und, wie hatte Cordula gestern Abend noch gemutmaßt, „Guido etwas ins Ohr geflüstert?" Was ging denn hier ab? Zwar führten die beiden seit Jahrzehnten eine Ehe, die, zumindest am Anfang, dem anderen „gewisse Freiheiten" (was immer dies heißen mochte) einräumte, aber eine geheimnisvolle Frau, die sich am Signiertisch derartig merkwürdig aufführte, das interessierte Susanne nun aber doch brennend.

„Guido?" Sie sprach seinen Namen so pointiert aus, dass er um eine Antwort nicht herumkommen würde.

Der berühmte Schriftsteller wand sich sichtbar, merkte aber, dass er sich nicht drücken konnte. „Ihr konntet sie ja unter der Maske nicht erkennen, aber das war...das war...ja, das war tatsächlich Leni Altdorf."

Ein Paukenschlag – Leni Altdorf! Die Bestseller-Autorin aus dem Taunus, deren Krimis stets im Speckgürtel rund um Frankfurt spielen und die dort vorkommenden, in der Regel blutrünstigen Verbrechen immer von einem adligen Kommissar und dessen attraktiver Kollegin gelöst werden. Selbstverständlich hatte das Fernsehen bereits sämtliche Bücher Leni

Altdorfs verfilmt und zur Prime Time gesendet. Kein Buchhandel der Republik, bei dessen Betreten sich einem nicht sofort die riesigen Buchstapel mit den Taunus-Krimis entgegenreckten. Natürlich handelte es sich bei dieser Massenware nicht um ernsthafte Literatur – das hätte das Millionenpublikum ohnehin verschreckt.

„Und was macht die ausgerechnet an einem Freitagabend im Kettwiger Alten Bahnhof und was hatte sie dir so unbedingt Wichtiges mitzuteilen, Guido – und dann noch auf so konspirative Weise?" Georg und die anderen konnten es immer noch nicht glauben.

Guido war die Sache sichtlich peinlich, zumal er sich früher schon eher abfällig über eine solche Form des Schreibens geäußert hatte. Oder war er sogar ein wenig neidisch? Zumindest war es irgendwie bitter für einen Schriftsteller solcher Klasse auch noch sozusagen hautnah mitzuerleben, wie jemand wie Leni Altdorf sich jeden Morgen in ihrer Villa mit Riesen-Pool und zwei Nobelkarossen in der Garage einfach an ihren Computer setzte, ein paar Stunden nach festem Muster, wahrscheinlich sogar mit Textbausteinen, auf die Tastatur eindrosch, um am Nachmittag ihren Neigungen nachzugehen oder sich dem Ehemann und den Kindern zu widmen. Nach einem halben Jahr war die ganze Chose dann schon wieder druckreif und der nächste Millionenseller so sicher wie das Amen in der Kirche. Guido hingegen kämpfte jedes Mal nachgerade mit seinen Texten, schrieb fünf, sechs Fassungen, ehe er das Buch seinem Verlag überließ. Manchmal war das Ergebnis einer der renommierten Literaturpreise, einmal sogar sprang der bedeutendste heraus. Das wirkte sich dann positiv auf die Verkaufszahlen aus, aber an die Auflagen von Leni Altdorf (es gab da noch einige Kolleginnen, die mit ähnlichen

Produkten genauso erfolgreich waren) reichte er natürlich nicht im Geringsten heran.

Guido rückte seine Brille zurecht, zögerte noch ein wenig mit der Antwort. „Also?", half Susanne nach.

„Sie ist gerade auf Lesetournee im Ruhrgebiet und hatte gestern frei. Irgendjemand aus ihrer Entourage hatte ihr von unserer Veranstaltung erzählt und sie meinte, das sei eine gute Gelegenheit, sich bei mir zu entschuldigen und etwas richtig zu stellen. Naja, und den Maskenzwang fand sie in diesem Fall ganz praktisch, so konnte sie ihre Anonymität wahren."

Susanne hatte Georg erzählt, dass Leni Altdorf sich während der letzten Buchmesse in angetrunkenem Zustand an Guido „herangemacht" habe, aber von diesem ziemlich eindeutig zurückgewiesen worden sei. War es das, wofür sich die „Kollegin" gestern Abend entschuldigt hatte?

Es war banaler: Guido berichtete, dass sie nun endlich im fünften Taunuskrimi, der im Frühjahr erscheinen würde, den Namen der ermittelnden Kommisssarin geändert habe. Die hieß tatsächlich bis jetzt „Pia Holthoff", eine ziemliche Unverschämtheit, sagte Guido, aber er habe keine Lust gehabt, irgendetwas Juristisches zu unternehmen, da hätte die Dame noch mehr Aufmerksamkeit bekommen. Jedenfalls habe Leni Altdorf die Kommissarin heiraten lassen und ihr den neuen Allerweltsnamen „Schneider" verpasst.

„Und, hast du akzeptiert?" Susanne konnte trotz des souveränen Auftritts von Guido auf der Buchmesse eine Spur von Eifersucht nicht verbergen. Ohne Maske sah Leni Altdorf nicht übel aus.

„Ja, klar, sollte ich mich etwa auf eine blöde Diskussion einlassen? Sie hat sich bedankt, ich habe ihr mein Buch signiert, übrigens ohne persönliche Widmung, und gut war´s."

Cordula dachte laut nach: „Aber bei dem ganzen Gedränge und der Lautstärke im Saal musste sie dir das doch nicht ins Ohr flüstern, oder? Hm, deine Tasche hing also immer noch über der Stuhllehne. Was, wenn du deinen Laptop gedankenlos im Hotel zu deinem Buch und den Notizen mit hineingeschoben hast? Und was, wenn das Interesse von Frau Altdorf weniger darin lag, dir diese blödsinnige Namensänderung geheimnisvoll mitzuteilen, als vielleicht an das Notebook zu gelangen?"

Sie schaute Guido durchdringend an. „Schon mal was von Industriespionage gehört? So was soll es auch unter Schriftstellern geben."

Guido schüttelte den Kopf. „Blödsinn, was sollte die mit meinem Text? Da geht´s weder um Mord und Totschlag, noch um irgendwas Kriminelles. Und damit, wie meine Protagonisten die Melancholie, die über ihrer späten Liebe liegt, erleben, kann sie für ihre Schmöker nun wirklich nichts anfangen. Nee, nee, Freunde, das ist eine komplett falsche Fährte."

„Aber du kannst schreiben, verdammt gut schreiben", der bedächtige Ueli mischte sich ein, nachdem er von seinem Bier getrunken hatte, „und von einer tollen Sprache abkupfern, das kann man mit ein bisschen Geschick auch für einen Krimi."

Susanne gefiel der Gedanke. „Die bewundert dich doch seit Langem. Meinst du, dass die Polizeitante ´Holthoff´ hieß, war Zufall? Und der unangenehme Auftritt auf der Messe?"

Die Runde diskutierte lebhaft hin und her, bis Wolle hereinkam und darum bat, in die Schankstube zu wechseln, falls man noch etwas trinken möge. Suleika müsse jetzt den Frühstücksraum für den morgigen Tag herrichten.

Sie standen auf, gingen vor die Tür, Georg, Cordula und Susanne wollten rauchen. Sie wussten nicht recht weiter.

Georg ergriff die Initiative, googelte auf seinem Smartphone die Tourdaten von Leni Altdorf. „Sie liest heute Abend in Mülheim, müsste also noch in der Nähe sein. Hat jemand ´ne Ahnung, wo die übernachten könnte?"

Wolle, der einen Aschenbecher brachte, hatte mitgehört. Als aufmerksamer Leser des kostenlosen Wochenblattes, das am Morgen der Post beigelegen hatte, schlug jetzt seine große Stunde. Er baute sich vor der Gruppe auf, räusperte sich gewichtig und zeigte mit dem ausgestreckten Arm auf den angrenzenden Biergarten und die dahinterliegenden Wiesen und Felder. Im Dunst des fortgeschrittenen Novembertages waren die Umrisse des alten Wasserschlosses zu erkennen. „Im Hugenpoet, der WDR war schon da und hat ein Interview gedreht." Wolle ging kurz nach innen und kam mit der aufgeschlagenen Postille zurück. Unter der Schlagzeile „Bestseller-Autorin im Nobelhotel" sah man ein Foto von Leni Altdorf vor der barocken Kulisse – in Farbe. Leni trug einen blauen Hosenanzug, ihre blonden Haare reichten bis auf das Revers der Jacke. Sie hatte sich modelhaft gegen das Geländer der Brücke, die den Wassergraben überspannte, gelehnt. Wirklich nicht übel, dachte Georg und meinte nicht die Kulisse, sondern die Frau im Vordergrund. Er sah auf die Uhr. „Halb eins, die Lesung ist erst am Abend. Ich werde der Dame mal einen Besuch abstatten." Guido protestierte, aber Susanne stimmte entschieden zu. Ueli wollte ihn begleiten, doch Georg lehnte ab: „Ich habe eine bessere Idee. Cordula wollte doch unbedingt ins Folkwang-Museum. Fahrt ihr vier gemeinsam dahin und lenkt euch etwas ab. Ich habe zwar gelesen, dass es im Moment keine spektakuläre Ausstellung gibt, die Impressionisten kommen erst im nächsten Jahr, aber der Chipperfield-Bau wird euch auch so genügend zu bieten haben. Wenn ihr zurück seid, weiß ich hoffentlich schon ein bisschen mehr." Cordula, selbst Malerin und Mitbesitzerin einer Zürcher Galerie, stimmte begeistert zu, Ueli fügte sich. Die Holthoffs schlossen sich nolens volens an.

„Mach bitte keinen Skandal", sagte Guido, als Georg zum Wagen ging. Der grinste. „Ich doch nicht."

4

Er fuhr die paar hundert Meter auf der August-Thyssen-Straße. Auf der linken Seite lag, von Bäumen verborgen, das Schloss Landsberg, das der Stahlbaron einst erworben hatte und in dem er auch begraben liegt. Wenig später ging es rechts ab zum nächsten Schloss. Hugenpoet, das in der heutigen Form der Mitte des 17. Jahrhunderts entstammt, wurde schon bald nach dem Zweiten Weltkrieg zum Hotel umgebaut und beherbergte bis zum heutigen Tag illustre Gäste. Georg konnte sich erinnern, dass er als Kind bei den Spaziergängen mit seinem Vater rund ums Schloss mehrfach auf den bekannten Schauspieler Paul Henckels, den „Professor Bömmel" aus der „Feuerzangenbowle" traf, der zusammen mit seiner Frau Dauergast im Hotel war. Bei einer dieser Begegnungen hatte Georg, noch bevor ihn sein Vater bremsen konnte, den beiden hinterhergerufen: „Wat ise ne Dampfmaschinn´?" Henckels drehte sich um, lachte und antwortete: „Da stelle mer uns mal janz dumm.". Unbeschwerte Kindheitsjahre...

Jahrzehnte später suchte Georg, der damals eine kurze Affäre mit der Rezeptionistin des Schlosshotels hatte und von ihr den entsprechenden Tipp bekam, die wegen Erbstreitigkeiten mit der Thyssen-Familie kurz dort wohnende Witwe von Lex Barker, Tita (die eigentlich Carmen Cervera heißt), auf. Nachdem er ihr bei einem Cocktail in der Hotelbar seine große

Verehrung für den Darsteller des „Old Shatterhand" in den Karl-May-Verfilmungen der 60er Jahre geschildert hatte, ja, dass er sogar als erwachsener Mann bei den Wiederholungen im TV die Tränen nicht zurückhalten könne, wenn Old Shatterhand am Ende von seinem Freund Winnetou, gespielt von dem ebenso unvergleichlichen Pierre Brice, Abschied nehme, legte Tita Barker nach dem zweiten Drink ihre brillantengeschmückte Hand auf seinen Arm und versprach ihm, nach ihrer Rückkehr nach Spanien den Nachlass von Barker der schon 1973 einem Infarkt erlegen war, noch einmal zu inspizieren. Nach vier Wochen erhielt Georg tatsächlich ein Päckchen mit einem alten Filmplakat vom „Schatz im Silbersee", signiert von Lex und Pierre Brice. Das hütete Georg seitdem wie einen Schatz.

Er stellte den Wagen unterhalb der Vorburg ab und ging über die kleine Brücke, auf der Leni Altdorf posiert hatte, zum Haupteingang. An der Rezeption gab er sich, als er merkte, dass die in einer Art dunkelblauer Uniform steckende, noch recht junge und hübsche Empfangsdame nicht bereit war, die Autorin in ihrer Luxussuite zu stören und herunterzubitten, als „eine in der literarischen Welt sehr bekannte Persönlichkeit" aus, der in dringenden Vertragsangelegenheiten um ein Gespräch bitte. Zum Glück stand auf seiner Visitenkarte „Georg Buchmüller – Autor und Verlagsleiter" (ein Juxgeschenk von Freunden zu seinem letzten Geburtstag).

„Na gut, ich versuch´s mal bei Frau Altdorf. Ich hoffe für Sie, dass es wirklich um etwas Wichtiges geht, sie hat mich gebeten, bis zu ihrer Abfahrt zur Lesung nicht gestört zu werden." Georg deutete eine Verbeugung an, bedankte sich und trat ein paar Schritte in die Empfangshalle zurück, wo er den alten Kamin mit dem Wappen derer von Fürstenberg betrachtete. Im

Hintergrund hörte er Frau Schreiner (er hatte das Namensschild auf dem Revers ihrer Kostümjacke gesehen) telefonieren, ein bisschen zu lang, wie er fand, dann drehte er sich wieder um. Frau Schreiner lächelte: „Frau Altdorf ist unterwegs." Georg nahm spontan eine langstielige Rose aus der Bodenvase vor der Empfangstheke, ritzte sich prompt den Finger und überreichte sie ihr mit einem erneuten Dank. Das war wohl reichlich übertrieben, dachte er im gleichen Moment, zu nah am Kitsch und irgendeiner TV-Schmonzette, aber überraschenderweise lächelte Frau Schreiner und legte die Blume neben ihr Notebook. Und selbst ein Pflaster für Georgs blutenden Mittelfinger zauberte sie aus den Tiefen des holzgetäfelten Tresens. Georg legte noch eins drauf: „Was bedeutet das ´R.` vor ihrem Namen, Frau Schreiner?" Erneuter Treffer, „Rosemarie", sagte sie und diesmal war ihr Lächeln alles andere als förmlich.

Das Gesäusel an der Rezeption wurde unterbrochen durch energische Schritte auf dem edel gefliesten Hallenboden. „Herr Buchmüller?" Leni Altdorf trug eine braune Lederjacke über einer beigefarbenen Bluse, dazu enge Jeans und zur Jacke passende Stiefeletten. Die blonden Haare hatte sie hinten dem Kopf zusammengebunden. Ihre Stimme klang kühl: „Was kann ich für Sie tun? Frau Schreiner sagte irgendetwas von Verträgen? Kommen Sie etwa von Ullstein? Ich dachte, wir haben längst alles klar gemacht!" Sie sah ihn ärgerlich an, dann veränderte sich ihr Gesichtsausdruck erst in Erstaunen, das sehr schnell in Misstrauen überging. „Moment mal, ich kenne Sie doch...haben Sie nicht gestern Abend die Lesung von Guido Holthoff moderiert? Was soll dann der Quatsch mit ´Verträgen`? Versteh´ ich nicht!" Rosemarie Schreiner funkelte ihren neuen Verehrer wütend an. Wieso hatte der sich mit einem Trick ihre Hilfsbereitschaft erschlichen?

Für einen Moment dachte Georg, Leni Altdorf mache auf der Stelle kehrt und liefe Richtung Treppe. Jetzt oder nie! „Ich soll Ihnen schöne Grüße von Guido bestellen. Er bedauert, dass er nach der Lesung keine Zeit mehr hatte. Obwohl er vom Boostern ziemlich platt war, hätte er gerne noch einen Wein mit Ihnen getrunken, so von Kollege zu Kollegin. Aber leider...".

Lenis Züge entspannten sich, Rosemarie Schreiner sah das mit Erleichterung. Sie hatte gerade ihre Probezeit begonnen, da wäre ein Anpfiff von der Direktrice fast schon gleichbedeutend mit dem baldigen Stellenverlust gewesen.

Georg entschuldigte sich bei Leni für die kleine Mogelei, er habe befürchtet, sie andernfalls nicht zu einem Gespräch bewegen zu können.

„Ja, ja, schon richtig, ich muss mich vor einer Lesung immer sehr konzentrieren, mir den Text nochmal vorsprechen, die entsprechenden Stellen markieren usw. ...Aber das kennen Sie ja alles von Guido, oder...? Also dann, ich hab´ nicht mehr viel Zeit, worum geht´s wirklich?" Hatte sie eben noch nervös mit den Stiefeletten auf dem steinernen Boden gewippt, schien sie plötzlich ganz ruhig. Mehrere Aggregatszustände in zwei Minuten, dachte Georg und war sich plötzlich gar nicht mehr sicher, ob seine Idee, hierherzukommen und nach Guidos verlorenem (oder gestohlenen?) Notebook zu forschen, nicht ziemlich aberwitzig gewesen war. Was sollte die erfolgreiche, selbstbewusste und trotz oder gerade wegen ihrer 54 Jahre (Georg hatte noch schnell gegoogelt) sehr attraktive Frau, zudem mehrfache Millionärin und Liebling der Medien, mit einem fremden Text? Er überlegte, ob er sich schnell noch etwas zusammenreimen sollte (etwa, dass Guido ihr Glück für ihren neuen Taunus-Krimi mit der umbenannten Kommissarin wünsche und hoffe, dass man sich auch mal vor der nächsten Buchmesse wiedersähe, den nicht getrunkenen Wein von gestern Abend nachhole, so weit entfernt lebe man ja tatsächlich nicht voneinander, irgendwelche Banalitäten in der Art...) und sich dann ganz schnell wieder vom Acker machen. Andererseits: Cordulas Vermutungen bezüglich der über den Stuhl gehängten Tasche waren ja auch nicht von der Hand zu weisen. Georg entschied sich für die Offensive: „Da ist etwas, was ich Sie, auch im Namen von Guido, noch fragen wollte, etwas...eher Diskretes. Aber das sollten wir nicht unbedingt hier...", er warf einen entschuldigenden Blick zu Rosemarie hinüber, „...besprechen".

Er stellte bei Leni keine große Veränderung fest, aber vielleicht kam jetzt sogar ein bisschen Neugier dazu. „Gut", sagte sie, „gehen wir ein paar Schritte in den Park. Ist die Terrassentür geöffnet, Frau Schreiner?" Rosemarie wollte keinen weiteren Fehler begehen, nahm einen Schlüsselbund vom Haken und ging eilfertig voran, erst durch die Bar, dann das Restaurant. Die große Tür zur Terrasse, die über dem Wassergraben lag, in dieser Jahreszeit aber von allen Tischen und Stühlen geräumt war, war tatsächlich verschlossen. Rosemarie öffnete einen Flügel, trat stillvoll einen Schritt zurück und ließ die beiden passieren. Beim Vorbeigehen streifte Georg mit seinem Arm ihre Schulter. Leni war schon einige Stufen der in den Park führenden Treppe hinuntergegangen. Georg erwischte sich dabei, dass er auf ihren Hintern schaute. Die kurze Lederjacke reichte nur bis zum Gürtel und die Rundungen der Bestsellerautorin spannten den Jeansstoff auf bemerkenswerte Weise. Georg rief sich zur Ordnung, erst die Rezeptionistin und jetzt auch noch Leni Altdorf? Stopp – er war aus einem ganz anderen Grund hier, als sich von der Ausstrahlung der beiden Frauen ablenken zu lassen.

Er schloss zu ihr auf. Die mächtigen Bäume, die sich über den mit Asche befestigten Wegen wölbten, hatten ihr Laub verloren, riesige, zusammengekehrte Blätterhaufen zeugten von der Mühe des Schlossgärtners, auch im November, dem Monat des Vergehens, den Eindruck absoluter Ordnung aufrechtzuerhalten. Sie kamen an den Zaun des alten Tennisplatzes. Die Hotelverwaltung hatte den Platz lange in Schuss gehalten, sogar damit geworben, dass Geschäftsleute, die im nahen Düsseldorf zu tun hatten, ihre Tennisausrüstung mitbringen sollten: abendliche Entspannung nach harten Verhandlungen, anschließend in die Wellness-Badewanne, dann zum opulenten Dinner. Mit der Zeit war aber nur noch Desinteresse von Seiten der Gäste festzustellen, die geschäftüchtige Hotelleitung öffnete den Platz deshalb auch für normal sterbliche Kettwiger Bürger, bot sogar Sommer-Abos zu Sonderkonditionen an. Lange war Georg mit seinen Freunden am Freitagabend hergekommen, hatte den großen Schlüssel für das Eingangstor zum Platz an der Rezeption geholt, um dann zweistündige Doppel zu spielen – im Grunde in einer herrlichen, ländlichen Umgebung, nur manchmal, wenn einer der Mitspieler einen zu hohen Lob ansetzte, verfing sich der Ball in den Kronen der alten Bäume und der Punkt musste wiederholt werden. Ab und zu blieben auch Hotelgäste während ihres Abendspaziergangs am Zaun stehen und schauten ein paar Minuten zu, manchmal waren auch Prominente darunter. Georg erinnert sich z.B. an freundliche Wortwechsel mit der „Mutter Beimer" aus der „Lindenstraße", einmal hatte sogar der Schauspieler Heiner Lauterbach, der den Genüssen des Lebens damals (das war jetzt alles über 30 Jahre her) noch sehr zugewandt war,

Georg und seine Freunde mit vier Dosen kalten Biers überrascht. Jetzt war der Platz schon seit Langem seinem Schicksal überlassen worden, nur noch die verrosteten Netzpfosten standen, aus der roten Asche wuchs Unkraut, im Maschendrahtzaun klafften große Löcher.

„Hier habe ich mal gespielt", sagte Georg und wollte die mögliche Diebin von Guidos Notebook noch ein wenig in Sicherheit wiegen. Die aber pflanzte sich vor ihm auf, erstaunlich nahe kam sie ihm. Er konnte ihr Parfüm riechen („Opium" von Yves Saint-Laurent, da war er sich bombensicher) und wieder bemerkte er, wie sich das, was an dieser Frau, deren Erotik eigentlich eher eine gewisse Bodenständigkeit, die wenig Raum für Abenteuer und Verbotenes verhieß, ausstrahlte, Georg auf eine immer weniger zu kontrollierende Weise anzog und sich über den Grund seines Herkommens als Privatdetektiv im Westentaschenformat legte.

„Nun schießen Sie endlich los," sagte Leni Altdorf und rührte sich nicht vom Fleck. Der „Opium"-Duft, das war ja wohl auch dessen primäre Aufgabe, betörte Georg vollends. Er räusperte sich, versuchte sie wieder auf seine alten Tennisgeschichten hinzulenken – ich war mal ganz gut, sagte er – merkte aber an ihrer Reaktion, dass er damit keine Chance mehr hatte. Trotz der hunderten von gelesenen und gesehenen Krimis in einem bisher 67jährigen Leben (wie machte es eigentlich das Polizei-Paar bei Leni Altdorf?) hatte Georg nicht die geringste Ahnung, wie man die „Befragung", die jetzt anstand, durchzuführen hätte, vor allem ohne jegliche staatliche Autorität. Er hatte keine Taktik, ebenso fehlte ihm eine geschickte Fragetechnik und wie man Leni irgendwie in eine Falle lockte (wenn es denn überhaupt Grund dazu gäbe), wusste er sowieso nicht. „Also...also...die Sache ist so...", mehr als Gestammel brachte er nicht zustande.

5

„Sie kommen wegen Guidos Notebook, nicht wahr?" Georg
verschlug es endgültig die Sprache, sie hatte ihn eiskalt erwischt, Vorwärtsverteidigung nannte man so etwas wohl, aber
was gab es da zu verteidigen? Jetzt lachte sie ihm auch noch
mitten ins Gesicht: „Sie müssten sich jetzt mal im Spiegel sehen, Georg, ich darf doch Georg sagen?" Und wieder das
„Opium" und wieder diese Mischung aus Provinzialität und
absoluter Verruchtheit.
„Ich versuche Ihnen alles zu erklären, am besten auf meinem
Zimmer." Sie drehte sich abrupt vom maroden Zaun des ehe-
maligen Tennisplatzes weg und ging, ohne Georgs Antwort
abzuwarten, entschlossen und mit großen Schritten wieder auf
das Schlossgebäude zu. Am Fuße der Treppe wartete sie auf
ihn, das offene Lachen hatte sich in ein süffisantes Lächeln
verwandelt. „Darf ich Ihnen meinen Arm bieten? Sie scheinen
etwas außer Atem zu sein." Georg verfluchte seinen Zigaret-
tenkonsum und die lange Vernachlässigung sportlicher Akti-
vitäten. Aber er ging auf Leni Altdorfs Spiel ein. „Dann machen wir es aber umgekehrt", sagte er und hielt ihr seinerseits
seinen Arm hin. Sie hakte sich bei ihm unter, sehr gerne, wie
es ihm schien, fast schmiegte sie sich sogar an seine Schulter.
Zum Glück war Frau Schreiner nicht hinter der Rezeption, als
die beiden, immer noch in der Pose eines Paares, in den ersten
Stock stiegen. Der durch schwere Teppiche gedämpfte Flur
vor den Zimmern war ebenfalls leer, weit und breit kein Wagen mit frischer Bettwäsche und Reinigungsgeräten. Leni sah
Georgs Erleichterung. „Die sind hier sehr fix. Kaum geht man
zum Frühstück, wird das Zimmer schon hergerichtet, sehr

angenehm." Sie zog die Karte durch den Schlitz unter der Klinke und hielt ihm die Tür auf. Im Gegensatz zur vollmundigen „Suite"-Bezeichnung im „Landhaus" war das hier wirklich eine: das frisch bezogene, Georg riesig erscheinende Doppelbett war von einem Baldachin aus Brokatstoff überdacht, vier kunstvoll gedrechselte Pfosten sorgten für die notwendige Stabilität. Unter dem großen Fenster, das auf den Park wies, stand ein Louis-Seize-Sideboard mit Obst in einer Kristallschale, aus dem silbernen Kühler ragte eine Flasche Moét, den Hals mit einem weißen Tuch umwickelt. Auf dem aus der gleichen Epoche stammenden Sekretär waren zwei Notebooks platziert, eines davon, das mit einem USB-Stick versehen war, kannte er nur allzu gut.

Leni Altdorf war unterdessen im Bad verschwunden. Georg tippte auf die Enter-Taste, das Deckblatt eines Textes erschien. „Guido Holthoff – Nachgerufene Liebe." Georg scrollte bis zum Ende, Guido hatte tatsächlich schon an die 200 Seiten geschrieben, kein Wunder, dass er in Panik war.

„Fleißig, unser Buchpreisträger, oder?" Leni kam aus dem Bad. Die Lederjacke hatte sie offenbar dort gelassen, das Haargummi im Nacken gelöst und auch die obersten Knöpfe ihrer Bluse waren jetzt geöffnet. Georg konnte sich vorstellen, wo sich der Anhänger der goldenen Kette, die aus ihrem Ausschnitt glänzte, befinden mochte. Und anscheinend hatte sie auch ein Tröpfchen „Opium" nachgelegt. Sie nahm zwei langstielige Gläser vom Sideboard. „Sind Sie so lieb und öffnen die Flasche, ich hoffe, der Schampus ist noch kalt genug." Ihre Sorge war unbegründet, die Eisstücke, die den Kühler fast bis zum Rand füllten, waren noch nicht geschmolzen, Georg schien es, als sei alles sorgfältig arrangiert worden. Während er ihr Glas füllte, nahm Leni sein Handgelenk. Was aussah, als wolle sie ihm beim Einschenken Halt geben, fühlte sich für Georg so fordernd an, als sei alles schon entschieden und jedes weitere Wort darüber, wieso Guidos Laptop hier neben ihrem stand, völlig überflüssig. Sie stießen an, er fand, dass es jetzt Zeit für eine Erklärung war.

„Rauchen Sie?" Leni ließ sich von der gewählten Dramaturgie nicht abbringen. Sie öffnete das Fenster: „Ist zwar ein No-smoker-Raum, aber zwei Zigaretten werden die nicht umbringen, das muss bei dem horrenden Preis mit drin sein, naja, zahlt eh der Verlag." Während er ihr Feuer gab, hielt sie ihn wieder fest, zu lange, um nur abzuwarten, dass die Zigarette eine passable Glut entwickeln würde. Georg überlegte, ob er überhaupt noch die Interessen seines Freundes vertreten wollte.

Dann ging, anders, als er es sich gedacht hatte, alles ganz schnell. Leni warf die halb angerauchte Zigarette aus dem Fenster, stellte ihr Glas ab und setzte sich auf die Bettkante. Während Georg, unsicher, ob er sich neben sie setzen sollte, einfach vor ihr stehen blieb, erzählte sie, plötzlich ganz hastig und ohne die bis eben noch durchgehaltene Fassade der Kühlen, Überlegenen, die Guidos Freund mit ihren angedeuteten Berührungen, dem Duft ihres Parfüms und dem plötzlichen Einblick in die Tiefen ihres Dekolletés ganz leicht einwickeln, betören, auf ihre Seite ziehen würde, die Vorgeschichte des gestrigen Abends.

Immer schon habe sie sich zu Guido hingezogen gefühlt, einerseits, weil sie ihn umwerfend attraktiv finde – ein „Womanizer der alten Schule", sagte sie -, andererseits, weil sie neidisch war auf sein unglaubliches schriftstellerisches Talent, „was nützen mir meine Millionenauflagen, wenn ich doch ganz genau weiß, dass man meine Bücher nicht aus

201

künstlerischen oder ästhetischen Erwägungen heraus kauft, sondern um auf Malle oder Teneriffa im Sand zu liegen und sich die Zeit zwischen Sangria und San-Miguel-Bier irgendwie zu vertreiben?" Ihr Auftritt auf der Messe, sie habe ein paar Glas zu schnell auf nüchternen Magen getrunken, sei gelinde gesagt „unterirdisch" gewesen und sie habe sich so geschämt, dass sie auch keine Entschuldigung gegenüber Guido und Susanne zustande bekam. Den Zufall nun, dass sie beide in Essen und Umgebung lasen, habe sie zum Anlass genommen, das, zumal in dieser schönen Masken-Anonymität, nachzuholen.

„Und das Notebook?" Georg hatte sich nun doch neben sie gesetzt und darauf eingestellt, die berühmte Autorin, in deren Pupillen es jetzt glänzte, auf irgendeine Weise zu trösten, am liebsten wäre es ihm gewesen, das ohne ein weiteres Wort zu tun.

Ach, das mit dem Notebook könne Georg nicht verstehen, er schreibe ja wohl nicht selber. Wenn du wüsstest, dachte er, ließ sie aber weiterreden. Herrgott ja, ein bisschen Rache für ihre Zurückweisung sei dann doch noch dagewesen, Frauen ticken manchmal so, Georg, und eine Schreibblockade – immer wollen sie nur diese „Scheiß-Krimis" – quäle sie im Moment auch, und da habe sie, während sie sich über ihn beugte, ganz spontan in die Umhängetasche gegriffen, selbst verwundert, dass dies niemandem aufgefallen sei, ich hoffte, irgendwas wäre auf der Festplatte, irgendwas, was sie anregen würde, von den Krimis wegzukommen, und ja, sie hätte ihm das Ding natürlich in Kürze wieder anonym zurückgeschickt.

„Und dabei hätte doch der Stick genügt", seufzte sie bitter, „ich konnte ja nicht ahnen, dass der Kerl ihn steckengelassen hat. Und der Text? Ach, ziemlich abgehoben, verschachtelt, wenn auch wie immer in brillanter Sprache. Letztlich doch nicht meine Liga, alles umsonst, das Ganze! So, Georg, jetzt können Sie mich dem Ehepaar Holthoff ausliefern oder von mir aus die Polizei rufen, der Skandal ist ohnehin vorprogrammiert, beim Verlag schmeißen sie mich raus und in der Szene bin ich für immer unten durch. Tun Sie also das, was Ihnen nötig erscheint. Es sei, denn...".

Sie war während ihrer Schilderung etwas nach vorne gesunken, hatte die Wangen mit ihren Händen gestützt. Jetzt aber richtete sie sich wieder auf, streckte sich so, dass ihre Brüste gegen den Stoff der engen Bluse drückten und sah ihn an, als gäbe es durchaus noch eine andere Option als die, dass Georg ihre Karriere beenden würde.

„Es sei denn?" fragte Georg zurück und wusste schon die Antwort. Leni schlug die Tagesdecke des Himmelbetts zurück und begann, an den Knöpfen ihrer Bluse zu nesteln. „Wie wär´s damit?" Der eine Satz zu viel! Wenn sie den nicht gesagt, es einfach hätte geschehen lassen, jenseits des ziemlichen schäbigen Deals, auf den es dann ja ohnehin hinausgelaufen wäre – Georg hätte sich ergeben, sich fallenlassen in die Mischung aus Taunusdorf und Glitzerwelt, in die Wolke aus „Opium", hätte die blonden Haare aus ihrer Stirn gestrichen, den ersten Kuss gewagt und sich allem überlassen, was noch gekommen wäre. So aber, der Satz mit dem kalten, geschäftsmäßigen Angebot hallte noch nach, war innerhalb weniger Sekunden alles vorbei. Er stand abrupt von der Bettkante auf und wandte sich dem Sekretär mit den beiden Notebooks zu. Hinter ihm strich Leni die Bettdecke glatt, schloss ihre sämtlichen Blusenknöpfe, murmelte etwas, das nach Entschuldigung klang. Dann fasste sie sich wieder: „Okay, lassen Sie uns noch ein Glas trinken und dann bringen wir´s zu Ende, ganz wie Sie wollen, telefonieren Sie oder fahren Sie mit dem Meisterwerk zu Guido zurück und sagen ihm, was ich für ein neidisches Miststück bin, machen Sie einfach was!" Trotzig leerte sie ihren Kelch mit einem Zug und knallte ihn dann aufs Sideboard.

In Ihrer verzweifelten Wut gefiel sie Georg, für einen Moment überlegte er, die Zeit zwei Minuten zurückzudrehen. Gleichzeitig, hinterher konnte er sich nicht erinnern, aus welchem Grund und so plötzlich, kam ihm ein ganz perfider Gedanke, der, das wusste er allerdings sofort, seine Freundschaft mit Guido bis auf die Grundfesten zerstören würde.

„Es gäbe da noch eine Alternative, Leni", hörte er sich sagen. „Ich bin gespannt," die Krimi-Königin sah ihn erstaunt an und setzte sich wieder.

Ob sie Guidos Stick auf einen eigenen kopiert habe. Selbstverständlich, Leni griff in ihre Handtasche, die neben ihr auf dem Bett lag, holte das kleine Speichermedium heraus und legte es in Guidos ausgestreckte Hand. Der ließ es in seiner Jackentasche verschwinden.

„Das war´s schon. Guidos Laptop und seinen Stick nehme ich auch mit. Ich werde ihm eine rührselige Story erzählen. Untermauern Sie das demnächst mal mit einem entsprechenden Brief an ihn. Guido lässt sich gerne einmal anrühren, von attraktiven Frauen allemal. So what?"

Leni war verblüfft. Was nun Georg plötzlich mit dem nun in dreifacher Ausführung vorhandenem Text anstellen würde, konnte sie nur ahnen. Eine Art Komplize, ein Mitverschwörer? Ein kleiner, ruhmsüchtiger Provinzliterat, der noch einmal groß herauskommen wollte? Aber wie? Mit einem plumpen Plagiat? Egal, das alles musste sie jetzt nicht mehr interessieren, Hauptsache, sie war heil aus der ganzen Nummer herausgekommen. Leni war schnell wieder auf ihrer gewohnten

Betriebstemperatur. Sie würde sich noch ein Stündchen hinlegen, dann eben ohne diesen offenbar prüden Kerl (vielleicht war der ja auch schon zu alt für Sex, obwohl...), sich dann umziehen und zur Lesung nach Mülheim fahren lassen. Vielleicht kämen ja morgen auf der Rückfahrt ein paar kreative Gedanken, zum Beispiel könnte man ein altes Schloss in den neuen Taunuskrimi einbauen, einen verwunschenen Tennisplatz...

Sie begleitete Georg zur Tür: „Na, dann...". Plötzlich lag ihr Mund doch noch auf seiner Wange. „Opium", ein hingehauchter Kuss, die nun wieder hochgeschlossene Bluse, die ihre Trägerin noch begehrenswerter machte, eine in dieser Intensität ihn selbst überraschende Blutanstauung...Georg zögerte, wollte zumindest den Kuss erwidern, aber da hatte Leni Altdorf ihn mitsamt Guidos Notebook schon sanft aus dem Zimmer geschoben.

6

Zum Glück – immer noch zum Glück! – war der Empfangsbereich weiterhin verwaist. Georg legte eine zweite Visitenkarte auf den Tresen: „Mit lieben Grüßen", kritzelte er auf die Rückseite, „bis bald einmal?"

Im Auto blieb er minutenlang sitzen, ohne zu starten. Er war also dabei Guido zu verraten, das Schlimmste, was man unter Freunden machen konnte. Er würde morgen, wenn die Holthoffs und Roseggers nach Hause gefahren waren, sich an seinen Schreibtisch setzen, den zweiten Stick einschieben, Guidos 200 Seiten lesen. Und dann? Wörtliche, gar inhaltliche Übernahme schieden aus. Aber er würde sich wieder und wieder vertiefen in die Satzkaskaden seines Freundes, dessen ungewöhnliche Blicke auf die Menschen, ihre Landschaften, Gesten, Träume, Schuldverstrickungen, aber auch ihr Glück, ihr Augenblicksglück, ihre Liebe, ihre Berührungen, und am Ende ihr Sterben – kein lebender deutscher Schriftsteller hatte ein solche Sprache für all das, wie Guido sie besaß. Und so, während er den Text läse, immer wieder und Satz für Satz, beruhigte sich Georg, würde er ihn eigentlich doch nicht „verraten", jedenfalls nicht im landläufigen Sinne, er würde sich anregen, inspirieren lassen für ein eigenes Buch, von dem Dieter Engels begeistert sein und sagen würde, dass sei nun sein, Georgs, absolutes Gesellenstück, wenn nicht mehr. Und wieso, fragte er sich, während er den Startknopf seines BMW drückte, genügten da nicht die zehn, zwölf Romane Guidos, die schon in seinem Regal standen, wieso musste es ausgerechnet dieser neue Text sein? Weil er, sagte Georg sich, noch genialer zu sein versprach als alle seine Vorgänger. So würden sie beide etwas davon haben und könnten vielleicht sogar (wenn Georg es ganz geschickt anstellte) Freunde bleiben. Er verließ den Schlossparkplatz.

„Prost, auf das Happy End und Dank an Georg für seine tolle Hilfe!" Die beiden Ehepaare, schon etwas angeheitert nach dem Besuch in einem der Ausflugslokale am Baldeneysee (der lange Aufenthalt im Folkwang-Museum hatte durstig gemacht), saßen in der Schankstube des „Brauhauses". Guidos Notebook lag auf dem Platz neben ihm, den Stick hatte Susanne vorsichtshalber an sich genommen. Alle hatten Georgs übertriebenen Bericht über eine Schriftstellerin, die trotz oder gerade wegen ihrer gigantischen Auflagezahlen einen immer stärkeren Druck verspürte, der ihr eine Schreibblockade verursacht hatte, mehr noch, eine ausgewachsene Depression mit Hang zu Alkohol und Tabletten und die eine Art irrationale Verzweiflungstat begangen hatte, als sie Guidos Computer einfach klaute, jetzt aber alles zutiefst bereue, überraschend milde aufgenommen. Als „ärm Dier" hatte Guido seine Kollegin sogar bemitleidet, den Begriff kannte er von einem Kölner Kollegen. „Schwamm drüber, alles bestens," die Runde gefiel sich in Floskeln der Verharmlosung und immer wieder wurde Georgs erfolgreiche Mission lobend erwähnt, nach seiner Verhandlungstaktik wurde zum Glück nicht gefragt. Irgendwann war Zapfenstreich. Die Ehepaare verzogen sich in ihre Zimmer, Georg nahm ein Taxi nach Hause, der Führerschein war schon seit Stunden nicht mehr sicher. Während der Fahrt dachte er an Leni Altdorf. Sie musste jetzt lange von der Lesung zurück sein, vielleicht war sie noch wach und saß an ihrer Suite vor dem Sekretär mit einem Glas Moét und einer illegalen Zigarette und starrte auf den leeren Bildschirm ihres eigenen Laptops. Oder sie lag bereits auf der linken Seite des Himmelbetts, in einem knisternden Satin-Nachthemd, schlaflos, die Augen auf den Baldachinhimmel gerichtet und trotz der Zeit, die sie zuvor im Bad und mit dem Abschminken verbracht hatte, immer noch umgeben vom Duft aus dem Hause Saint-Laurent. „Opium", dachte Georg und roch noch einmal ihre Nähe, fühlte den Kuss auf seiner Wange.

7

Die Holthoffs und Roseggers nahmen bis Frankfurt den gleichen Zug. Georg hatte sie mit dem Van eines Freundes zum Essener Hauptbahnhof gebracht. Als der ICE einlief, gab es Umarmungen und Küsse: „War schön in Kettwig! Gerne nochmal! Und Danke für deine große Hilfe! Und bis bald, in Frankfurt oder in Zürich oder am See! Tschüss und Adieu!" Georg winkte, bis der Zug in einem großen Bogen zum Bahnhof hinausfuhr. Dann suchte er den nächsten Abfallkorb und nahm den Stick, der sich seit dessen Übergabe durch Leni in seiner Jackentasche befand, heraus. Zwei Meter vor dem Müllbehälter ging er in die Hocke, ließ seinen Arm ein paar Mal schwingen und setzte dann zum Wurf an. Der Stick landete genau dort, wo er hinsollte.

Rainer Sockoll

Snapshot

„Wir müssen die vergrämen!" „Wat meinze damit?" „En paar abknallen, damit die andern kapiean, datt se hier nix zu suchen ham odder datt et hier für sie gefährlich is. Dat geht doch so nich weiter!" „Jau, die kacken ganz Steele zu. Auf keine Bank kannze dich mea setzen, paakende Autos sind vollgeschissen. Den Bodo hamse soga aum Kopp gekackt."

Man hatte bereits ein Netz über die Marienstatue am Grendplatz gespannt, um zu verhindern, dass die Stadttauben sich auf die heilige Maria setzen und deren Kot den Stein der Figur langsam, aber sicher zerfrisst. Nur, man konnte nicht ganz Steele mit einem Netz überspannen, um der Taubenplage Herr zu werden. So beschlossen sie im Stadtrat, die Taubenjagd zu genehmigen. Erfahrene Jäger wurden beauftragt.

Da man die Tauben nicht in der Stadt jagen durfte, wollten die Jäger sie in die nahe gelegenen Ruhrwiesen locken. Sie nutzten dabei das Schwarmverhalten und den unnachgiebigen Futtertrieb der Ringeltauben aus, indem sie Lockbilder schufen. Zahlreiche sitzende und pickende Locktauben aus Kunststoff wurden auf einer großen Fläche verteilt. Da Ringeltauben in dem Ruf stehen, auf jeder Feder ein Auge zu haben, kam der Tarnung des Jägers eine besondere Bedeutung zu. Tarnanzug, Kopfnetz, Handschuhe waren erforderlich. Selbst für die Waffe gab es eine sogenannte Gewehrsocke zur Tarnung. Jetzt musste man nur noch richtig zielen und dann treffen. Es bedurfte einer intensiven und regelmäßigen Übung sowie einer schnellen Reaktion des Jägers, Tauben im Flug zu schießen.

Die beauftragten Jäger töteten über hundert Tiere an einem Tag.

Der Dozent für Fotographie an der Folkwang - Hochschule, der ehemalige Fotojournalist Tobias Klockmann, leitete im Sommersemester 1976 ein Praxisseminar für fortgeschrittene Studentinnen und Studenten, die bereits über fototechnische Kenntnisse und Erfahrungen verfügten wie Negativentwicklung, Vergrößerungen sowie Kameratechniken.

Nach einer theoretischen Einführung nannte er die Aufgabe.

„Es muss eine klare Bildkomposition erkennbar sein. Minimum sind zehn Bilder pro Teilnehmer und Teilnehmerin im Din a 4-Format. Pflicht sind theoretische Ausführungen zu den Bildern sowie eine Begründung, weshalb ihr euch für das gewählte Motiv entschieden habt. Jeweils zwei Leute wählen gemeinsam eines der fünf Themen." Tobias Klockmann verteilte die fünf Aufgaben, nannte den Abgabetermin für diese fotographischen Arbeiten mit den Texterläuterungen und vereinbarte mit jeder Zweiergruppe einen Beratungstermin.

„Ich bin allein, es gibt nur neun Teilnehmer und Teilnehmerrinnen." Lars Beinheuser hatte das Thema „Bahnhof" gewählt, außer ihm jedoch niemand. Klockmann schaute auf die Teilnehmerliste und stellte fest: „Es haben sich aber insgesamt zehn Personen für diese Veranstaltung im Sommer angemeldet. Eine ist wohl nicht erschienen. Vielleicht kommt sie ja noch. Ansonsten kannst du auch solo arbeiten." Das konnte er, eigentlich arbeitete er immer solo, lebte solo, war ein ausgesprochener Solist. Bei der Bundeswehr galt er als Außenseiter, als Eigenbrötler. Wann würde sich das ändern? Vielleicht im Studium? Danach sah es gar nicht aus. Auch in den anderen Seminaren der Kunsthochschule arbeitete er meist allein, zeichnete, malte, druckte, … Zuhause unternahm er hin und wieder etwas mit seinem Vater.

Zunächst musste der Dozent Fragen beantworten, welche die Studentinnen und Studenten ihm bezüglich ihrer Themen stellten. Alle waren beschäftigt, als die Tür zum Seminarraum zögerlich geöffnet wurde. Niemand hatte das bemerkt.

Außer Lars Beinheuser, der auf seinem Platz sitzend gelangweilt darauf wartete, endlich mit Klockmann über die fotographische Bearbeitung des Themas „Bahnhof" zu sprechen.

Dann sah er die junge Frau, die nun den Raum betrat und eine Fotokamera in der rechten Hand hielt. Etwas orientierungslos stand sie wie verloren im Seminarraum. Er ging auf sie zu: „Kann ich dir helfen? Suchst du jemand?" „Ja, den Dozent für praktische Fotographie. Ich habe mich für diese Veranstaltung eingeschrieben." Er zeigte ihr, wo Klockmann gerade saß.

Nachher wandte sie sich an Lars: „Er hat vorgeschlagen, dass ich mit dir zusammenarbeite. Das Thema „Bahnhof" interessiert mich sehr. Bist du einverstanden?" Begeistert sah sie ihn an. „Ja! Na klar! Lass uns schon mal planen!"

Jetzt, da sie ihm gegenübersaß, betrachtete er sie genauer und nahm ihre strahlend blauen Augen und ihr schlankes ovales Gesicht mit einem sinnlichen, wohl geformten Mund äußerst bewundernd wahr. Die blonden, schulterlangen, dichten und gelockten Haare hatte sie zurückgekämmt und ihnen durch zwei silberne Spangen rechts und links Halt verschafft. Ihr Gesicht erschien ihm engelhaft schön, die Gesichtszüge vollkommen ebenmäßig.

Harmonie bestimmte ihr gesamtes äußeres Erscheinungsbild. Ihre Körperlänge betrug 178 cm. Ihr wohlproportionierter, schlanker Körper löste schnell bestimmte Fantasien in ihm aus. Sie trug einen kurzen Jeansrock und eine gelbe, weitgeschnittene Bluse sowie kurze geringelte Söckchen und weiße Turnschuhe. Lars konnte sich an der Schönheit ihrer Erscheinung kaum sattsehen. Er war völlig begeistert, doch seine intensive Betrachtung des Mädchens begann ihm peinlich zu werden.

Die Kamera hatte sie auf den Tisch gelegt, an dem sie beide saßen.

„Ich heiße Annabella." „Ich Lars. Was machst du denn heute schon hier mit der Kamera? Wir sind doch in der ersten Sitzung. Wozu hast du sie mitgebracht?" „Ich gehe nur selten ohne Kamera aus dem Haus. Fotografieren ist meine Leidenschaft. Leider habe ich keine eigene Dunkelkammer. Wenn ich hier ein entsprechendes Seminar belege, komme ich in die Dunkelkammer der Hochschule und mache noch einen wichtigen Leistungsschein."

Sie unterhielten sich über das gewählte Thema, tauschten ihre Erfahrungen über Bahnhöfe aus und verabredeten sich für den nächsten Tag, um in einer Experimentierphase erste Fotos am Essener Hauptbahnhof zu schießen. Dann verließen sie das Gebäude und gingen gemeinsam zum Parkplatz im Innenhof der Folkwang Schule, wo sie ihre Autos geparkt hatten.

Plötzlich unterbrach sie das Gespräch und schrie unbändig laut: „Nein, das darf doch nicht wahr sein! Nein, nein! Wie komme ich jetzt nach Hause?" Lars verstand sie nicht: „Was ist denn los? Weshalb schreist du so?" „Mein Auto! Sieh mal!" Sie wies auf ihr geparktes Auto.

Er verstand nicht sofort, was passiert war. Doch dann konnte er sich ein Lachen kaum verkneifen. Irgendjemand, nein, es mussten mehrere kräftig gebaute Personen gewesen sein, hatten ihr Auto mit der Frontseite direkt gegen eine begrenzende Mauer gestellt. Die Isetta verfügte nur über eine Tür an der Frontseite, die man nun nicht mehr öffnen konnte. Verzweifelt zerrte und zog sie an der kleinen Heckstoßstange des Kleinwagens. Der bewegte sich aber keinen Millimeter.

„Warte und beruhige dich! Ich kümmere mich darum. Bin

gleich wieder da. Setz dich besser so lange in den Schatten,“ forderte er sie besorgt auf. Die Aprilsonne schien bereits ungewöhnlich kräftig.

Wenig später kam er in Begleitung von fünf Studenten zurück, für die es mit ihm zusammen keine nennenswerte Schwierigkeit bedeutete, die nur 350 Kilogramm schwere Isetta wieder in die Fahrtrichtung zu drehen. „Danke! Ihr seid meine Retter!“ An Lars gewandt, schlug sie vor: „Wir beide benötigen nun eine Erfrischung. Wie wär´s mit nem Eis? Ich lade dich ein. Hast du Zeit?“ Er hatte Zeit, natürlich hatte er Zeit. Jeder andere Termin wäre jetzt völlig unbedeutend und nebensächlich gewesen.

„Ich wohne in Steele bei meinen Eltern. Nach dem Abi war ich erst mal Bundeswehrsoldat und hab dann mit dem Studium begonnen. Die Aufnahmeprüfung hab ich sofort bestanden. Bin immer von meinem Kunstlehrer gut beraten worden. Von Fotographie verstehe ich allerdings nicht so viel. Das wird sich jetzt wohl ändern, so hoffe ich!“ Sie beide lernten einander kennen, während sie in einer Eisdiele in Essen Werden Früchtebecher und Bananensplitt genossen. „Ich habe schon immer gerne fotografiert und habe von meinen Großeltern zum Abitur eine tolle Fotoausrüstung bekommen mit einigen sündhaft teuren Objektiven. Ich studiere hier Grafik im dritten Semester. Seit Beginn des Studiums wohne ich nicht mehr bei meinen Eltern in Bredeney, sondern ganz in der Nähe in Fischlaken.“

Sie unterhielten sich noch eine Weile, wobei er erfuhr, dass sie solo war, also keinen Freund hatte. Auch er war allein und schöpfte nun Hoffnung. Er würde sie nun des Öfteren treffen, weil sie die Semesterarbeit gemeinsam anfertigen mussten. Und sie hatte tatsächlich keinen Freund!

„Ich kann die Negative noch nicht so gut entwickeln. Hab immer Schwierigkeiten, sie auf die Spulen der Entwicklerdose zu kriegen!" „Wir machen das zusammen", beruhigte sie ihn.

So landeten sie nach einigen Fototerminen auf verschiedenen Bahnhöfen zum ersten Mal in der Dunkelkammer der Hochschule. Annabella stand dort dicht neben ihm, und er reichte ihr in der absoluten Dunkelheit die Negative an, die er aus den Kameras herausgenommen hatte. Diese räumliche Nähe erregte ihn, obwohl oder vielleicht weil er sie nicht sah und nur akustisch, aber vor allem olfaktorisch wahrnehmen konnte. Er roch ihren Körper, ihre Kleidung, ihr frisch gewaschenes Haar und ihr dezentes Parfüm und vermochte sich nur schwerlich auf seine doch allzu leichte Aufgabe zu konzentrieren.

Noch einige Stunden an mehreren Tagen verbrachten sie im Fotolabor, und er stellte sich anschließend immer vor, was dabei hätte passieren können. Es blieb bei der Vorstellung.

Den theoretischen Teil der Arbeit besprachen sie auf der Brehminsel im schützenden Schatten der Bäume. Die heiße Julisonne trieb ihnen den Schweiß ins Gesicht, und Annabella wirkte noch sinnlicher und begehrenswerter.

Einige Male genossen beide noch Eisbecher in der Eisdiele am Markt. Dann übergaben sie ihre Fotos und Texte dem Dozenten, und die Semesterferien begannen. Lars hoffte, Annabella in den Ferien zu sehen und wollte ihr ein paar Vorschläge für gemeinsame Unternehmungen machen. Dazu kam er leider nicht mehr. Sie hatte keine Zeit für ihn.

„Nein, Mikail, lass das! Es ist kalt!" „Und nass, ich weiß." Er wrang ein klatschnasses Badehandtuch über ihrem schwitzenden Körper aus. „Sei doch froh, dass ich dich erfrische,

Annabella!" „Ja, aber nicht ohne Ankündigung, nicht so plötzlich. Ich habe mich so erschrocken!" Annabella lag auf dem
Bauch auf der Liegewiese im Gruga Bad und war zuvor eingeschlafen. Mikail, seit kurzer Zeit ihr Freund, war Sportstudent
und stammte aus der Türkei. „Kommst du mit ins Wasser?
Lass uns ein paar Runden schwimmen!" Er war ein begeisterter Wassersportler, sehr athletisch gebaut, 190 cm lang und
liebte vor allem das Turmspringen. „Nicht jetzt. Spring nochmal vom Zehner, ich möchte gerne ein paar Aufnahmen machen!" Sie hatte nahezu ihre gesamte Fotoausrüstung mitgenommen. Er sprang also, und sie knipste, mal mit Standard-,
mal mit Tele- und mal mit Superweitwinkelobjektiv. Sie
mochte seinen athletischen Körper und fotografierte ihn in
unterschiedlichen Posen, statisch, dynamisch… Sie liebte ihn
aber vor allem, wenn er sich dann auf der Liegewiese auf der
großen Decke zu ihr legte, mit ihr kuschelte und sie zärtlich
küsste.

Abends waren sie zu einer Gartenparty eingeladen. Alles
dort empfanden Annabella und Mikail als ideal. Sie sahen die
Welt durch die Brille von Verliebten. Die warme Nacht, die
kühlen Getränke, die netten Leute und ihre junge Liebe. Sie
verabredeten sich mit Freunden für den nächsten Tag im
Gruga Bad.

Mikail hatte sich unter der Dusche abgekühlt: „Ich springe
jetzt vom Zehner. Kommt jemand mit?" „Nein, danke, mir ist
schon schlecht." „Vielleicht mit Fallschirm!"

Annabella stand unten mit der Kamera bereit.

Mikail kletterte sodann die Leiter des Turmes hoch bis zum
Absprung. Dort stand er dann wie so oft und genoss die Aus-
sicht, schaute auch nach unten. Er folgte keineswegs dem „Ruf
der Leere", also einem seltsamen Drang, sich in die Tiefe zu

stürzen. Menschen, die an einem Abgrund stehen, werden plötzlich von dem irrationalen Gedanken erfasst, dass sie sich einfach hinunterstürzen könnten. Er hingegen hatte praktisch nur das kontrollierte Verlangen, einen Hauch von Schwerelosigkeit zu spüren, wenn es abrupt abwärts geht.

Dann ging er in die Hocke, schnellte kraftvoll empor und sprang in die Tiefe. Alles raste an ihm vorbei, doch plötzlich änderte er die Flugrichtung. Er flog, flog nun langsam durch die lauen Lüfte, sah den Baldeneysee unter sich, Villa Hügel, dann die Stadt, dann seine türkische Heimat, sah Annabella, sah Kinder, sah…

Sein Körper schwamm regungslos auf dem Wasser des Sprungbeckens. Er war tot. Fassungslos, wie gelähmt stand Annabella am Rande des Beckens. Dann schrie sie vor Entsetzen und Verzweiflung. Alle, auch sie, hatten einen Schuss gehört in dem Moment, als Mikail absprang. Welche Bedeutung dieser Schuss hatte, nahmen sie jedoch erst jetzt wahr. Jemand hatte genau gezielt und ihm ins Herz geschossen. Er starb noch in der Luft.

Die Polizei hatte inzwischen das Gebiet um das Sprungbecken abgesperrt, und zwei Kriminalkommissare von der Mordkommission Essen sowie der Polizeiarzt traten in Erscheinung und natürlich Kriminaltechniker. „Der Schütze muss ein geübter Scharfschütze sein, der aus großer Entfernung solch ein Ziel zu treffen vermag. Vermutlich hat er von außerhalb des Geländes geschossen." Ein Kriminaltechniker zeigte in die Richtung, aus der die tödliche Kugel wahrscheinlich abgefeuert worden war.

„Darf ich Ihnen einige Fragen stellen?" Der Kommissar fragte sie in einem freundlichen, taktvollen Ton. Annabella antwortete schluchzend: „Ja, klar. Fragen Sie mich. Fragen Sie mich, was Ihnen notwendig erscheint." „In welchem Verhältnis standen Sie zu ihm? Und seit wann?" „Wir haben uns gegen Ende des letzten Semesters in einem Biergarten in Kray kennengelernt. Ich hatte mich mit ein paar Freundinnen dort verabredet, und er war ein Bekannter meiner Freundin Bernadette. Er setzte sich mit einem Kumpel zu uns an den Tisch. Es war Liebe auf den ersten Blick." „Hat er Ihnen von irgendwelchen Schwierigkeiten oder Streitigkeiten erzählt? War sein Verhalten in letzter Zeit ein anderes als sonst? Wie war seine Stimmung?" „Er hatte immer gute Laune, war völlig ausgeglichen und freundlich zu jedermann." „Haben Sie Kenntnis von irgendwelchen Feinden? Hatte er Ärger oder Streit mit jemandem?" „Nichts Besonderes. Diskriminierung, Ausländerhass, wie man ihn in Deutschland wohl noch tagtäglich erfährt, haben ihn kaum berührt. Er hatte aber keine Feinde, kam mit allen gut zurecht. Seine Kommilitoninnen und Kommilitonen haben ihn sehr gemocht. Er war kooperativ, hilfsbereit, hatte immer einen Scherz auf den Lippen."

Inzwischen untersuchte die Spurensicherung den Ort, von dem aus wahrscheinlich geschossen worden war, als plötzlich ein älterer Mann auf sie zukam. „Seid ihr vonne Polente?" „Ja, sind wir!" „Ich muss euch wat erzähln. Hiea is heute son Bekloppten rumgelaufen. Der sah aus wie ausse Weabung füa Netzstrumfhosen, hatte son Taananzuch an und en Netz aum Kopp. Dann dacht ich, dat is en Jäger, weil der auch sonne lange Wumme dabei hatte. Waascheinlich en Jachtgewehr." „Wo genau haben Sie diesen Mann gesehen?", wollten die Kriminalbeamten wissen. „Der kam da aus dat Gebüsch. Alsser mich sah, isser gerannt." „Können Sie das bitte auf dem Präsidium zu Protokoll geben?" „Mach ich!"

Die Beamten der Spurensicherung informierten die beiden

Kommissare noch vor Ort über den Bericht des alten Mannes. Annabella bekam das mit. Stichworte gingen ihr durch den Kopf: Tarnanzug, Kopfnetz, Jagdgewehr. Jetzt hatte sie einen schrecklichen Verdacht und erzählte den Kommissaren von Lars Beinheuser und dessen Jagdpassion. Damit hatte er ihr einst imponieren wollen. Sie konnte ihnen auch seine Adresse nennen.

Lars hatte sich in Annabella verliebt, war krank vor Liebe. Noch nie zuvor hatte er jemanden so geliebt. Alles, nahezu jeder seiner Gedanken drehte sich um sie. Sie nicht mehr zu sehen, lag völlig außerhalb seines Vorstellungsvermögens. Gerne hätte er in den Semesterferien etwas mit ihr unternommen. „Sehn wir uns mal?", hatte er sie vorsichtig gefragt. „Vielleicht per Zufall," lautete ihre vernichtende Antwort, die er aber verdrängte. Dann verfolgte er sie, fuhr hinter ihr her, beobachtete das Haus, in dem sie wohnte, entdeckte schnell den Nebenbuhler und verlor den Verstand vor Eifersucht. „Ein Türke!"

So fasste Lars einen folgenschweren Entschluss. Er hatte während seiner Bundeswehrzeit eine zwölfwöchige Ausbildung zum Scharfschützen absolviert und nachher oft mit seinem Vater in den Ruhrwiesen Tauben geschossen. Er folgte Annabella und Mikail überall hin, auch ins Gruga Bad und versteckte sich an diesem Tag gut getarnt in einem Gebüsch hinter dem Zaun des Freibad Geländes. Lars hatte entdeckt, wo sie lagen und sich sonnten und wusste mittlerweile, dass Mikail gerne vom Zehner springt, denn es war nicht das erste Mal, dass er ihnen ins Gruga Bad gefolgt war. Er trug Tarnkleidung wie bei der Taubenjagd und richtete das äußerst präzise Jagdgewehr auf den Sprungturm, wartete geduldig, wartete, bis Mikail dann auf dem obersten Absprung endlich in die Hocke ging, um dann mit Schwung in die Tiefe zu stürzen. Lars traf ihn tödlich im Augenblick des Abspringens.

Als die beiden Kommissare sein Zimmer betraten, saß er auf seinem Bett und starrte in die Leere. Die Tarnkleidung mit Kopfnetz trug er noch immer. Er bemerkte sie kaum und murmelte vor sich hin: „Sauberer Schuss! Man, was für ein sauberer Schuss! Sauberer Schuss im Flug! Sauber, extrem genau!" Sodann wollte er nach seinem Jagdgewehr greifen, das neben ihm auf dem Bett lag. Sie hinderten ihn daran.

Suzan Valerian

Wenn das Herz gefriert

Die alte Fabrik

Eine glutrote Sonne küsste die bergische Erde, als die Frau durch das schwere Eisentor ging. Es versprach auch morgen ein schöner Tag zu werden. Obwohl der Asphalt noch reichlich von der Hitze dieses Augusttages abgab, zog sie fröstelnd die Schultern hoch. Zur dünnen weißen Leinenbluse hatte sie dunkle Shorts gewählt. Die Strumpfhose im Animal-Print betonte ihre schlanken Beine, doch die Pumps dazu waren für diesen Anlass sichtlich unpraktisch: Sie versuchte schnellen Schrittes auf der Schotterstrecke das große rote Backsteingebäude zu erreichen, knickte jedoch mehrfach um. Leise Flüche ausstoßend setzte sie den Weg fort.

Sie kannte das Haus, eine alte Fabrik, nur flüchtig vom Vorbeifahren. Einst klapperten dort wohl Webstühle, dann diente es als Autowerkstatt. Jetzt wirkte es verwaist. Die Fenster waren entweder blind vor Dreck oder zerbrochen. Vor der Eingangstür aus dunklem Holz hielt die Frau inne, fuhr sich durchs Haar, das in der Sonne rötlich schimmerte.

„Alles wird in Ordnung sein", murmelte sie und drückte die schwere Klinke nieder. Drinnen empfing sie Dunkelheit. Staub lag in der Luft, sie unterdrückte ein Husten. Ihre Augen brauchten eine Weile der Gewöhnung, dann erkannte sie eine geschwungene Treppe in dem Entree, das gut fünf bis sechs Meter an Höhe maß. Vorsichtig tastete sie sich in der Halle durch den am Boden liegenden Schutt und stieg ebenso vorsichtig hinauf, denn auch das Geländer machte auf sie keinen vertrauenserweckenden Eindruck.

Die hölzernen Stufen knarzten. Auf halber Höhe zum ersten Geschoss sah sie Licht durch einen Türspalt fallen. "Wer ist da?" Es hallte durch den Raum, aber niemand antwortete. Sie erklomm die Stufen bis zum Ende. Plötzlich sprang die Tür auf, gleißendes Licht blendete sie. Die Frau sah einen Schattenriss.

„Wer ist da?" Immer noch keine Antwort.

Doch nun berührte ein Duft ihre Nase. Es war ein ihr bekanntes Eau de Parfum. Sie starrte verwundert, dann entsetzt auf die Gestalt, die langsam auf sie zukam. „Das kann nicht sein!" Ihre Stimme zitterte merklich.

Der Schattenriss breitete die Arme aus. War da etwas in seiner Hand? Ihr schien, als blitzte ein langer Gegenstand auf. „Komm ruhig her", sagte eine tiefe Männerstimme. Automatisch wich sie zurück, stolperte, ihre schlanken Finger suchten Halt am Geländer, fanden ihn.

Gehen oder sich stellen? Ihr Gehirn hatte den Fluchtreflex aktiviert. Doch sie drehte sich nicht herum, um eiligst das Weite über die Treppe zu suchen. Sie ging weiter rückwärts, ungläubig auf den Mann starrend. Linker Fuß, rechter Fuß, linker Fuß. Statt auf die Stufe trat dieser aber nun in etwas Weiches, wohl ein Stück zerbröselnder Schaumstoff, der still in einer Ritze vor sich hingammelte. Sie rutschte weg, taumelte. Gerade noch streckte sie hilfesuchend die Hand in Richtung des Mannes aus, da verlor sie komplett das Gleichgewicht. Die Hand griff ins Leere, sie kippte gegen das Geländer. Ein kurzer Schrei entwich ihren Lippen.

Drei Monate zuvor

Ein gut gelaunter Adam Fux entstieg dem roten italienischen Sportcabrio, nahm die Schiebermütze ab und ließ sie hinter den Fahrersitz gleiten. Mit dem Unterarm wischte er sich den

Schweiß von der Stirn. Dieser Tag war schon hochsommerlich, obwohl es doch erst Mitte Mai war. Beim Blick auf die blanken Arme meinte er grinsend zu sich selbst: „Wieder mal braun wie ein Bauarbeiter!"

Er parkte wie immer oberhalb des Bürgerhauses. Die Kulturstätte im Herzen der beschaulichen Altstadt von Langenberg war fein herausgeputzt: Plakate und Fähnchen wiesen auf den Auftritt einer spanischen Flamenco-Truppe hin. Adam lächelte. Seine Liebste würde sich freuen, wenn er gleich mit den Eintrittskarten vor ihrer Nase wedelte. Ganz Old School hatte er sie am Schalter gekauft.

Von der kleinen Sackgasse aus gelangte er wippenden Schrittes über eine Treppe zur Hauptstraße, direkt in den Ortskern. Ein Eis wollte er ihr noch mitbringen. Doch vor dem beliebtesten Café in der Altstadt war bereits von weitem eine lange Schlange erkennbar. „Ich hätte in Werden Halt machen sollen", seufzte er. Verwarf den Gedanken aber schnell. Die eisige Fracht wäre selbst in einer Kühlbox den weiten Weg von Essen aus zu einer matschigen Suppe zerflossen.

Welch Glück, dass Adam ein bekanntes Gesicht kurz vor dem Tresen des Eiscafés ausmachte - seinen Kumpel Robert Richter. „Ach, der Fuchs lässt sich mal wieder blicken", empfing ihn dieser lauthals, stieß ihm in die Seite und meinte: „Mann, Mann, Du stehst unter der blonden Fuchtel, unglaublich!" Adam zuckte mit den Achseln: „Amore halt."

Dass ihn Robert als Fuchs bezeichnete, schmeichelte seinem Ego. Die Schultern des 1,90 Meter Hünen strafften sich sichtbar, als er einen kurzen Augenblick an die Schulzeit zurückdachte. Sein Italienischlehrer hatte ihn damals sogar mit dem Titel „Volpe Vecchio", alter Fuchs, geadelt, weil Adam schlau genug war, sich dem Pauker in der Freizeit anzudienen.

Regelmäßig wusch er freitags nach der Schule dessen Wagen. So viel Einsatz wurde mit einer guten mündlichen Note belohnt. Als schlauer Fuchs erwies sich Adam später in Gelddingen und machte seine Begabung für die Börse zum Beruf. Schnell stieg er zum Abteilungsleiter Wertpapiere einer Privatbank in Düsseldorf auf. Seine Sachkenntnis wurde gut bezahlt und die Freunde aus dem Tennisclub erwiesen ihm für kleine Tipps ebenfalls mancherlei Dankbarkeit. Sein Häuschen zwischen Velbert und Heidhausen, dem höchsten Punkt der Ruhrmetropole Essen, war sehr exklusiv ausgestattet.

Inzwischen steuerte der schlanke 60-Jährige aber schon mächtig auf die Rente – und damit nach einer Zeit des Leids durch den Tod seiner Frau vor einigen Jahren - auf einen endlich glücklichen Abschnitt seines Lebens zu, wie er meinte.

Mit einem Eisbecher in der Hand, den er Robert abgeluchst hatte, trabte Adam also Richtung Deilbach. Ein kleiner Fluss, der friedlich mitten durch Langenberg plätschert, aber bei Starkregen zu einem reißenden und gefährlichen Strom werden kann. Adam empfand ihn so ungestüm und (be)rauschend wie seine Prinzessin, die beste Frau der Welt, wie er allen stets mitteilte.

Die beste Frau der Welt nannte sich Eva und ihre rechte Hand glitt mit dem Pinsel über eine Leinwand. Sie malte dunkelgrüne Kreise, die wie ein Wirbelsturm im Meer umhertrieben. Eva drückte eine weitere Tube Acrylfarbe auf die Palette und gab etwas Wasser hinzu. Doch das leuchtende Gelb verdarb alles. Schon beim zweiten Strich sah sie, dass es ein Fehler war. Wild malte sie zunächst mit Blau darüber, besah sich dann das Bild von weitem, schüttelte den Kopf. Eine Zornesfalte erschien auf der Stirn, und mit einem kleinen Schrei feuerte sie die Leinwand in die Ecke. Ihr Arm schmerzte von der Bewegung.

Sie kramte eine andere Leinwand hervor. Kleine Häuser, bunt wie eine Blumenwiese reihten sich da aneinander. Eine Straße schlängelte sich gen Himmel. Das war ihr Ding, ihr Stil. „Hör auf, so naives Zeug zu malen", ermahnte Adam sie öfters und hatte wie stets den pekuniären Aspekt im Blick: „Mal was Abstraktes, das wollen die Leute kaufen!"

Sie kniff die Augen zusammen und atmete tief durch. Eva Winkler hatte nämlich eine besondere Begabung: Wenn sie wollte, konnte sie sich biegen wie ein Grashalm im Wind. Um ihr Ziel zu erreichen, ordnete sie sich unter, brachte ihr Wesen meditativ unter Kontrolle.

Schon als Kind hatte sie geübt, Wohlwollen bei den Mitmenschen zu erzeugen. So gaben ihr Lehrer selbst bei mäßigen Leistungen noch passable Noten, wenn sie nur artig tat und gelegentlich andere wegen kleiner Untaten verpetzte. Hinzu kam ihre überaus zierliche Figur, die leicht den Beschützerinstinkt der Menschen weckte. Als junge Frau verstand sie es dann schnell, jeder Art Mann das Gefühl zu geben, er sei der Prinz, auf den sie doch nur gewartet habe. Dabei gelang es ihr mühelos, das vom jeweiligen Mann gewünschte Klischee zu bedienen: Wie ein Chamäleon die Farbe wechselte sie ihr Auftreten, gab sich mal als gutmütige Hausfrau, mal als mondäne Gefährtin, trat in Hippie-Klamotten auf oder pflegte einen sportlichen Stil.

Warum die Herren der Schöpfung geradezu hineingesogen wurden in diese Person, lag noch an einem weiteren Merkmal: ihren Augen, die, groß und rund, vollends dem Kindchen-Schema entsprachen.

Hatte sie jemanden für sich eingenommen, dirigierte sie ihn, ja manipulierte ihn, ohne dass die Person es merkte. Adam Fux war ein Paradebeispiel. Ihn für sich zu begeistern, war leichter als gedacht gewesen. Dass dieser Best Ager als finanziell gut ausgestattet galt, war Eva durch eine gemeinsame Bekannte gesteckt worden. „Eine aussichtsreiche Partie, das ist dein Spiel", sagte diese und machte Eva kurzerhand mit dem Witwer bei einem Turnier im Tennisclub bekannt.

Ein paar schmeichelnde Worte, ein Lächeln, ein tiefer Blick: Adam Fux tat, was alle taten, er verfiel ihr, ohne nachzudenken. Sie war in seinem Kopf und eine Woche später schon im Besitz seines Wohnungsschlüssels. Er zappelte an ihrem Angelhaken. Zügig okkupierte sie sein Leben, eine Heirat wurde schnellstens angepeilt – schließlich war es doch ein Zeichen: Eva gehörte zu Adam und Adam zu Eva. Magie geradezu, die Adam sein bisheriges Ich vergessen ließ.

Evas Gesicht hellte sich auf. Der Arm schmerzte kaum mehr. Sie deckte über den halbherzigen Versuch abstrakter Malerei ein Laken, wusch sich die verschmierten Hände. Der ungehemmte Zugang zu Adams Bankkonten ließ alle Mühen klein erscheinen. Und den Störfaktor in ihrem Leben, Adams beste Jugendfreundin und Begleiterin in der Trauerzeit, hatte sie ihm bereits erfolgreich ausgeredet. Bald würde sie diese zur Gänze ausgeschaltet haben.

So setzte sie ihr allerbestes Lächeln auf, als Adam mit dem Eisbecher in ihr Reich, das Malatelier, kam. Sie breitete die Arme aus und er bedeckte ihren Nacken mit kleinen Küssen, fuhr mit der Hand durch ihre Kurzhaarfrisur. „Süßes Strubbelchen", schnurrte er.

Zur gleichen Zeit 15 Kilometer entfernt. Kaum ein Wölkchen am Himmel. Auf dem Baldeneysee, dem Ausflugsziel in Essen schlechthin, tummelten sich die Segelboote. Melanie Daniel schaute ihnen zu. Am Nachmittag war ein wenig Wind aufgekommen, der sich in ihren nussbraunen Locken verfing. Beiläufig strich sie sich dann und wann die Strähnen aus dem Gesicht. Auf der Bank war der Platz neben ihr frei, was ihr nur recht war. Obwohl der Weg am See entlang zu dieser Stunde stets von Joggern, Bikern und Spaziergängern mittleren Alters wimmelte, die hinter einer Hecke verborgene Sitzbank entging den meisten auf der Suche nach einer Rast.

Mit den Füßen, die in dunkelblauen Sneakers steckten, zog Melanie gedankenverloren einige Kreise im Sand. Irgendwann glitten ihre Finger zur Rückseite der Holzlehne. Sie waren noch da, die eingeritzten Zeichen. Sie seufzte. Wie Teenager hatten sie sich da verewigt mit dem Klappmesser, das er immer bei sich trug. Auf dieser Bank genossen sie gemeinsame Stunden der Ruhe. Einfach nur auf den See schauen. Der Fuchs und die Eule.

„Vergiss den Typen! Ein gestandener Mann, der in der Augsburger Puppenkiste mitspielt, und sie zieht die Fäden!" Melanie zuckte zusammen. Tina war immer so direkt. Lag wohl an ihrem Beruf, Journalistin halt. „Wie kann ich jemanden vergessen, der mir das Herz herausgerissen hat?" Melanie fuhr beleidigt herum, als sich ihre Freundin neben sie setzte. „Ich bitte Dich, der ist doch blind. Dem ist nicht zu helfen in seiner rosaroten Blase." Tina Busch zog ein Stück Papier aus ihrer Handtasche: „Hier, eine Ablenkung. Schau mal, meine neueste Story." Melanie verzog den Mund, rollte die Augen und seufzte. „Gut, worum geht es?"

Eine merkwürdige Geschichte sei an die Redaktion herangetragen worden, berichtete die Bloggerin, die für ein Online-Magazin im Bergischen Land arbeitete. Ein Mann habe bei einem Badeunfall auf Mallorca sein Gedächtnis verloren. „Der lag monatelang in Spanien im Koma. Als er aufgewacht ist, konnte er sich nur an eins erinnern: Dass er mit einer Frau in der Nähe von Wuppertal gewohnt hat." Melanie verzog das Gesicht. „Ja und?" „Wir sollen ihm helfen, sie zu finden." Melanie musste lachen. „Die berühmte Nadel im Heuhaufen, na dann viel Spaß!"

Tina hielt Melanie das Papier unter die Nase. „Immerhin hat er sie gezeichnet." Widerwillig warf Melanie einen Blick darauf und begann die Stirn zu runzeln. Das recht professionell gezeichnete Bild zeigte eine nicht mehr ganz so junge Frau, lange dunkle Haare, dünn, fast zu dünn. "Was ist das", fragte Melanie und zeigte auf einen dunklen Fleck am Arm. „Da hat sie wohl ein ziemlich auffälliges Mal", sagte Tina. Melanie sah ihre Freundin zweifelnd an: „Und wie willst ausgerechnet Du diese Frau finden?"

Die Journalistin hob eine Augenbraue, lächelte wissend und schnippte mit dem Finger. Eine lässige Geste, die sie sich im Laufe der Jahre angewöhnt hatte und die ihr Ziel selten verfehlte: Die Aufmerksamkeit ihres Gegenübers war ihr sicher. „Ich habe mal bei meinen Polizeikontakten auf den Busch geklopft. Nomen est Omen", witzelte Tina. Die spanische Polizei habe schon gute Vorarbeit geleistet, berichtete sie ihrer Freundin Melanie. „Oh, ich höre Miss Marple", rang sich diese nun einen gequälten Seufzer ab, war aber dann doch ganz Ohr, was die Bloggerin in Erfahrung gebracht hatte. Ein Tourist hatte einige Kilometer vom Fundort des damals bewusstlos an den Strand gespülten Mannes dessen Hose gefunden. In der Tasche befand sich die Uhr eines renommierten Schweizer Herstellers. Anhand der Seriennummer konnte der Käufer identifiziert werden. „Der Inhaber einer Softwarefirma in

Wuppertal. Stinkreich. Leider ist er schon länger tot. Aber: In seinem Ferienhaus auf Malle fanden sich Hinweise, dass der unbekannte Mann dort gewohnt hat. Vermutlich mit eben dieser Frau!"

„Das klingt wie ein schlechter Groschenroman", entfuhr es Melanie, die nun doch etwas genervt war. „Begleite mich lieber zu diesem Firmenevent im Oefter Golfclub. Vermutlich treffe ich da auf Adam – und seine Neue." „Wann ist das?" „In zwei Wochen", sagte Melanie leise. Tina nahm sie in den Arm. „Ja, klar!"

Obi-Wan Kenobi trifft Darth Vader

Der Abend war lau, die Gesellschaft von gut 150 Leuten verteilte sich im weitläufigen Garten der Gastronomie im Golfclub Oefte. „Der Geldadel des Essener Südens gibt sich die Ehre", spöttelte Tina. „Warum genau sind wir nochmal hier?" „Weil mein Chef hier Mitglied ist und mit seinem neuen Auftraggeber sprechen will. Der ist IT-Dienstleister und wir machen eine Kampagne für ihn." Werbetexterin Melanie dachte schon an die reichlichen Überstunden, die auf ihr Kreativteam zukommen würden - und verdrehte die Augen. Als sie ihre Gesichtsmimik wieder unter Kontrolle hatte, sah sie „die Neue".

Ihre Blicke kreuzten sich wie die Lichtschwerter der Jedi-Ritter. Obi-Wan Kenobi und Darth Vader. Wobei Eva Winkler natürlich die dunkle Seite der Macht repräsentierte, auch wenn sie nicht geräuschvoll aus einer schwarzen Maske atmete, sondern nur eine schwarze Sonnenbrille übers Blondhaar geschoben hatte. Aber ganz so wie in dem Kino-Epos tänzelten die Frauen umeinander herum, jederzeit bereit, loszuschlagen. Mit brennenden Blicken - die bekanntlich töten können. Allerdings fand der „Krieg der Sterne" ziemlich schnell ein Ende, als Adam Fux mit seinem Gesprächspartner auf der Bildfläche erschien. Er legte besitzergreifend seinen Arm um Eva, Melanie würdigte er keines Blickes. Gemeinsam gesellten sie sich zu einer Gruppe laut Witze reißender Jungspunde.

„So ein Frettchen, diese Goldgräberin", entfuhr es Melanie. Tina schaute amüsiert.

„Wir waren mal die besten Freunde – und noch viel mehr. In seinem Trauerjahr waren wir uns so nah." Melanie hatte ihre Stimme gesenkt, die Augen geschlossen. Sie kämpfte sichtlich mit den Tränen. „Wir sollten eine gemeinsame Zukunft haben, nicht die!" Tina Busch griff mit beiden Händen an Melanies Schulter und schüttelte sie. „Du hast die Ringe gesehen. Gib's auf." „Am Ende siegen die Guten", sagte Melanie, die in ihrer Sci-Fi-Welt gerade kleine puschelige Ewoks um den Würstchengrill im Golfclub herumtanzen sah.

Zwei Stunden und einige Aperol Spritz später kam Melanie aus dem Waschraum im Clubhaus, als ihr Ex im Foyer gerade ein Telefonat beendete. Er ließ das Premium-Smartphone lässig in die Tasche seines Designer-Jacketts gleiten. Dann schaute er sie mit ausdruckslosen Augen an. „Du kriegst Post von meinem Anwalt. Du hast Dir Skulpturen angeeignet, die meiner verstorbenen Gattin gehörten." Melanie war bass vor Staunen. „Du bist der wichtigste Mensch für mich, ohne Dich wäre ich in einem schwarzen Loch versunken", hatte er noch vor kurzem zu ihr gesagt. Wie kalt sein Herz geworden war in nur wenigen Wochen.

Sie hütete sich, auf die dreisten Diebstahl-Unterstellungen, die sie dieser Eva zusprach, zu antworten. Stattdessen verließ sie wortlos den Club. Tina wartete bereits in ihrem Mini auf dem

Parkplatz. Als der Wagen auf die Laupendahler Landstraße Richtung Kettwig abbog, sahen die beiden Frauen dann noch einmal Eva: Sie hantierte am Kofferraum eines schwarzen SUV. Eine deutsche Nobelmarke. „Genau wie Vaders Turbosternjäger", murmelte Melanie, kämpfte mit den plötzlich aufsteigenden Tränen, bis sie doch die Müdigkeit übermannte.

Eine unerwartete Begegnung

Melanie versuchte, die Ereignisse im Golfclub einfach auszublenden. Erwartungsgemäß folgte in den Wochen darauf Teamsitzung auf Teamsitzung, um die vom Chef an diesem Abend mit dem Kunden erörterte Werbestrategie festzuzurren. In ihrer Dachgeschosswohnung in Kettwig, die sie kurz nach der Trennung von Adam bezogen hatte, fehlte noch so manches Möbelstück für die Gemütlichkeit. Fürs Homeoffice reichten Melanie jedoch Schreibtisch, Stuhl und ein paar Regale. Brauchte sie Abwechslung, musste sie nur eines der Dachflächenfenster öffnen, um das Treiben rund um das nahe Gymnasium beobachten zu können.

Vor lauter Arbeit war ihr entgangen, den Kühlschrank mal wieder aufzufüllen. Es war bereits kurz vor Ladenschluss, als sie ihr Fahrrad zum Lebensmittelmarkt an der Ringstraße lenkte und sich dort eilig einen Einkaufswagen schnappte. Mit gut gefüllten Packtaschen trat sie heimwärts in die Pedale. Sie war ein wenig aus der Übung, aber je öfter sie das Rad für diese kurzen Wege nutzte, desto mehr Spaß machte es ihr. Die Verkehrsdichte war an diesem Abend gering, so dass sie zügig bis zur Corneliusstraße kam. In Gedanken saß sie schon wieder am Laptop. So entging ihr das leise Surren eines E-Autos, dass sich beim Abbiegen hinter sie geklemmt hatte. Erst als der

Wagen an ihr vorbeischoss und der Außenspiegel sie hart am linken Arm traf, schreckte sie hoch. Im selben Augenblick verlor sie das Gleichgewicht. Der Sturz aufs Pflaster tat höllisch weh. Ein Rentner eilte herbei, half ihr auf. „Diese verdammten PS-Monster", rief er laut und ballte die Faust. Melanie schaute auf und sah einen schwarzen SUV mit Mettmanner Kennzeichen mit Schmackes um die nächste Ecke biegen.

Mit aufgeschlagenen Knien und zermatschtem Obst in der Tasche schob Melanie das Rad nach Hause. Im Briefkasten der nächste Tiefschlag: ein Einschreiben-Einwurf, Absender war Adams Anwalt. Sie ließ den Umschlag ungeöffnet, steckte ihn in einen größeren und adressierte ihn wiederum an ihre Anwältin.

Sie saßen im Eiscafé am Kettwiger Mühlengraben mit Blick auf die Ruhr, als Melanie am nächsten Tag ihrer Freundin Tina von dem Vorfall und ihrem Verdacht, dass Adams Frau dahinterstecken könnte, erzählte. Tina reagierte mit Neugier. „Diese Frau scheint ja besondere Qualitäten zu haben. Passt irgendwie zu dem, was ich über die Frau erfahren habe, die ihren Lover vom Felsen geschubst hast." Melanie schaute ungläubig.

„Ja, der Typ, der sein Gedächtnis verloren hat, Du weißt doch." Tinas Redefluss war nicht zu stoppen. Michael Kilian hieß der Mann, 58 Jahre alt. Ein polizeibekannter Erbschleicher und Heiratsschwindler, der auch schon in Haft saß. Aufgrund seines Gedächtnisverlustes und der langen Erkrankung habe man ihm aber keine weiteren Taten nachweisen können. Umso interessanter sei für die ermittelnde Kripo in Wuppertal die Frau, die offenbar seine Gefährtin und Mittäterin gewesen sein müsse. Und die auf irgendeine Weise mit dem

Wuppertaler Unternehmer verbandelt war. „Auf Malle kam es wohl zum Streit, weil sie einen reichen Typen im Auge hatte und das Geld für sich allein abzocken wollte. Er behauptet, sie habe ihn von einem Felsvorsprung gestoßen." Die Polizei vermutete, dass diese Frau wieder ins Bergische Land zurückgekehrt sei. „Denn sie fühlt sich ja sicher und glaubt, der Mann sei ertrunken. Offenbar hat sie verschiedene Pässe. Und mit Drogen kennt sie sich wohl auch gut aus."

Tina holte endlich Luft und Melanie konnte erfolgreich etwas einwerfen. „Wow, was für eine krude Story! Hast Du sie schon veröffentlicht?" Tina verneinte. Im Alleingang sei ihr die Sache doch zu heikel. „Ich habe da so einen Deal mit der Polizei. Die musste ich natürlich einschalten, als klar war, dass der Typ was auf dem Kerbholz hat." Um die Ermittlungen nicht zu gefährden, solle sie im Hintergrund bleiben. „Ich darf Michael Kilian aber interviewen. Er ist übrigens da drüben", sagte Tina mit cooler Stimme - und zeigte auf einen mittelgroßen Mann von untersetzter Statur mit etwas schütterem Haar, der gerade auf einer Bank an der Ruhr saß. Die Frauen gesellten sich zu ihm. Zunächst schwiegen alle. Bis der Mann unruhig wurde, als der Wind einen Flyer just vor die Bank trug. Er griff nach dem Papier auf dem Boden und fing an zu japsen. Es war ein Hinweis auf eine Kunstausstellung in Langenberg. Er zeigte auf das Bild, das dort zu sehen war. Melanie schluckte: Es war Eva Winkler, verehelichte Fux. In den Händen hielt sie eines ihrer Kunstwerke: „Das ist sie", stammelte der Mann. „Das ist sie. Ich erkenne das Mal an ihrem Arm."

Tina und Melanie sahen sich an, starrten abwechselnd auf den Mann ohne Gedächtnis und auf den Flyer.

„Also das ist die Frau, die Ihnen auf Mallorca nach dem Leben getrachtet hat?", formulierte Tina noch einmal die Frage aller

Fragen. „Ja."

„Wir müssen die Polizei informieren", sagte Melanie Daniel pflichtbewusst. „Diese Giftspritze muss festgesetzt werden." Der Mann fuchtelte mit den Armen, so dass einige Passanten auf dem Promenadenweg sich schon umschauten. „Nein", zischte er. „Ich muss sie allein sprechen." Es vergingen einige Minuten, bis er mit klarer Stimme sagte: „Sie ist meine Halbschwester. Das ist was zwischen uns. Wir haben viel Mist gemacht, kriminelles Zeug. Aber wir haben uns auch geliebt." Die Frauen mussten schlucken. Die Geschichte wurde kompliziert. „Sie ist verheiratet", sagt Melanie. Michael Kilian blickte sie an. „Das macht keinen Unterschied. Das ist öfter passiert." Er nahm den Flyer in die Hand. „Ich muss sie zuerst sprechen, dann soll die Polizei sie haben. In Langenberg kenne ich eine alte Werkstatt, da soll sie hinkommen."

Ein Tag im August

„Du weißt doch, ich scheiß dich zu mit meinem Geld", rief Adam lauthals, als er seinem Kumpel Robert ein Glas von dem teuren roten Italiener eingoss, den er haufenweise im Keller einlagerte. Robert hatte gerade eine passende Retourkutsche auf den Lippen, als es aus Adam schon weiter hervorsprudelte: „Ich weiß, dass ich der Größte bin, brauch keine Bestätigung." Während die Gäste der Vernissage ob solch einer Protzerei peinlich berührt weghörten, applaudierte die ausstellende Künstlerin Eva ihrem Gatten mit einer kleinen Geste. Endlich war sie angekommen unter den Reichen und Schönen. Hier wollte sie doch länger verweilen und aus dem Vollen schöpfen. Einige schöne Transaktionen waren bereits auf ein Konto auf den Cayman Islands abgewickelt. Da konnte man sich unbesonnen dem Leben widmen.

Sie hatte sich zu ihrer ersten Ausstellung das Haar erdbeerblond färben lassen. Unter der weißen Bluse blitzte gut erkennbar der BH. Adam stand auf Sexappeal. Sie zog die Blicke auf sich. Einige der Frauen tuschelten, was Eva als Zeichen der Anerkennung deutete.

Mit einer raschen Handbewegung kassierte sie einen Umschlag ein, der auf dem Präsente-Tisch im Atelier lag und den sie zu Beginn der Ausstellungseröffnung noch nicht bemerkt hatte. Stirnrunzelnd zog sie eine kleine Karte daraus hervor und las. Ihr Gesicht versteinerte.

Dann musste sie losprusten. „Ich weiß, was Du letzten Sommer getan hast." Hallo, wie platt war das denn! Der Titel eines mäßigen Horrorstreifens. Dennoch blickte sich Eva um, schaute auf die Designeruhr an ihrem Handgelenk. Als die Sonne sich anschickte, unterzugehen, und die meisten Gäste schon gegangen waren, machte sie sich auf dem Weg vom Atelier zu dem leerstehenden Fabrikgebäude vier Straßen entfernt.

Dorthin hatte sie der oder die Unbekannte bestellt. Der Deilbach, der kleine beschauliche Fluss, gurgelte auffällig laut, als sie den kleinen Pfad hinaufschritt. Drohte Unheil?

Dass Adam trotz der rosaroten Brille dennoch ein aufmerksamer Beobachter war, ahnte Eva nicht. Warum seine Frau die eigene Ausstellung so plötzlich verließ, kam ihm seltsam vor. An die vorgeschobenen Kopfschmerzen glaubte er nicht. Er folgte ihr. Und da sie sich nicht einmal umdrehte, bekam sie auch nicht mit, dass er schließlich ebenfalls durch die Tür in das Gebäude aus rotem Backstein geschlüpft war.

Eva rappelte sich auf, registrierte den stechenden Schmerz im linken Knöchel. Kopfüber war sie gerade die Treppe in der Eingangshalle heruntergesegelt, aber es hätte schlimmer kommen können. Der Mann mit der tiefen Stimme schickte sich an, ihr zu folgen. Eva bekam Panik. Im Dunkeln erkannte sie einen Durchgang, der in die alte Werkstatt führen musste. Sie tippelte in die Richtung, biss sich auf die Lippen. Was für ein Schmerz!

Was sie nicht wahrnahm: Adam eilte ihr nach. Wortlos. Denn auch er hatte den Mann hoch oben auf der Treppe gesehen und ihn als Gefahr eingestuft. In der Werkshalle standen ausrangierte Hebebühnen und Großgeräte zum Schleifen und Sägen. Obwohl Adam von großer Gestalt war, verlor er den Überblick. Wo war sie nur? Plötzlich traf ihn ein Schlag gegen seine rechte Körperhälfte. Er taumelte. Was war passiert? Seine helle Leinenhose färbte sich dunkel. Aus einem Loch im Stoff sprang ein Knochen. „Eva!" sagte er noch, bevor er zusammensackte.

Eva ließ die schwere Eisenplatte, die sie trotz ihrer zierlichen Gestalt einfach gegriffen hatte, mit einem Knall fallen. „Adam!" Sie hechtete zu ihm, doch das verletzte Bein versagte den Dienst. Inzwischen war ihr Halbbruder Michael in dem Raum eingetroffen. „Marie", sagte er. „Oder Eva. Ist egal, wie Du jetzt heißt. Ich bin's. Wir ..." Weiter kam er nicht. Eva hatte ein Eisenrohr gepackt und wollte es ihm in den Bauch rammen. Er hielt es mit einer bloßen Hand auf, riss das Rohr schließlich so herum, dass es ihren Händen entglitt. Sie verlor den Halt, knallte mit dem Rücken gegen ein altes Gitter.

Sie begann zu zittern, schaute ungläubig auf ihre linke Brust, aus der eine rostige Spitze ragte. Blut rann an ihr herab, quoll aus ihren Lippen.

Adam Fux schrie vor Schmerz auf, als der Notarzt ihn eine halbe Stunde später behandelte. Die von der Bloggerin Tina Busch informierte Polizei konnte nur noch Michael Kilian festsetzen. Die Missetäterin mit Namen Eva oder Marie fand man tot vor. So wurde sie ein Fall für den Gerichtsmediziner. Kilian selbst war geständig. Ein guter Anwalt, so meinte Tina später, würde ihn schon raushauen. Ihre Story von dem hochmütigen Banker aus Velbert, der einer Hochstaplerin und Betrügerin auf den Leim gegangen war, sie ging viral.

Der Friedhof

Es war kalt an diesem Februarmorgen, doch Adam Fux spürte es kaum. Verwundert betrachtete er die weißlich glitzernde Schicht auf der Erika, die die Pflanze seltsam erstarrt aussehen ließ. So wie sie fühlte er sich. Erstarrt. Vielleicht leblos. Immerhin, er befand sich auf einem Friedhof. Vor ihm das Grab seiner Gisela. Wie lange hatte er schon nicht mehr den Weg hinauf zu diesem doch so malerischen Ort gefunden? Den Bergfriedhof im Essener Stadtteil Fischlaken hatte Gisela zu Lebzeiten oft besucht. Verschlungene Pfade führten zu ihrer Lieblingsbank fast am Rande des Geländes, verborgen unter Linden. Dort hatte sie gesessen, den Vögeln gelauscht, ihr Skizzenbuch befüllt. Manchmal hatte er sie heimlich dabei beobachtet. Beinahe drei Jahrzehnte waren Gisela und er zusammen gewesen. Es war das Leben eines Anderen.

Adam zog die Kapuze seiner blauen Daunenjacke über den Kopf, wischte sich eine Träne mit dem Handrücken vom Gesicht. Fetzen tauchten vor seinem inneren Auge auf. Der Unfall in Italien, der ihrer beider Leben zerstörte. Das lange Koma, die Entscheidung, sie gehen zu lassen. Melanie, die ihm zur Seite gestanden hatte.

Melanie. Er hatte ihren warmen Körper geliebt, fühlte sich wohl in ihrer Umarmung. Eine Freundin, der er alles sagen konnte. Aber zu ihr bekannt hatte er sich nicht. Irgendwie kam es nie dazu. Vielleicht, weil Zusammenleben keine Option für ihn gewesen war.

Letztlich war sie ihm auch gleichgültig geworden, war doch Eva eines Tages wie ein güldener Stern vom Himmel gefallen. Bei dem Gedanken an Eva bekam er Magenschmerzen. Noch immer konnte er nicht begreifen, was da passiert war. Er wusste nur, Melanie hatte das Ganze aufgedeckt. Oder zumindest ihre Nase da reingesteckt und gewühlt, bis alles Unschöne zutage kam und diese Bloggerin eine Lawine lostrat mit ihren Enthüllungen. Adam Fux ballte die Faust in der Jackentasche. Eigentlich war es Zeit für seine Tabletten. Psychopillen, die alles erträglicher machten. Immer öfter ließ er sie weg, obwohl er wusste, dass er dann leicht die Kontrolle über sich verlor. Er fühlte das Klappmesser in seiner Tasche, das er als guter Pfadfinderjunge immer bei sich trug. Enttäuschung überkam ihn über Evas Lügen. Wut überkam ihn über Melanies Beharrlichkeit. Er umfasste den kalten Stahl. Eva war tot, tot, tot. Er wünschte, Melanie wäre es auch. Er fühlte sich ohnmächtig, zitterte, umfasste abermals das Messer. „Irgendwann bist Du fällig", murmelte er, wandte sich abrupt von der Grabstelle ab und schleppte sich mühevoll zum Parkplatz an der Kapelle, wo ein Taxi wartete.

Der dumme Esel

Der Baldeneysee war aufgewühlt. Kleine Wellen schlugen gegen die Böschung, als Adam Fux ans Ufer trat. Es war inzwischen März geworden und die Frühlingssonne blitzte an diesem Nachmittag durch die Wolken. Einiges war anders als früher. Aus dem einstmals lauschigen Plätzchen hinter der Hecke mit dem sandigen Boden und den Steinen, die man so gut ins Wasser kicken konnte, war eine ausgebaute Aussichtsplattform geworden. Eine Steinwüste ohne Charme. „Immerhin die Bank ist noch da." Ächzend nahm er Platz. Der Wind wirbelte ein paar Blätter durcheinander, als Melanie um die Ecke bog. „Hallo", sagte er. Sie nickte nur. Auch das war anders. Die Distanz der vergangenen Monate war deutlich spürbar.

„Ich habe Dir zu danken", begann er. „Du hast mich einmal mehr gerettet. Ich bin ein wahrlich dummer Esel und kein schlauer Fuchs." Sie sah ihn an. Das Haupthaar war dünn geworden, der Drei-Tage-Bart nun fast weiß. „Ich bin tief gefallen, im wahrsten Sinne des Wortes", fuhr er fort und klopfte mit einem Gehstock auf sein rechtes Bein. „Wenn die Schiene raus ist, wird es wohl steif bleiben. Nix mehr mit Tennis. Vielleicht reicht es noch fürs Golfen", sagte er und zwinkerte. „Wenn ich einen Sponsor finde…"

Melanie setzte sich neben ihn. Was fühlte sie? Mitleid? Dass Adams Gesundheit nach dem Sturz gelitten hatte, wusste sie. Dass er auch seinen Job eingebüßt hatte, nicht. „Die Geschichte hat mich meine Reputation gekostet. Man hat sich von mir getrennt. Natürlich ohne Abfindung. Und die Hexe hatte mich ja vorher ausgenommen wie eine Weihnachtsgans. Ich habe das alles nicht sehen wollen."

Melanie nickte: „Es ist wie in dem Märchen von der Schneekönigin. Du bist der Junge, der ein Spiegelstück im Auge hat und die Wahrheit nicht erkennt. Lügen, Betrug, falsche Identitäten, sogar versuchter Mord."

„Die Skulpturen von Gisela habe ich übrigens

wiedergefunden, waren vergraben in meinem Garten", setzte
Adam hinzu. Er zog sein Klappmesser aus der Hosentasche
und nahm die Leinwand zur Hand, die er mitgebracht hatte.
Eines von Evas Gemälden. Das Messer verursachte böse
Wunden in dem Kunstwerk, Adam lachte jedes Mal hysterisch
auf, wenn er zustach. Schließlich zog er Melanie von der Bank
und ging mit ihr zum Wasser. „Arrivederci Störfaktor!", rief er
und übergab mit einer ausladenden Geste die zerfetzte Leinwand den Fluten.

Melanie erwartete nun einen Freudentanz um das nicht vor-
handene Feuer. Aber Adam riss ihre Schulter herum, fuchtelte
mit dem Messer vor ihrer Nase. Für den Bruchteil einer Sekunde überkam ihn das Bedürfnis, auch Melanie die Klinge in
den Körper zu rammen. Sie schluckte. „Irgendwann bist Du
fällig", sagte er, ließ das Messer zu Boden fallen und strich la-
chend mit dem Zeigefinger der rechten Hand über ihren Na-
senrücken. Er zog sie an sich, sie spürte seine sexuelle Erregung. Fast so wie früher, dachte sie. Ihre Lippen berührten
sich.

Es fröstelte sie - und das lag nicht am aufkommenden Wind.

Die Autorinnen und Autoren

Gerald Bosch, geb. 1959 in Sankt Tönis, Kindheit in Krefeld, Jugend in Balve (Sauerland), Studium der Biologie in Düsseldorf (Diplom), Werbetexter, Übersetzer, Freelancer Autor, Verfasser von Kinderbüchern & oftmaliger Mitautor an Fantasy-Anthologien, seit 20 Jahren Lifecoach, Kommunikationstrainer & Ausbildungsdozent bei einem Bildungsträger in Essen, Ausgezeichnet mit dem Preis für das beste Jugendfachbuch 2001, Juror für den Kurd-Laßwitz-Preis.

B. E. Fischer studierte in Indien und Deutschland Medizin. Vor dem Studium und während des Studiums war sie als Krankenschwester und OP-Schwester tätig. Famulatur in Damaskus/Syrien. Sie bereiste Länder wie Bali, Vietnam, Kambodscha, Mauritius, USA, Nordafrika sowie nahezu alle Länder des Vorderen Orients. Seit der Ehe mit dem Richter K.G. Fischer – jetzt Rechtsanwalt – wohnt sie in Kettwig, dem mit einem historischen Ortsbild und vielen landschaftlichen Reizen gesegneten „etwas anderen" Stadtteil im Essener Süden. Im Hummelshain Verlag erschienen: Dogwalker (2020), Der Korpus (2021).

Klaus Heimann ist durch seine Lokalkrimireihe Sigi Siebert vielen Essener Krimifans ein Begriff.
Heimanns Heimat ist das Ruhrgebiet, er lebt in Essen-Haarzopf wie seine Eltern und Großeltern. Sein Werk umfasst neben weiteren Krimis auch historische Romane und Kinderbücher. Im Hummelshain Verlag erschienen: Ich glaube nicht, dass Ihr diese Zeilen erhalten werdet (2021), Paul und sein Freund, der Baum Yggdrasil (2022). Der Autor ist Mitglied im

Syndikat, dem Verein für deutschsprachige Kriminalliteratur.

Steffen Hunder wurde 1957 in Waldheim/Sachsen geboren und wuchs in Erkrath bei Düsseldorf auf. Nach dem Abitur studierte er von 1976- 1982 an den Universitäten in Bonn und Göttingen evangelische Theologie und Geschichte.
Von 1985 - 2021 war er evangelischer Pfarrer an der Kreuzeskirche in Essen. Hier unterstützte er die Umwandlung der Kreuzeskirche in eine Kulturkirche und bewirkte den Einbau der markanten Pop-Art-Kirchenfenster von James Rizzi, die weltweit Beachtung gefunden haben. Neben dem Pfarrberuf ist Steffen Hunder als Schriftsteller - Krimis und Lyrik - tätig und versucht, mit bildender Kunst eine Brücke zwischen den Kulturen und Religionen zu schlagen. 1999 Debüt als Krimiautor mit "Das Ritual des 11. Gebotes" im Diva-Verlag. Seit dem Jahr 2000 Mitglied im SYNDIKAT, dem Schriftstellerverband der deutschen KrimiautorInnen. Mitwirkung an Lyrik-Anthologien und Theologischen Meditationsbüchern. Im Jahr 2005 rief Steffen Hunder mit Lars Schafft die Essener Krimi- Couch ins Leben, die er seit 2021 mehrmals jährlich im Alten Bahnhof in Kettwig moderiert. Im Hummelshain Verlag erschienen: Mord am Heiligen Ort (2021) und, gemeinsam mit Wolfgang Kleber, „Essener Begegnungen" (2022).

Elko Laubeck, geboren 1955 in Essen-Kettwig, wuchs in Heiligenhaus und Velbert auf. Studium der Germanistik, Philosophie und allgemeine Sprachwissenschaften in Düsseldorf, Volontariat bei der WZ, seit 1989 Redakteur bei der Dithmarscher Landeszeitung (DLZ, Boyens Medien) mit wechselnden Aufgabengebieten (Lokales, Wochenendbeilage, Politik, Vermischtes u.a.). Seit 2021 ist er im Ruhestand.

Nach dem Kochbuch „Frisch vom Markt" mit Bezug zum Heider Wochenmarkt und Rezepten aus aller Welt ist er als Geschichtenerfinder gedanklich in Südfrankreich unterwegs. Sein Krimi-Debüt „Polizeidienst en français – Die Schleusenwärterin von Agde" erschien 2022 (Novum Verlag, Österreich). Elko Laubeck lebt in Delve und Heide, ist verheiratet und hat drei Kinder.

Wim Martin, 1952 geboren und aufgewachsen in Velbert, studierte Literaturwissenschaft und Philosophie an der Heinrich-Heine-Universität in Düsseldorf, um nach dem Examen als weltweit erfolgreiches Fotomodell Karriere zu machen. Bereits im Studium Veröffentlichung von Gedichten und Kurzgeschichten in diversen Literaturzeitschriften und Anthologien, u.a. bei Rowohlt. Nach dem Ende der Modellkarriere Wiederaufnahme der schriftstellerischen Arbeit. 2018 erschien im Hummelshain Verlag sein erster Roman *Das schlagende Herz*, 2019 der Gedichtband *Nahe Engel*, von fern: Musik, 2020 der Roman *Babylon Cam*, 2021 der Roman *Die Pandemie*, 2021 der Roman *Brachfeld*.

Julia Marx, geb. 1976 in Essen, wuchs in Bredeney auf und besuchte dort das Goethe-Gymnasium. Sie studierte Gesang an der Musikhochschule Detmold sowie Musiktherapie an der WWU Münster und koordiniert neben ihren Konzerten als Kulturmanagerin das Programmangebot des Alten Bahnhofs Kettwig. Publikationen u.a. „Des schönen Ruhrtals Krümmung" (2011) und „Oskar und die Tiere im Ruhrtal" (2020).

Jörg Potthaus, geboren 1954 in Kettwig, wo er heute noch lebt, arbeitete nach einem Germanistik- und Geschichtsstudium 40 Jahre lang als Gymnasiallehrer in Oberhausen und Heiligenhaus. Seit den 80er Jahren führten ihn, ausgelöst durch die Begeisterung für den großen griechischen Komponisten und Freiheitskämpfer Mikis Theodorakis, seine Reisen besonders häufig zu dessen Herkunftsort, der Insel Kreta. Die zahlreichen Aufenthalte und Begegnungen ließen ihn Land und Leute kennen und lieben lernen. Kurz vor seinem Eintritt in den Ruhestand lernte Potthaus den bekannten Schriftsteller Bodo Kirchhoff und dessen Ehefrau Ulrike kennen und besuchte mehrfach deren Schreibseminare in Torri del Benaco am Gardasee. Die vorliegenden Romane Dionysos Bar (2018), Warten auf Julie (2020) und Rückleuchten (2021) wurden vom Ehepaar Kirchhoff freundschaftlich und mit Rat und Tat begleitet.

Rainer Sockoll, geboren 1954 in Essen, studierte Germanistik und Kunst und unterrichtete jeweils an einem Gymnasium vier Jahre in Gelsenkirchen und 35 Jahre im Münsterland die Fächer Deutsch, Kunst und Musik. Während der Referendarzeit wohnte er in Ahaus im Münsterland und danach ein Jahr lang in Lüdinghausen. Ansonsten hat er bis heute immer in Essen gewohnt, kennt und liebt seine Heimatstadt sowie das Ruhrgebiet. Sein im Hummelshain-Verlag erscheinender Romanzyklus „Essen.Sessenbergstraße" kann als eine Hommage vor allem an die Menschen der 1960er Jahre betrachtet werden. Liebe- und humorvoll wird deren Mentalität dargestellt.

Suzan Valerian ist das Pseudonym einer Essener Journalistin. Sie mag es, wenn ihr beim Lesen von Spannungsliteratur wohlige Schauer über den Rücken laufen. Auch sie möchte in ihren

Geschichten die dunkle Seite der Menschen in Worte kleiden, ihre Abgründe ausloten. Denn wie es schon in der TV-Kultserie "Twin Peaks" hieß: "Die Eulen sind nicht, was sie scheinen." Die Autorin ist Mitglied bei den Mörderischen Schwestern sowie im Syndikat, dem Verein für deutschsprachige Kriminalliteratur.